公爵家の養女になりましたが、
ツンデレ義弟が認めてくれません
柊一葉
Ichiha Hiiragi Presents
fairy kiss
JN122454

この作品はフィクションです。
実際の人物・団体・事件などに一切関係ありません。

公爵家の養女になりましたが、ツンデレ義弟が認めてくれません

プロローグ　公爵家の養女になりました

砂利を敷き詰めただけの粗い道は、馬車が通ると大きな音がする。

木造・穴あき三階建ての孤児院にはその音がはっきりと聞こえるだけでなく、建物全体が揺れることもあった。

「ルーシー姉ちゃん、なんかすごいのが来た！」

「大きな馬車！　真っ黒！　扉の真ん中に盾の紋章がついてて、かっこいいの！」

幼い子らが興奮して飛びついてきたのは、この孤児院で最年長である十歳の私が壁の隙間を板で塞いでいるときだった。

彼らの言葉を受け、右手に木槌（きづち）を握りしめた状態で振り返る。

馬車が来たって、こんなボロボロの孤児院に？　一体、何しに来たんだろう？

三歳のウィルが私の背中によじ登ろうとするのを慌てて支え、腰にまとわりつく五歳のリックに尋ねた。

「さっきから揺れてるなって思っていたけれど、馬車は前の道を通って港の方へ行ったんじゃなかったの？」

「ううん、正面のところに停（と）まってる！」

この子たちは、裏庭で雑草むしりをしているときに馬車の訪れに気づき、何事かと思って正面玄関まで見に行ったらしい。

この孤児院に、来客なんてめったにない。国から配給される食糧や寄付品を運んでくる商人の荷馬車が定期的に訪れるくらいだ。

たまに豪華な馬車が前を通ることはあっても、敷地内に入ってくることはない。

リックは頰に土をつけたまま、目を輝かせている。普段は近寄ることもできない豪華な馬車を間近で見られて、うれしそうに笑う顔はとてもかわいい。

「俺、知ってる！　あれは貴族の馬車だよ！」

「そうね、そんな豪華な馬車を持っているのは貴族の人ね。二人とも、乗ってる人の姿って見た？」

背中からウィルの小さな声で「見てない」と聞こえ、リックもそれと同時に首を振った。

「馬車には誰もいなかったよ。お馬さんと、御者のおじさんだけ」

昨日、港を拡張するための区画整理が行われるかもという話を聞いたばかりだったから、私の頭にはよくないことが思い浮かぶ。

「もしかして立ち退きの催促かしら？　あぁ、でもそれなら役場の人が来るわよね」

貴族が孤児院を訪れる理由といえば、自分の子どもがいるか探しに来ているとか？

あり得るわ。愛人の子どもがいないかって、貴族の使いの人が来るって聞くもの。貴族でなくても、裕福な商家の旦那様の子が孤児院にいたというのは過去にあった。

港町の孤児院には、私を含めて十五人の子どもたちがいる。

ここにいるウィルとリックは、流行り病で両親を亡くしてここへ来た。

私も両親を亡くしていて、この二人同様で身寄りがない。

お父さんは、私が生まれてすぐにこの世を去ったと聞いた。お母さんは食堂でウェイトレスをしながら私を育ててくれたけれど、ずっと働きづめだったから風邪を拗らせてそのまま亡くなってしまった。

それ以来、私は七歳のときから約三年間ここにいる。つまり、来訪者の目的が子ども探しだったとしてもその相手は私たちじゃない。

「貴族が来たってことは、なんかもらえる？」

食糧や菓子がもらえるのではと、リックが期待に満ちた目をする。私の背中にいるウィルも、その言葉にぴくりと反応した。

私はくすっと笑い、二人を交互に見て答える。

「そうね、何かもらえるといいね。さぁ、邪魔にならないように二階へ行こうか」

ここは応接室から近い。応接室とはいっても、くすんだ茶色の絨毯に大きさも模様もちぐはぐな家具を揃えたあの場所は、壁が薄いから廊下の話し声が聞こえやすい。

ここで遊んでいたら、話の邪魔になってしまうだろう。そう思った私は、二人を連れて二階へ移動しようとする。

けれど、わんぱくな五歳児はすんなりと納得してくれなかった。

「やだ。これから貝を拾いに行くんだから！　晩ごはんのスープに入れるんだ」

朝晩一日二回の食事は、堅いパンと雑穀スープが多い。昼の雑用が終わったら、具材を自分たちで採りに行くことはよくある。

だからリックの主張はわがままでも何でもないんだけれど、さすがに来客があるときは先生の付き添いが期待できない。

「入り江に行くなら、皆と一緒じゃなきゃ危ないわ。お客さんが帰ってからにしよう？　ね？」

皆のお姉ちゃんとしては、ケガをするかもしれない入り江に小さい子たちだけで行かせるなんてできない。

困り顔になった私は、リックをどうにか言い聞かせようとする。

「皆で行った方がたくさん採れるよ？　私も一緒に行くから」

「でも、お客さんが帰ってからだと遅くなるじゃん。先生がダメって言うよ？」

「大丈夫、裏道を走っていけば早く着くわ」

「そっかぁ！」

あぁ、ようやく納得してくれた。リックは軽い足取りで、元気よく階段を駆け上がっていく。

お客さんがいるから静かにしていようねって、注意しなくては……。そんなことを考えながら、ウィルをおんぶした状態で私も二階へ上がろうとする。

しかしそのとき、応接室の方から現れたシスターのレイメリア先生から声がかかった。

「ルーシー、ちょっとおいで」

レイメリア先生は、この孤児院の代表を務める女性で五十五歳になる。

肩あたりで揃えた赤毛が黒い修道服によく映え、遠くからでも目立つ。明るく逞しい精神力の持ち主で、買い物に行ったときの値切り交渉が得意な人だ。

今日はとてもご機嫌に見える。

「何かあったんですか？」

もしかして貴族の人から寄付金が……？　ついつい私も期待してしまった。

「あぁ、ルーシー。手も頬も汚れているじゃないの！　早くこれで拭きなさい」

先生はポケットからハンカチを取り出し、私に差し出す。

壁の穴を修繕していたんだから、汚れているのは仕方がない。

どうやら先生は私に用事があるみたいなので、おんぶしていたウィルをそっと床に降ろす。

「ウィルは二階へ行っておいて。後でお姉ちゃんも行くから」

「はぁい」

階段の方へ向けて背中を押すと、ウィルが小さな足音を立てて走っていった。

私はそれを見届けると、レイメリア先生からハンカチを受け取り、手や頬を軽く拭う。

「急にどうしたんですか？」

応接室にお茶を出してほしいってことかな？

残念ながらこの孤児院は貧乏の極みで、ほとんど味のしない茶葉しかない。そんなものを貴族に出してもいいんだろうか？　けれど、先生の用事はそうじゃなかった。

「あなたにお客様よ」

「私に？」

身寄りのない私にお客様だなんて、これまで一度もなかった。相手が誰なのか、まるで心当たりはない。

きょとんとしていると、先生は少し興奮ぎみに私を急(せ)かす。

「さぁ、早く応接室へ。お客様がお待ちかねよ」

相手が誰なのか、教えてくれないの？　私に貴族の知り合いなんていないのに⁉

先生の嬉々とした雰囲気とは反対に、私は警戒心を抱いた。

でも、先生は強引に私の腕を取って応接室へ連れていき、一声かけてから茶色い扉を押し開ける。

「失礼いたします。ルーシーを連れてまいりました」

ギィと蝶番が軋む音がした。

先生の背に隠れるようにして中を窺えば、そこには身なりのいい紳士が一人で椅子に座っているのが見える。

淡い金色の髪は眩しいほど美しく、碧色の目は穏やかで優しげ。

こんなにきれいな男の人、見たことない……！

整った顔立ちに気品溢れる雰囲気は、今まで見たどの男性よりもかっこいい。

その人は、明らかに貴族だとひと目でわかる上質な生地の衣服をまとっていて、私と目が合うとにこりと微笑む。

お付きの人らしき男性も、穏やかな表情で立っていた。

こんな人たちが、私に何の用事？　どう見ても知り合いではないわ。

でも、相手は貴族。孤児の私がいきなり「誰ですか？」なんて尋ねることはできない。

座っている紳士と目を合わせたまま、私はじっと先生の傍らに立っていた。

「君がルーシーかい？」

突然話しかけられて、どきりとする。

声だけで優しそうな人だってわかるけれど、なぜ自分がここへ呼ばれたのかわからないから困惑していて、すぐに返事ができなかった。

両手でスカートの裾を握りしめ、じっとその人の様子を窺う。

そしてしばらく無言で見つめ合った後、私はごくりと生唾を飲み込み、恐る恐る口を開いた。

「ルーシーです。はじめまして」

私が声を発すると、それだけで彼は感極まってぐっと息を詰まらせた。

え、そんなに喜ぶこと？　ただ一言名前を名乗って挨拶しただけなのに？

その反応はまるで自分の子どもに会えたかのようで、思わず「私は違いますよ！」と言いそうになった。

私はただのルーシーで、この人の子どもじゃない。そんなに喜ばれても、この人はすぐにがっかりすることになるだろう。

それは先生もわかっているはずなのに、どうして私を呼んだの？　理由がわからず、隣に立つ先生を見上げる。

先生は変わらずニコニコと微笑みを浮かべたまま、貴族のお客様の方を見ていた。そして、私の背中にそっと手を添えて信じられない言葉を放つ。

「ルーシー。この方はね、ウェストウィック公爵様とおっしゃって、あなたのお母様のお従兄（いとこ）にあたる方だそうよ」

「お母さんの従兄？」

私は驚きで目を丸くする。

従兄って言葉の意味はわかっても、この紳士と私のお母さんがというのはあまりにもイメージが繋がらない。

お母さんは平民で、港町の食堂に住み込みで働くウェイトレスだった。働き者で、いつも慌ただしく動き回っていて、肩あたりで揃えた髪を後ろで一つに結んでいた。この町ではよく見かける普通の女性だったと思う。

貴族だったら、お金持ちだからウェイトレスなんてしないよね？

家は食堂の二階で、屋根裏部屋に小さなベッドとテーブルがあるだけの慎ましい暮らしぶりだった。洗濯も掃除も自分たちでして、食事はまかないをもらって食べていたわ。

食堂を経営しているおじさんとおばさんは私たちによくしてくれたけれど、『親戚どころかお父さんも早くに死んでしまって祖父母もいないから頼れる人はいない』ってお母さんは言っていたのに……。

貴族の親戚がいたなんて、信じられない。しかもそれが、こんなに立派で素敵な人だなんて何かの間違いじゃない？

考えれば考えるほど信じられる要素がなく、だんだんと眉根にしわが寄っていく。

「従兄って、そんな話は……。私は何も知りません。あの……、私のお母さんは食堂のウェイトレスで、普通の……どこにでもいる人でした」

どう考えても、貴族の親戚がいるはずがない。あり得ない。

そう結論づけた私は、今度は大きめの声できっぱりと否定する。

「何かの間違いだと思います！」

　すると、その人は椅子から立ち上がってこちらに近づいてきて、私の目の前で片膝をついた。目線の高さが同じ位置になり、真正面で顔を見合わせる。

「はじめまして。私はオズワルド・ウェストウィックといって、本当に君のお母さんの従兄なんだ。お母さんの名前は、アンジェラ・グレイフォードだね？」

「……お母さんは、アンジェラです」

　お母さんの名前を知っているなんて。それに、そんな立派な家名があったなんて、今初めて知った。

　同じ名前でも、家名がつくだけで随分と印象が違う。

　この国で家名があるのは、貴族だけだ。平民の私はただのルーシーで、お母さんも当然ただのアンジェラだと思っていた。家名があるってことは、まさかお母さんも貴族なの⁉　本当に……？

　胸がドキドキと鳴り始め、得体の知れない不安から身体が強張る。

　頭の中では、もしかするとそうなのかもという気持ちと、やっぱり嘘だわと疑う気持ちがせめぎ合う。

　お母さんは、この人みたいにキラキラしていなかったわ。いつも同じ薄茶色のワンピースを着ていて、お金もなかった。

　私なんて、鼠色の長い髪はおばあさんみたいだってからかわれる。

　お母さんが貴族令嬢だったなら、私もその血を引いているってことでしょう？　どう考えても、貴族って私みたいな感じじゃない。

　険しい顔をして押し黙る私を見て、彼は哀れむように目を細めた。

「やっぱり何も聞かされていなかったか」

「…………」

じっと見つめられると居心地が悪くて、私は俯いてしまう。

たとえばお母さんが貴族だったとして、それが何だというの？　もうお母さんはいないのに……。

でも、親戚だというこの人が現れたのはいいことなの？　悪いことなの？　いきなりお母さんの従兄だなんてそんなこと言われても、私には何もわからない。だって何も知らないんだから……！

私の混乱を察した彼は、幼い子どもに言い聞かせるように優しい口調で話し始めた。

「突然のことで驚いただろうが、君のお母さんはグレイフォード伯爵家という貴族家の娘だったんだ。ルーシー、君はイザークの……お父さんのことは覚えている？」

お父さんは私が生まれてすぐに仕事中の事故で亡くなった。記憶はまったくない。

私は小さく首を振って答える。

「名前だけ知っています。ほかには何も覚えていません」

すると、彼は「やっぱり」という顔をして、続きを話し始めた。

「君のお母さんは使用人だったイザークを好きになり、十六歳で彼と駆け落ちして君を産んだんだ」

「駆け落ち？」

私は思わず顔を上げる。

駆け落ちって、聞いたことはあるわ。家族に反対された恋人同士が一緒に逃げるアレね？　私のお父さんとお母さんがそうなの？　信じられない……！

自分の両親が実は駆け落ちしていたなんて、まるで物語みたいだわ。

私が少し興味を示したからか、彼は詳しく話してくれた。

「君のお父さんは、グレイフォード伯爵家で馬番をしていた。けれど、この国で身分差のある恋はなかなか難しい。それにお母さんには当時婚約者がいて、十八歳になったら結婚することが決まっていた。だから、二人が結婚するには逃げるしかなかったんだ」

「婚約者……。そうなんですか」

自分の両親の話なのに、他人事のような感想しか出てこなかった。現実感がなく理解が追いついていないのは、私の顔に出ているはず。

この国では、平民でも結婚相手は親が決めることが多い。一般的な知識として、貴族ならなおさら結婚に対する親の決定権が大きいというのはわかる。

十六歳で結婚したお母さんは、十七歳で私を産んだ。まさかその後、すぐにお父さんが亡くなるとは思いもしなかっただろう。

お母さんはあまりお父さんのことを話さなかったけれど、いつだったか「優しい人だったのよ」と言っていたのを覚えている。懐かしそうに目を細めるその顔は、とてもうれしそうだった。

すべてを捨てて一緒に逃げるほど、お父さんのことが好きだったんだ。

今さらそんなことを知り、ちょっとだけ切なくなる。

彼は、両親共に亡くした私を気遣いながら、言葉を選んで話してくれているようだった。

「私は従兄として君のお母さんの行方を捜していたんだが、ずっと見つからなくて……。君がここにいることを突き止めたのは、先週のことなんだ」

その声は優しくて、私たちを心配していたというのが伝わってくる。恐る恐る顔を上げると、碧色の瞳がまっすぐに私の方を向いていた。

――とても嘘をついているようには思えない。

お母さんは本当に貴族で、この人の親戚だったの？

まったく想像はできないけれど、目を見て話を聞いていると「もしかすると本当かも」という気がしてきた。

私は一度大きく息を吸い、ふぅと吐き出して気持ちを落ち着けようとする。

「アンジェラのことは残念だったが、君を見つけられたことは幸運だった」

この人は、私に会えたことを確かに喜んでくれている。その雰囲気は、都合のいい夢なんじゃないかって思うくらい優しさと愛情に溢れていた。

お母さんが貴族だなんて、想像したことすらなかった。

これが本当なら、お母さんはどうして教えてくれなかったの？　病気になったとき、どうしてこの人に連絡しなかったの？

いくつもの疑問が、ぐるぐると頭の中を駆け巡る。

あぁ、やっぱり間違いじゃないかな？

自分が知らないお母さんの話を聞かされて、理解はできるけれど信じたくないと思ってしまった。

私が私じゃなくなるみたいで、なんだか怖い。

申し訳ないけれど、もうこのまま見なかったふりをして放っておいてほしい。

私は躊躇(ためら)いつつ口を開く。

「あの……」

急には信じられません。ごめんなさい。

そう言おうとしたら、レイメリア先生の声が私の声に重なった。

「公爵様、わざわざルーシーを迎えに来ていただき、どうもありがとうございます！　積もる話はこれからゆっくりなさってください。あぁ、すぐにルーシーを連れていかれますか？」

「えっ⁉」

ぎょっと目を瞠った私は、レイメリア先生を見上げて大きな声を上げる。

私がこの人の親戚って、決定なの⁉　連れていくって、私は孤児院から出ていくの⁉

今日会ったばかりなのに⁉

突然のことに愕然とする。

もちろん、理屈はわかる。親戚が見つかったらここを出ていくのは当然だ。しかもその親戚が貴族なら、引き取られるのも納得できる。でもそれは、あくまでその決まり事を知っているだけ。いざ自分のこととなると、冷静に受け止められない。なんで突然こんなことに……と嘆かずにはいられなかった。

狼狽える私をよそに、公爵様はスッと立ち上がり先生と向かい合う。

「はい。すぐにでも引き取りたいと思っています。今日までルーシーを守っていただき、ありがとうございました。この礼は後日、必ず届けさせますので」

「まぁ、ありがとうございます！」

感謝の意を示した言葉は、心からそう言っているように感じられた。しかも、私を引き取るだけでなく孤児院にも礼をしたいと伝える。

「今日ここへ来たことで、色々と思うところもありました。今後は、孤児院の運営に協力することもお約束いたしましょう」

「そこまでおっしゃっていただけるなんて……！　孤児院の代表者として、ありがたくそのお申し出を受け入れますわ」

レイメリア先生は、歓喜に震えていた。

こうなると、私が「嫌だ」なんて言える空気ではなかった。ここで三年間暮らしていたから、孤児院の極貧は実感してる。

ボロだもんね、ここ……。皆のために修繕したいよね。私が板を打ちつけるより、お金を援助してもらって大工さんに頼んだ方がいいよね……。

話がまとまったところで、先生は私を抱き締めてそっと耳打ちをした。

「これは奇跡よ、絶対にチャンスを摑みなさい！　なんとしてでも幸せになるのです」

優しい先生のことだから、私の幸せを願ってこの人に預けようとしてくれているのはわかる。けれど、私は「本当にこれは現実なのか」とまだ疑っていた。

私が貴族に引き取られるなんて、そんなことがあり得るの？　元気だけが取り柄の私が、貴族の家でうまくやっていける？

あぁ、これから私はどうなっちゃうんだろう？

喜ぶべきことなんだろうけれど、急に怖くなってきた。

「やっぱり、ちょっと、その」

「なんとかなるわ！　大丈夫、世の中はお金があればあとは気合と根性でやっていけます！」

「そんな無茶な」

「あなたはやればできる子です！」

レイメリア先生は、それだけ言うと私の背中をぐいっと押す。

公爵様は私を見下ろしにこりと笑うと、そっと手を握ってくれた。

「準備はすぐにできるかな？」

「は、はい」

私の手を包み込んだ手は、とても大きくて温かい。

本当にこの人に引き取られるんだ……。

なんだか、抗えない大きな波に流されるみたいだ。

そこからはもうあっという間の出来事で、二階へ上がってさっきまで一緒にいたウィルやリック、それにほかの子たちとも抱き合ってお別れをした。

もう会えないかも、と思ったら涙が零れそうになり、慌てて袖で目を拭う。

ここは貧乏で大変なこともたくさんあるけれど、私にとっては賑やかで居心地は悪くなかった。

両親がいなくても、皆一緒なんだって思ったらがんばろうって思えたもの。

それに小さい子たちに「お姉ちゃん、お姉ちゃん」って頼りにされる毎日は楽しかった。孤児院によってはつらい仕打ちを受けるところもあるって聞くから、私はこの孤児院に来られて本当によかったって心から思う。

「皆、元気でね……？」

皆の顔を見回すと、泣きそうになっている子や理解できずにきょとんとしている子など様々だった。

私はお姉ちゃんだから、泣いてこの子たちを不安にさせるわけにはいかない。自分が一番動揺しているものの、顔を上げて無理やり笑顔を作ってみせる。

「また会える？」

リックの問いかけに、私はどきりとした。

一度ここを出たら、また会えるかなんてわからない……。近くの街に住むのなら会えるかもしれないけれど、私はこれから自分がどこへ行くのかも知らないのだ。

でも、できることなら私もまた皆に会いたい。希望も込めて、私は力強く頷いて言った。

「もちろん！」

私がそう答えると、リックはぱぁっと顔を輝かせる。

この笑顔もしばらく見られないのね。

淋しくなって繋いだ手を離せずにいると、先生たちが私の未練に気づき、早く公爵様のところへ行くように告げる。

「ルーシー、もう行きなさい。落ち着いたら手紙を頂戴ね？　この子たちにも字の練習をさせて、きちんと返事を書かせるから」

優しい声でそう言い聞かせられ、また視界がぼやけてくる。何か言いたい、何か言わないとと思うほど何を言えばいいのかわからなくなって、結局普通のことしか言えなかった。

「ありがとうございます。先生たちもどうかお元気で」

先生たちは、餞別として皆で作った壁掛けのリースを持たせてくれた。きっと、あまりに荷物がなくてかわいそうだと思ったんだろう。

身一つで孤児院に来た私に自分のものなんて何もなく、持っていけるのは胸から紐で下げている形見の指輪だけ。

銀細工の土台に新緑色のエメラルドを模したガラス玉がついたそれは、お父さんがお母さんに贈った結婚指輪だったらしい。幸か不幸か、価値がなかったおかげで今も私の手元にある。

指輪を一度だけぎゅっと右手で握りしめると、深呼吸をして、また服の中にそれを戻す。

仕事に就けるようになる十二歳までは、この孤児院にいられると思っていたんだけれどなぁ……。

淋しさに押しつぶされそうになりながら、ゆっくりと階段を下りていく。

玄関を出ると、公爵様とお付きの人が待っていてくれた。

「準備はできた？」

右手に古びたリースを一つ持っているだけの私を見て、彼は少し眉を上げた。それだけなのかと驚いているように見えたけれど、あえて指摘しないのは気を遣ってくれたんだろうな。

やっぱり、この人は優しい人だと思う。

私はもう一度深呼吸して、ゆっくりと一歩を踏み出した。

「では、行こうか」

大きな手が差し出され、私はまだ躊躇いつつもそっとその手を取った。

「はい。よろしくお願いします」

親子のように手を繋ぎ、私は黒い立派な馬車に乗り込む。途中、振り返れば窓に顔をくっつけるようにして見送る子どもたちが見えた。

「お姉ちゃん！　元気でね！」

手を振る彼らに私も同じようにして返し、約三年間過ごした孤児院を去った。

＊＊＊

窓から見えるのは、活気溢れる人々の姿と赤レンガの建物。

馬車が向かったのは、私が生まれ育った港町から二時間ほどの場所にある王都だった。

私は生まれてから一度も港町を出たことはない。初めて見る王都はどこもかしこも賑やかで、きれいな服を着た人たちがたくさん歩いている。

本当に貴族家に引き取られて、これから新しい毎日が始まるんだ。

移り変わる景色を眺めていたら、これが現実なんだと理解せざるを得ない。

公爵様もお付きの人も特に何か会話をすることはなく、「寒くないか？」とか「喉が渇いていないか？」とか、気遣う言葉だけをかけてくれた。

温かい目で見守られているような感じがして、その優しさはうれしいけれどなんだか申し訳ない。

自分のことは自分で、というのが孤児院のルールだったから、二人が私を気にかけてくれることにくすぐったくなった。

ずっと窓の外を眺めていると、夕暮れ前になり「貴族街」と呼ばれる身分の高い人たちだけが住む地区へ到着した。

どのお邸も広くて煌びやかで、中でも小高い丘の上にある広大な敷地の邸宅がウェストウィック公爵家のタウンハウスだった。

「さぁ、今日からここが君の家だよ」

「ここが⁉」

なんて大きいの⁉　てっきりお城かと思った！

真白い壁に、いくつも窓のある豪華な邸は三階建て。庭が広すぎて、どこまでがこのお邸の敷地なのかわからないくらい。

花が咲き誇る庭園は、レンガ造りの小路やフラワーアーチ、小川まで作られていて夢の世界みたいだった。

唖然とする私は手を引かれ、ゆっくりとした足取りで馬車から降りる。

「足下に気をつけて。その靴では滑るだろう」

そう言われ自分の足元に目をやると、使い古された茶色の靴が見えた。去年孤児院を出たお姉ちゃんのおさがりなので、靴底はすり減っていてしかもサイズが合っていない。

彼はそれに気づき、心配して声をかけてくれたのだ。

「気をつけます……すみません」

踏み台までが飾り細工のついた豪華なものなのに、私はこんなにボロボロの靴で……と思ったら恥ずかしくなってきた。消え入りそうな声で、謝罪の言葉を口にする。

私は躓かないようしっかり手を繋ぎ、ゆっくりと建物の中へ入っていった。

「旦那様、お嬢様、おかえりなさいませ」

玄関にはたくさんの使用人がいて、扉を開けると一斉に礼をする。

お嬢様と呼びかけられ、どこかにお嬢様がいるのかとキョロキョロしてしまう。

公爵様はそんな私を見てくすりと笑い、「こっちだよ」と手を引いた。赤い絨毯の敷かれた廊下を歩き、階段を上がっていく。

「すごい……」

大勢の人が歩いても床は軋まないし、扉を閉めると風も入ってこない。

壁も絵も花瓶も銅像も、ここにある何もかもがピカピカに磨かれていて頭がクラクラした。

すごいわ。貴族のお邸ってすごい。

さらに、二階にも使用人がずらりと並んでいた。黒いお仕着せに水色のエプロンをした女性たちが、軽く微笑みながら一斉に私を見る。

「「おかえりなさいませ、お嬢様」」

「は、はい……！」

見たこともない華やかな光景が、このお邸には広がっている。

しばらく呆気(あっけ)に取られていたけれど、自分の装いとの差に気づくと再び恥ずかしさが込み上げた。

靴も酷(ひど)いものだけれど、モスグリーンのワンピースは襟の端がほつれているし、洗っても洗ってもくすんだ汚れが取れないし、こんなにきれいな空間で私だけが浮いている。ここにいるのが不自然な気がした。

私は全然このお邸にふさわしくない。貴族の娘に見えないよ。

人違いで連れてきた、っていう可能性は本当にない？

だんだんと歩みが遅くなる私に気づき、公爵様は窺うように話しかける。

「初めての場所で、緊張しているのかな？　しばらくは慣れないだろうけれど、邸の中は自由に歩いてもいいよ。何も怖いことなんてないからね？　あぁそうだ、ルーシーの部屋もあるんだ」

「私の部屋？」

「あぁ、気に入ってくれるとうれしいんだが」

顔を上げて見つめると、変わらず優しい笑顔がある。

未だにお母さんがこの人の従妹だって半信半疑の私は、もしこの後「人違いでした」ってことになった場合、悲しませてしまうんじゃないかってそっちのことも心配になってくる。

困ったわ。解決策が何一つ浮かばない。時間と共に、不安だけが募っていく。

今にも泣きだしそうな状態で、長い廊下を進んでいった。

そして、無言のまま二階の最奥へやってきて、真白い扉の前で立ち止まる。

「ここがルーシーの部屋だよ」

公爵様が扉を開くと、そこは日当たりのいい暖かな空間だった。孤児院の十人部屋よりも広く、白いカーテンが揺れる窓辺にふわふわのクマのぬいぐるみがちょこんと座っている。

ゆっくりと部屋の中央までやってくると、ここは絵本で読んだお姫様の部屋みたいだと思った。

絨毯は、踏みつけるのが申し訳ないほどきれいで淡いクリーム色。オーク材のテーブルや椅子は子ども用の小さいサイズで、宝石みたいな飾りがついていてかわいらしい。

「これって一人の部屋？　しかも、私の部屋って……」

どこを見回してもきれいでかわいくて、こんな部屋は初めて見たので呆気に取られていた。

信じられない、貴族のお嬢様ってこんな部屋に住んでいるの？

暖かいし明るいし、いいにおいもするし、夢の世界に来たみたい。喜びより驚きの方が勝り、ただただその場に立ち尽くす。

「気に入った？　それとも何か物足りないところがある？」

頭上から心配そうな声がして、私は慌てて否定する。

「いえ、物足りないなんて、まさか……！」

豪華すぎて、私にはもったいないと思う。

肩を竦め、自分がここに立っていていいのかと戸惑ってしまうくらいだ。

「ほしいものがあったら何でも言ってほしい。揃えられるよう、できるだけ手を尽くすから」

優しさはありがたいけれど、これまでの環境と違いすぎてとにかく恐縮して小さくなってしまう。

汚さないよう、何にも触らずそっとしておこう。

それだけを心に決めた瞬間、この部屋にたくさんのメイドさんが入ってきた。

「ようこそいらっしゃいました、ルーシーお嬢様。それではまず、身支度をいたしましょう」

おばあちゃんっぽい優しい笑顔のメイドさんが、私をすぐに浴室へと連れていく。

「さぁ、きれいにしましょうね。お嬢様」

メイドさんたちは皆笑顔で、私のことを幼い子どものように扱った。

きつね色のブラシでごしごしと全身を洗われ、パサパサの髪は丁寧な手つきで三回も洗われた。

人に髪を洗われるのは初めてだったけれど、気持ちよくて緊張感が薄れていく。

私は貴族じゃないのに、こんなによくしてもらっていいのかしら……？

身体が温まるとすっかり気が緩んでしまい、なんて幸せな場所なんだろうと思って目を閉じた。

入浴してきれいになったら、柔らかい肌触りの下着や白い襟のついたワンピースを着せてもらい、髪に不思議な液体を塗られて優しく梳かされる。

「嘘……」

鏡の前に立つと、肩より少し長いくらいの髪はツヤツヤになっていて、くすんだ鼠色だと思っていたその色合いは眩い銀色になっていた。

手で触れると、するりと指の間を銀の髪が流れていった。心地いい感触が気に入って、何度もそれを繰り返す。

「すごい、さらさらだわ」

こんなにきれいにしてもらえるなんて！　うれしくて自然に声が弾む。

さっきまで不安だった気持ちが溶けてなくなったみたいに、鏡の中の自分に見入った。

私が喜ぶ姿を見て、おばあちゃんっぽいメイドさんが目元を和ませる。

「そちらが本来のお嬢様のお色だったのです。艶が出たのは、丁寧に洗って杏子から作られた香油を擦り込んだからですよ」

「香油？」

貴族のお嬢様は、髪に良質な油をつけて乾燥しないようにするのだと説明された。けれどそれ自体に髪色を変える効果はなく、この銀色は私の持つ色なんだそうだ。

孤児院にあった石鹸もどきは、一度洗えば身体も髪も三日は洗わなくていいくらい皮脂を奪い去る強力なものだった。だから私の髪はいつもパサパサで、手櫛が通るなんていつぶりだろう。

それに、ゆっくりお湯につかったから頬も指先も血色がよくなった。唇はぷるっと赤く、見慣れた紫色の瞳までが輝いて見える。

「これが私？　すごいわ、本物のお嬢様みたい」

見惚れていると、同じく鏡の中を覗いていたメイドさんが感極まったように涙を流し始めた。

「うっ……！　本当にアンジェラ様によく似ていらっしゃいます……！　この銀色の髪も、紫の瞳も、小さくて形のいい唇も何もかもアンジェラ様の幼い頃にそっくりでございます」

急にお母さんのことを持ち出され、そして目の前で大人に泣かれてどきりとする。

なぜ泣いているのか尋ねると、彼女は私のお母さんの乳母をしていたのだと教えられた。

ずっとずっと会いたかったのだと泣き崩れられ、私は一体どうすれば……と狼狽えた。

ボロボロ泣いて後悔を口にする彼女を見ていると、どうしようもなく胸が痛む。

しばらく悩んだけれど、私は思いきって彼女をそっと抱き締めてみることにした。

「あぁ、お優しいところもよく似ていらっしゃる……！」

感極まった様子で「優しい」と言われ、私はちょっと照れくさくなる。抱き締めたつもりがすぐに抱き締め返されて、私は温かい腕の中でじっとしていた。

乳母がいたなんて本当にお母さんは貴族だったんだ……。

抱き締められながら、再びそんなことを思った。

「さぁ、お嬢様。旦那様がお待ちです。一緒に参りましょう」

年若いメイドさんが、空気を変えるように明るい声でそう告げる。

私は頷き、彼女と共に部屋を出ようとする。

「お持ちになったリースは、机の引き出しに入れておきますね。指輪はどうなさいますか？」

メイドさんの一人がそう言って見せてきたのは、形見の指輪だ。

「よろしければ、紐をお取り替えいたしましょう」

彼女がそう言うのも無理はない。だってその紐は、漁師のおじさんがくれた投網用の糸だ。捨てられても仕方のないような見た目なのに、わざわざ聞いてくれるなんて……。

メイドさんたちはとても親切だった。

「ありがとうございます。よろしくお願いします」

私は素直に提案を受け入れ、ちょっとだけ笑ってみせる。ずっと不安だったけれど、気持ちが落ち着いてきたみたい。

これから公爵様のところへ行って、とにかく話を聞いてみようと思えるだけの余裕はできた。


きれいに身支度を整えられた私は、同じ二階にある別の部屋へと移動する。扉の前でごくりと生唾を飲み込んだのは、緊張が再び襲ってきたからだろう。

ドキドキする胸を手で押さえ、メイドさんが開けてくれた扉から中へと入っていく。

公爵様は部屋の中央にある大きなソファーに座っていて、ゆっくりと歩いてきた私を見てまず驚き、そして喜びを噛（か）みしめるかのように何度も頷いてから手招きした。

「さぁ、ここへ座って」

私は言われた通りに、彼の隣に腰かける。

ふかふかの座面に身体が沈み、両の足がぷらんと浮いた状態になった。

公爵様は私を愛おしそうに見つめて言った。

「本当に、よく生きていてくれた」

感極まったその声に、私はどう反応していいかわからず、曖昧な笑みを浮かべる。

向けられる好意を、どう受け取っていいかわからないのだ。

相手は私のことを幾分か知っていて、でも私はまったく知らない不思議な状況。詳しい話を聞いてみようって思っていたのに、いざ向き合うと何を聞けばいいのかわからなくて、また押し黙ってしまった。

「あぁ、すまない。つい感情が抑えきれず困らせてしまったね」

少し緊張して硬くなっていると、彼は安心させるように微笑んでみせる。

「改めて説明すると、私はオズワルド・ウェストウィックといい、君のお母さんであるアンジェラの従兄なんだ。アンジェラは、グレイフォード伯爵家の長女でね、小さい頃から私たちは親しくしていたんだよ」

「そう、ですか」

私はぽつりと声を漏らす。お母さんが伯爵家のお嬢様だなんて、孤児院でも聞いたことなのに未だに半信半疑だ。

私は緊張で手を握りしめつつ、じっとその瞳を見つめて話を聞こうとする。

彼は私の反応を探りながら、ゆっくりとした口調で語った。

「アンジェラが駆け落ちした後、すぐに手を尽くして捜索した。けれど、色々と偶然が重なって足取りが掴めなくなったんだ。私は従兄として捜索を手伝っていたんだが、君の祖父母も当然アンジェラの行方をずっと捜していた。気づけば十一年が経ち、古い知り合いから情報がもたらされたのが先月のことだ。そのとき、すでにアンジェラが亡くなっていると聞き、事実確認のために港町の食堂に使いをやったら、彼女の娘が孤児院で暮らしているって言うから慌てて君を迎えに行ったんだ」

十一年間も捜し続けていたなんて。

その瞳が少し陰ったのは、本当にお母さんを案じてくれていたからだとわかる。

「もっと早くに見つけていれば、と後悔している。迎えに来るのがこんなに遅くなってしまって本当にすまない」

真摯な態度でそんな風に謝罪をされ、私はキュッと胃が締めつけられる思いだった。お母さんたちが勝手に逃げて、勝手に私を産んだのだから、この人は何も悪くない。申し訳ない気持ちでいっぱいになり、私は静かに首を横に振る。

「おじさまが謝ることじゃないと思います。あの、おじさまと呼んでもいいんでしょうか？」

私が恐る恐るそう尋ねると、即座に返事が寄越される。

「あぁ、ぜひそう呼んでくれ」

おじさまは笑顔で何度も頷く。そして私の手を取り、まっすぐに見つめて言った。

「アンジェラのことは残念だが、これから先、君には私の庇護下で暮らしてもらいたい。これまで何もしてやれなかったせめてもの償いをさせてほしいんだ」

「償い、ですか？　でもおじさまが悪いわけじゃないのに」

一体、何の罪が？　まったく思い当たらず、私は首を傾げる。

「アンジェラと私は、親戚で一番仲がよかったんだ。本当の妹みたいに思っていた。私は、君のお父さんとアンジェラが恋に落ちたことも知っていたんだよ。彼女はそのことを誰にも言っていなかったけれど、私にだけは話してくれてね。だが、肝心なときに助けてやれなかった。アンジェラが何も言わずに姿を消したのは、私に迷惑がかかると考えたからだと思っている」

懐かしそうにそう話すおじさまは、迷惑をかけてくれてもよかったのにと小さな声で呟いた。その雰囲気が淋しげで、私は自分が悪いことをしたような気になり、なんとなく気まずくて目を伏せる。

「もちろん、アンジェラがいなくなったのは彼女の意志だ。私が迎えに行ったとしても、また逃げられるか追い返されただろうね。結局、アンジェラからすれば私は完全に信用できる味方ではなかったのだから」

頼ってもらえなかったことが悲しい、おじさまの口ぶりからはそんな印象を受けた。

「お母さんは、連れ戻されたくなかったんですね」

貴族のお嬢様の駆け落ちって、想像以上に大変なことなんだな。

逃げてもそれで終わりじゃなくて、連れ戻されるかもしれないって怯えて、こんなに優しいおじさまにも居場所を告げられなくて。

でも、本当にどうにもならなかったの？

私には事情がよくわからないから、なぜそこまでお母さんが頑なに居場所を教えなかったのかわからなかった。

「見つかったら、君のお父さんとは一緒にいられなくなるから。それに、娘の君と引き離されるのを恐れたんだろう。もちろん、私個人としてはそんなことにならないよう力を尽くすつもりだったが……」

お母さんは誰にも助けを求めず、一人で私を育てる道を選んだ。

風邪を拗らせて死ぬくらいなら、助けてって言えばよかったのに。離れ離れになってしまったとしても、生きていてほしかった。

でも、何を考えても今さらで私は力なく肩を落とす。その様子を見たおじさまは、私を元気づけるように力強い声で言った。

「悲しいが、過ぎた時間は戻らない。だからこそ、大事なのはこれからどうしていくかだ」

「これからどうしていくか？」

私はおじさまを見上げ、目をぱちりと瞬かせる。

「ルーシーには、祖父母である前伯爵夫妻のもとへ行くか、私と暮らすかを選んでほしい。ただし、祖父母は君のことをあまりよくは思っていない。酷なことを告げるけれど、彼らは娘の子だから引き取る気はあるが、娘を騙して逃げた男の子どもだとも考えていてね。一緒に暮らして、うまくやっていけるかは不安が残る」

「それは、そうですよね……」

歓迎されないのは予想できる。

祖父母のもとへ行っても、うまくやっていけそうにないと思った。

「私と一緒にここで暮らしてくれるなら、おじさんとしてはそれが一番うれしいかな。遠慮なんていらないよ。これから君を引き取って育てて守っていきたいというのは、私の自己満足なんだから。

もちろん、君が今も家族と幸せに暮らしているならば、無理に連れてこようとは思わなかった。だがあまりに孤児院が、ね」

おじさまは、苦笑いで言葉を濁す。なぜそんな反応なのかはすぐに予想がつき、私も同じように苦笑いになった。

あのボロボロで困窮を極めた孤児院を見て「ここよりは」と思ったのね。ここよりは、どころかこんなお邸で暮らせるなんて天国だとしか思えない。

ただ、私がこのままおじさまのもとにいたいと思っても、それはそれで問題がありそうな気はする。

「あの……」

「なんだい？」

気になることを聞いてもいいのか、私は躊躇いながら尋ねた。

「おじさまは、私を引き取ってもいいんですか？　誰かに反対されたり、叱られたり……」

おじさまにも家族がいるはず。いきなり私が一緒に暮らし始めたら、迷惑だって思わない？

ところがおじさまは「心配ない」と笑った。

「叱られるのはちょっと嫌かなぁ。けれど大丈夫、おじさんはけっこう強いおじさんなんだ。文句を言う者がいたら、全員まとめて片づけてしまおう」

よくわからないけれど、おじさまは強いらしい。

そして、おじさまの奥様は、意外にも私を歓迎してくれているという。

「妻のクラリスはアンジェラの友人だったから、君が一人だと知るとぜひ引き取りたいと泣いて頼んできたくらいでね。自分が迎えに行きたいと言っていたけれど、普段は領地にいるからすぐには来られなくて、とても残念がっていたよ。だから大丈夫！」

私はびっくりして、きょとんとしてしまう。

子どもが一人増えるって大きな問題のはずなのに、こんなに簡単に受け入れてもらえるなんて予想外だった。

おじさまによると、奥様も息子さんも今は領地で暮らしているそうだ。領地を持っている貴族なら、こんな風に当主と家族が離れて暮らすことはよくあることだとも教えてくれた。

領地までは馬車や船を乗り継いで十日ほどかかるので、子どもには過酷な旅だ。だから、おじさまの領地では、十二歳未満は王都への移動を制限しているのだとか。

「息子はジュードというんだが、君より二つ下の八歳でね。正式に決まってから話すつもりだよ。でも反対はしないんじゃないかな。あんまり難しい話は最初からしたくないけれど、女子に爵位の継承権はないから、ルーシーを引き取ったところでジュードと跡取り争いになることはないんだ」

「そっかぁ……。喧嘩にはならないんですね」

私のせいで家族が壊れるのだけは嫌だったから、おじさまの家族が反対していないと聞けてホッとした。

「君がここで暮らすことに了承してくれれば、すぐに妻に連絡する。妻は領地での仕事があるからこの邸にずっと一緒に住むわけではないけれど、明るい性格だからきっと楽しいと思うよ」

このおじさまの奥様なら、きっと優しい人なんだろうな。

それに、お母さんの友人だったというなら話してみたい気もする。

「もしもこの邸で私と一緒に暮らすなら、ルーシーには令嬢教育を受けてもらうことになる。ウェストウィック公爵家の娘として、立派な淑女になるまで責任を持って支えると約束しよう」

「私が、公爵家の娘に」

「あぁ、私たちの家族になってくれないか」

一緒に暮らすだけじゃなくて、養女としておじさまの家族になる。

新しいお父さんとお母さん、それにかわいい弟ができるってこと？

考えただけで気分が高揚していく。

うれしい。私でいいのかな、と不安はあるけれど、おじさまが私と一緒にいたいと思ってくれている気持ちは信じられる。

「ルーシー？　やっぱり孤児院の皆が恋しいかい？」

黙っていると、おじさまが不安げに問いかけた。まるで、私に断られたら悲しいみたいに。

おじさまは本心から、私に「ここにいてほしい」って思ってくれている。それがうれしくて、胸があったかくなって涙がじわりと滲(にじ)んできた。

孤児院の皆と離れることはもちろん淋しいけれど、でも家族って言葉がとても素敵に思えて、おじさまとそうなれたらって想像せずにはいられない。

今さら孤児院に戻ることはできなくて、祖父母とうまくやっていける自信もなくほかの選択肢がないっていうのは当然あるけれど、それ以上に「おじさまの家族になりたい」と思った。

「私、おじさまと一緒にいたいです」

まっすぐに目を見てそう伝えれば、おじさまは幸せそうに笑ってくれた。いつの間にか私はおじさまの上着の裾を摑んでいて、私の想いは先に伝わっていたかもしれない。

一つ気になったのは、私はしてもらってばかりで何も返せそうにないということ。

「今は何もできないけれど、いつかきっとおじさまの役に立てるように、恩返しできるようにがんばるから、だから……」

家族にしてもらいたい。一緒にいてほしい。

声が震えてしまって最後まで言えなかったけれど、おじさまは感極まったように顔を歪め、優しく抱き締めてくれた。

私は驚きつつも、そろそろと腕を回して抱き締め返す。

「何か返してほしいなんて思っていないよ。ただ元気に育ってくれればそれでいい」

おじさまの腕の中はとても安心できて、大切にされているんだと実感できた。ずっとこのぬくもりに包まれていたいと思うくらい、幸せな気持ちで満たされていく。

「君は今日から私の娘だ」

「はい」

孤児院から名門公爵家へ。

この日を境に、私の暮らしはすべてが変わるのだった。

第一章　義弟に目覚めさせられました

「ルーシーお嬢様、おはようございます。よく眠れましたか？」

「おはよう、カロル。ぐっすり眠れたわ」

ウェストウィック公爵家で暮らし始め、早一週間。

私の朝は、メイド長のカロルに起こしてもらうところから始まる。

カロルは母の乳母だった人で、今年で五十二歳になったベテランのメイド。濃茶色の髪を後ろできっちり結い上げ、黒色のメイド服を着た優しげな女性だ。

母が伯爵家からいなくなり、その責任を負わされ解雇になったところをおじさまが公爵家で秘かに雇い入れてくれたらしい。

おじさまの素晴らしい人柄に、私はまたもや尊敬の念を抱く。

「さぁ、お着替えをして髪を結いましょうね」

私に用意されていたのは自分の部屋だけではなく、色とりどりのドレスや靴、髪飾りなどのアクセサリー。

キラキラと輝くそれらを見ていると、うっとりして時間が過ぎるのも忘れてしまうくらい。

すでに何もかもが揃っているのに、おじさまは「ほしいものがあれば用意するよ」と言ってくれて、これは俗にいう甘やかしているという状態なのでは、と早々に気づいた。

この状態に慣れてしまったら、きっと私はダメな子になってしまうと思う。

けれど、やっぱりキラキラしたものは心がときめいてしまうので、今あるものをときおり意味もなく眺めてはにやにやしてしまう……！

「こちらはどうでしょう？　落ち着きはありつつも年相応の愛らしさがあると思いますわ」

カロルはうれしそうに衣装を選んだ。

私は笑顔で頷き、今日は落ち着いたボルドー色のワンピースと、踵にリボンのついたかわいらしい靴に決まった。

「今日もおかわいらしいですよ」

「ありがとう！」

身支度を整えてもらうと、食堂へ移動する。

この一週間、お邸の中を見学させてもらってだいたいの位置は覚えている。使用人は皆、私を見て笑顔で会釈してくれて、誰もいじわるなんてしてこなかった。

元平民でしかも孤児院にいた、なんて蔑まれるのでは……と怯えていた私だったけれど、それは勝手な被害妄想だったみたい。

ここの使用人がいい人ばかりということも考えられるものの、私の不安なんて何一つ当たらなかったから拍子抜けしてしまったくらいだ。

「おはよう、ルーシー」

「おはようございます、おじさま」

食堂には、すでにおじさまの姿があった。私が入ってくると、手にしていた新聞を置いて微笑みかけてくれる。

この笑顔を見るとうれしくなって、私も自然に笑みが零れた。

「今日も天使のようにかわいいね。毎朝笑顔が見られて、私は本当に幸せだよ」

「ありがとうございます」

おじさまは私よりもずっと早く起きていて、朝食はほとんど毎日一緒に食べてくれる。

夜は遅くなることも多く、それはお仕事が忙しいからだと聞いた。

孤児院のレイメリア先生も忙しそうだったけれど、おじさまはいつ寝ているのか心配になるくらいずっと起きている。

今日もお仕事があると言って、朝食が終わるとすぐに馬車に乗って出発していった。お見送りは玄関までだけれど、ぎゅっと抱きついて「いってらっしゃい」と私が言うと何倍もの力で抱き締め返してくれて、本当の家族みたいでとても幸せな気分になれる。

私は、おじさまがお仕事をしている間、自分の部屋で毎日勉強に励む。

先生が来るのは来週からで、今はまだ暮らしに慣れない私のために、家令のセルジュやカロルが話し相手になってくれている。

「セルジュは、おじさまのことを何でも知っているんですか?」

机に向かう私がそう尋ねると、彼は白髪交じりの口髭(くちひげ)を揺らして楽しげに笑った。

「はい。旦那様のことは生まれたばかりの頃から知っていますよ」

セルジュはもともとおじさまのお父様の秘書で、今はこのお邸の家令をしているらしい。

「貴族って忙しいんですね。おじさまはどんなお仕事をなさっているの？」

今のところ、おじさまはかっこいい紳士で公爵家当主の偉い人というイメージしかない。

セルジュは柔らかい口調で、私にわかるように説明してくれた。

「旦那様は、貴族院の上院議員でございます。議員というのは、貴族の中でも国王陛下に意見することのできる権利を持ちます。彼らの中にも立場の上下はございますが、旦那様は国の重要なあれこれを決める三十人のうちの一人でございます」

「三十人の一人？　そんなに偉い人なんですか⁉」

「はい。かつては王女様が嫁いできたことがあるほどの名家ですので、貴族の中でも特別な権力をお持ちです」

予想外の言葉に、私は目を丸くする。どうやら、とてつもなくすごい家に引き取られてしまったみたい。先祖が王女様で、義父となったおじさまは国の重鎮？

改めて知ったウェストウィック公爵家のすごさに、言葉が出なかった。

「旦那様はお父上を二十五歳で亡くされまして、若くして公爵家の当主となられました。現在は三十一歳で、領地と国の繁栄のために力を尽くされておいでです」

「三十一歳⁉　おじさまってそんなに若いんですか⁉」

驚きで、さらに目を見開く。

頼りがいがあるから、もっと年上だと思っていたわ！

ここで暮らし始めてからあらゆることに驚きっぱなしだけれど、一番驚いたかも……。

「奥様は旦那様より一つ下の三十歳、ジュード坊ちゃまは八歳でございます。旦那様がご結婚なさったのは二十二歳ですので、貴族としては一般的なご家族ですね」

「そうなんですか」

「ルーシーお嬢様も、いずれはご家族を持つようになられます。そのとき、嫁ぎ先で困らないように今からしっかりと教養を身につけておくのがよろしいかと」

セルジュの言葉に、私は深く頷いた。

貴族令嬢としての勉強は、まずは文字の練習や言葉遣いから。おじさまが雇ってくれた三人の先生から、基本的なことを教えてもらうようになった。

礼儀作法についても学び、ドレスで優雅に歩く練習も始めた。

きれいなドレスが着られるのはうれしいけれど、こんなに重たいなんて思わなかったわ……！

慣れないドレスの裾に悪戦苦闘する日々。表情も、指先までも優雅でいなくてはと習ったけれど、何度も裾を踏みつけて転びそうになって半泣きになり、階段では手すりにしがみつくようにしてじゃないと下りられず、気づけば眉間にしわが寄っていることも。

朝から決められた課題をこなしていくと昼食の時間になり、食事を終えたらお邸の中を散歩して位置関係を覚え、そしてまた礼儀作法の習得に励む。

そこから夕食を取り、入浴をすると今度は読書の時間。痩せすぎだということでお菓子をもらい、私の就寝時間の間際になってお邸に戻ってきたおじさまに挨拶をしてからベッドに入る。

「あんまり身体を動かしていないのに、とっても疲れる……！」

孤児院では壁を修繕したり、畑で野菜の世話をしたり、小さい子たちの服を繕ったり……とにかく身体を動かしていた。けれどここに来たら勉強、勉強また勉強で、特に力は使っていないのにとても疲れる。

「はぁ……」

大きくてふかふかのベッドは、一人で眠るには十分すぎるほど。そこに仰向けになり、レースが何重にもなった天蓋を見上げて微睡(まどろ)む。

「がんばらなきゃ……！」

明日もまた、たくさん覚えることがある。

私を引き取ってくれたおじさまに、「ルーシーは賢いね」「がんばっているね」と言ってもらいたい。引き取ってよかったって、思ってもらいたい。

公爵家の養女になった私は、ひたすら勉強する毎日を過ごしていた。

＊＊＊

月日は流れ、早四年。

私は十四歳になり、座り心地のいい猫脚のソファーにも天蓋つきの大きなベッドにも、お嬢様と呼ばれることにもすっかり慣れた。裾の長いドレスでも、ドレープの多い生地でも、背筋を伸ばして歩くことができる。

言葉遣いや立ち居振る舞いを注意されることもほとんどなくなり、おじさまは「立派な淑女だよ」と合格をくれた。

あんなに違和感だらけだった貴族令嬢としての暮らしも、今では当たり前のように受け入れられている。

けれど今日は特別。私は、朝から落ち着きなく部屋の中を歩き回っていた。

「あああ……！　いよいよ今日なのね……！」

もう何度目かわからない独り言。落ち着いて座っていることができず、何度も窓際へ行き意味もなく外の景色を眺めては独り言を繰り返す。

メイドたちは、そんな私の様子を見てクスクスと笑う。

「はい、お嬢様。いよいよジュード様がいらっしゃるのですよ。お着替えをして髪も整えて、うんとかわいくしましょうね」

私にそう話しかけてきたのは、メイドのリン。同い年の女の子で、おじさまが私のために雇ってくれた世話係である。

茶色の髪に黒い瞳、凹凸のない顔つきは異民族の血筋だかららしい。とても明るく優しい子なので、世話係とはいえ私にとっては友人みたいな存在になっていた。

「もう緊張でどうにかなってしまいそう。ちゃんとご挨拶できるかしら？」

これまで着ていたアイボリーのドレスを脱いで下着姿で鏡の前に立つと、カロルが薄桃色のドレスを持ってきてくれる。

この四年で随分と伸びた手足に、柔らかなふくらみを主張する胸元は、孤児院にいた頃とは比べ物にならないほど栄養状態がよくなった証(あかし)だと思う。

「やはりお嬢様は、明るいお色がよくお似合いですね」

「ええ、桃色や水色は特にお顔立ちにぴったりです」

カロルやリンは、私への評価がやたらと高い。何を着ても「かわいい」「きれい」「どこのお姫様にも勝る」と褒めてくれるから、うれしい反面ちょっと恥ずかしい。

今日の薄桃色のドレスは、義弟のジュード様との初対面のために仕立てられた新しい衣装。お買い物大好きなおばさまが選んでくれた「ルーシーが最高にかわいくなれる一着」だという。

おばさまとは引き取られて三日後にお会いしてから、以降は半年に一度のペースでお会いしている。彼女はおじさまが言っていた通りの明るい人で、見た目は楚々とした美人なんだけれど、性格はさばさばしていて喜怒哀楽のはっきりした女性だ。

社交界や領地では、優雅で知性を感じさせる淑女として有名だとセルジュから聞いている。

私にとっては、優しくておもしろくて、とにかく何でも褒めてくれる理想のお母さんという印象だから、世間の評判とはちょっと違う。

会うたびに数えきれないほどのドレスや装飾品を贈ってくれて、「お買い物は楽しいのよ」といたずらっぽい目で笑う姿はとてもかわいらしいと思った。

領地からは、船と馬車を乗り継いで十日間の道のり。大人のおばさまでも、半年に一度来るのもかなり疲れる旅路と聞いていて、子どもは渡航制限があるからジュード様とはまだ一度も会ったことがない。

ようやく会えると思ったら、喜びと期待と緊張で、とても朝早く目が覚めてしまった。

「あぁ、今日も絹糸のように柔らかでさらさらな髪ですわ。本当にきれい……」

リンが私の腰まで伸びた銀の髪をするすると指で掬い、いくつもの細い束に分け、素早く編み込んで豪華なハーフアップにしてくれた。

鏡を見ると後ろまで完璧に仕上げられていて、私は「ありがとう」と彼女に告げる。

「準備ができたら、もっと緊張してきたわ……！」

ジュード様は、私の二つ下の十二歳。

一応、義弟にあたるけれど本家のご子息様である彼は別格だ。軽々しく弟だなんて言っていい相手ではないと思っている。

でも本音を言えば、本当の弟みたいにかわいがってみたい。孤児院の子どもたちみたいな遊びはしないんだろうけれど、たった一人の義弟と仲良くしたい気持ちは強いのだ。

ただ、心配なのは私の精神力がもつかどうか。

「お手紙では書きたいことがたくさんあるのに、いざ会えるとなったら何を話していいかわからないの。どうしよう」

また落ち着きがなくなってしまった私は、仕上がったばかりの髪をひっぱりそうになってリンにすかさず手を握られる。

思い起こせば四年前、おじさまから私を引き取ったと聞かされたジュード様は、すぐに手紙をくれた。たぶん、おばさまに「書きなさい」って言われたんだろうけれど、初めて届いた手紙にはきれいな字で歓迎する旨が書かれていた。

『お義姉様ができるなんて、うれしいです。どうか、お勉強がんばってください』

当時の私は、公爵家に引き取られて日が浅く、毎日続く勉強づけの日々がつらくなってきていて、孤児院の皆にも会いたくなって、塞ぎ込む日が多かった。

がんばらなきゃ、と思いすぎて知恵熱を出すこともしばしば。言葉遣いを意識しすぎて、話すことが怖くなってしまった時期もあった。

親を亡くした私が公爵家に引き取られるなんて急に降ってきた幸運に、「努力して立派にならなきゃ捨てられてしまう」って思ったのよね……。

身に余る幸せを体感すると失うのが怖くなるというか、比べる対象もいないから、自分がちゃんとできているのかわからなくて不安で仕方がなくて。

幸せなのに、気持ちが沈んでしまうという状況に陥っていた。

けれど、そのジュード様からの手紙を見て一気に元気が湧いてきたのだ。

まさかお手紙をもらえるなんて思っていなくて、しかも歓迎してくれているような雰囲気で、私は飛び上がるほど喜んだ。

かわいい義弟ができたんだって、この子のためにも素敵な義姉(あね)になろうって。

ジュード様とは月に一度、手紙のやりとりをして親交を深めてきた。おじさまが領地へ戻ってここを留守にするときは、義弟のために刺繍(ししゅう)したハンカチを預けもした。

初めてのやりとりから四年が経過した今、彼は私と同じくらいの背丈まで成長し、とてもかっこよくなったとおじさまからは聞いている。

「何を話したらいいかわからない、でも早く会いたい。お姉ちゃん心は複雑だわ……！」

これまで領内の寄宿学校に入っていたジュード様は、今年から王都にある貴族学院に通う。今日からずっと一緒に暮らせるのだ。

手紙では、しっかり者で優しい子っていう印象だったから、きっとおじさまに似て柔和な感じの美少年なんだろうなぁとうっとりする。

「きっととてもかわいいんでしょうね……！　お義姉様って呼んでくれるかしら？」

義理とはいえたった一人の弟なんだから、仲良くなりたい。

願望を抑えきれない私の言葉を聞き、リンがくすりと笑った。

「大丈夫ですよ～。あの旦那様のご子息ですから。人懐っこい感じで、すぐに仲良くなれるんじゃないでしょうか？」

そう励まされ、私は気分が高揚してくる。

勢いよく化粧台の椅子から立ち上がり、興奮して捲し立てた。

「そうよね？　そうよね？　仲良くなれるわよね！　ジュード様は聡明で優しくて、天使かと思うような美貌だって噂だもの。きっと中身も素敵な男の子に違いないわ」

ところがまたすぐに不安に駆られ、部屋の中をウロウロしながら私は頭を悩ませる。

「初めて会うんだから、ちょっとでも印象をよくしたいわ……！　あぁ、世間の姉弟ってどんな会話をしているのかしら？」

眉根を寄せる私を見て、リンが自信たっぷりに言った。

「いつも通りのお嬢様でおられれば大丈夫です。ルーシーお嬢様は私たちの天使ですから、きっとジュード様も姉と慕ってくれますわ」

天使って大げさな。

リンやカロルの私への愛は知っているけれど、いくら何でも言いすぎだと思う。

「緊張する……！」

胸がドキドキして、ときおり深呼吸を繰り返す。

大丈夫、挨拶の練習は何度もした。何事も、最初が肝心よね。落ち着いて、笑顔で挨拶すればきっと自然に会話ができるはず。

何度も自分にそう言い聞かせるこの状態は、馬車が到着するまでの二時間ほどずっと続いた。


太陽がほぼ真上に昇り、眩しい日差しに目を細める頃。

待ちわびた存在が、とうとう邸にやってきた。

「ルーシー様、旦那様のお戻りです。ジュード様もご到着ですよ！」

「すぐに行きます！」

義弟の到着を知った私は、いそいそと小走りで階段を下りていった。ドキドキしながら、初対面のときを待つ。

大きな扉が開くと、まずはおじさまがいつもの笑顔で入ってきた。

「ルーシー。ただいま。いい子にしていたかい？」

幼子に話しかけるような口調や態度は、出会って以来変わっていない。

「おかえりなさい、おじさま。いい子にしておりましたわ」

この四年間、猛特訓した淑女の礼は格段にうまくなった。屈んでも頭の位置がふらふらしないように、随分と特訓したもの。

おじさまは私の挨拶を見届けると、すぐ背後にいたジュード様に話しかけた。

「ジュード、紹介するよ。この子がルーシーだ、かわいいだろう？」

上着をメイドに預けたジュード様は、おじさまの言葉を受けてこちらに向き直る。

栗色の髪を一つに結んだ端整な顔立ちの男の子は、思わず見惚れるくらいに美しかった。

身長は、私とほぼ同じ。成人女性の平均より少しだけ小さいくらいだ。

ぱちりと目が合うと、なんてきれいな子なんだろうと驚いて息を呑む。

「君が、ルーシー……？」

きりっとした眉に、まるで晴天のように澄みきった水色の瞳が理知的で、瞬きすら洗練されている。私はジュード様を見つめたまま、目を逸らせなくなってしまった。

彼のすっと伸びて整った鼻梁や艶のある肌、形のいい小さな唇は人形のようにほんのり赤く、おとぎ話の妖精が絵本から飛び出してきたのではと思うほどに愛らしい。

この国では、跡取りの男子が悪い妖精に攫われてしまわないよう、女の子みたいに髪を伸ばして妖精を騙して守る……という昔ながらの風習があり、だからジュード様も成人する十六歳までは髪を伸ばしているのが見てわかったけれど、男の子の服を着ていなければ誰もが女の子と思うくらいにかわいかった。

こんな子に「お義姉様」って呼ばれたら、倒れてしまいそう！　かわいすぎて、胸の奥がぎゅっと締めつけられるような感覚になる。

あぁ、いつまでも眺めていたいわ……。でも今は、まず挨拶をしなくては。

私は慌ててスカートの裾をつまみ、一世一代の晴れ舞台のつもりで声を振り絞る。

「はじめまして、ルーシーでございます。お目にかかれて光栄ですわ」

マナーの先生に習った通りに、自然な笑顔を心がけた。

胸の内は義弟に会えた感動でいっぱいで、必死に興奮を抑えて平静を装う。お決まりの定型句以上のことを話す余裕なんてないけれど、いい印象を持ってもらいたくて必死で微笑み続けた。

そして、その後はひたすらジュード様から声をかけてもらえるのをじっと待つ。

「「………」」

なぜかしら、何一つ返事がない。

私たちは向き合っているから、別の人に声をかけたなんて勘違いは絶対に起きないのに、ジュード様は心ここにあらずという雰囲気で動きを止めていた。

どうしたの⁉　なぜ何も言ってくれないの⁉

沈黙は長い間続き、私は次第に口元が引き攣り始める。

「ジュード？　どうかしたのか？」

おじさまが不思議そうに尋ねた。

使用人たちも何が起こっているのかわからないようで、訝しげな顔で私たちを見つめている。

挨拶を返してもらえない展開は予想しておらず、どんどん不安が押し寄せてきた。

まさか、まさか……こんな義姉で幻滅した？

おばさまのご実家でのお茶会では「かわいい」「きれい」「羨ましい」なんてお世辞をたくさんもらうけれど、あれはすべて公爵家に気遣ってのことで、実は私はがっかりするほどの容姿だったの？

そうなのね……。そうだったのね。

知りたくなかった真実に胸を痛めつつも、私は曖昧に笑顔を必死に保つ。

ただ、それにしてもあまりにジュード様の様子がおかしい。もしかして、お邸に入ってきた瞬間に何かアクシデントがあったのかしら？

私は、恐る恐る彼に声をかける。

「ジュード様？」

大丈夫ですか、という問いかけを込めた目で様子を窺い、小首を傾げた。

すると、ジュード様は途端に真っ赤になってプルプルと震え出す。

「なっ、なっ……！」

狼狽えている美少年は、儚げでさらにかわいく見えた。

いけない、今すぐ抱きついて撫でまわしたい！　私が守ってあげるからね、って言いたい！

込み上げてくるときめきを必死で堪え、私はさも落ち着いているかのように装う。そこでようやく、彼は一言目を口にした。

「こんな女が義姉だなんて、絶対に認めない!!」

「!?」

あまりの言葉に、私は絶句する。渾身の笑顔も、一瞬にして消え去った。

おじさまがぎょっと目を見開き、衝撃的なものを見るような顔になっている。挨拶をしただけで、義姉失格を言い渡されてしまった私は激しく動揺した。

一体何がいけなかったの!?　ジュード様の気に障るようなことを、知らないうちにしてしまったの!?　仲良くなりたくて、がんばって挨拶したのに……。

「ご、ごめんなさいこんな女で。本当にすみません、失礼なことをしてしまったのなら謝ります。

私のことが嫌なら、そうおっしゃってくださって構いません」

目を伏せ、とにかく詫びてみる。このままじゃ仲良くなるどころか、一緒に暮らせなくなってしまうのでは……と不安だった。

ところがジュード様は、すぐさま自身の発言を撤回した。

「違う！　そうじゃなくて、まだ、その、まだ認めないというわけで、この先どうかは……」

少し慌てたような声でそう言われ、私は驚いて顔を上げる。

ジュード様は、私と目が合うと恥ずかしそうで、それでいてどこか拗ねたように目を逸らした。

「嫌だとか、仲良くしたくないとかそんなんじゃない」

そう呟く顔は、ほんのり赤い。

もしかして人見知りなだけ？　何、この驚異的なかわいさは……！　私が傷ついたのを感じ取って、前言を撤回してくれたの？　辛辣なことを言ったわりに、気遣ってくれるなんて優しい。

その姿を見ていると、またもや胸がぎゅっと強烈に締めつけられ、呼吸が苦しくなってきた。

「ジュード様……‼」

かわいい。義弟がかわいすぎて、胸が苦しい！　今すぐ抱き締めて、頬ずりしたくて仕方がない！

あぁ、今すぐ部屋に走って、ベッドにうつ伏せになって「かわいい‼」って叫びたい‼

初めての衝動に、胸を両手で押さえ必死で心を鎮めようとするもうまくいかない。

このままだと、おかしな義姉だと思われてしまう。ジュード様にも、おじさまにも、この衝動を知られるわけにはいかない！

私は理性を総動員して、必死に笑顔を作る。

「これからよろしくお願いします。ジュード様に認めてもらうために、一生懸命がんばりますね。私、ジュード様と仲良くなりたいんです」

今日が初対面なのだ。いきなりお義姉様と呼んでほしい、なんて焦ってはダメ。

少しずつ話をして、ジュード様が心を開いてくれるのを待たなくては。それに、この衝動が何なのかも考えなきゃ。

きつい言葉の後に漏れる気遣いが堪(たま)らない……！

もっとこの子を知りたい、色々な一面を見てみたいってさらに興味が湧いてきた。

私、ジュード様と仲のいい義姉弟(きょうだい)になってみせる！

想像以上の「かわいい」を浴びた私は、義弟にどっぷりハマってしまうのだった。


ようやく義弟と会うことができた日。

夜になると、ジュード様と私、おじさまで楽しい食事の時間を過ごし（とはいえ義弟の口数はゼロ）、入浴を終えてからおじさまの部屋に集まってお茶をした。

なんというほのぼの家族。

領地にいるおばさまは「私も一緒に行きたい」と言っていたそうだけれど、残念ながら風邪を引いてしまって三日遅れで来ることになっている。

「ジュード様、ゲームがお強いのですね！　すごい」

大人がやるようなカードゲームで、お菓子を賭け合う私たち。

おじさまも弱くはないんだろうけれど、ジュード様の一人勝ちだった。

「俺が強いんじゃなくて、ルーシーが弱いんだよ」

「ふふふ、ジュード様の記憶力がいいんです」

「こんな簡単なカードくらいすぐに覚えられる、誰だって……」

褒めるとまんざらでもない雰囲気になり、ちょっと照れて顔を伏せるのが堪らない。

どうしよう。本格的にこの子を愛でたくなってきた。

私はこれまでまったくわかっていなかった。義弟がこんなにかわいい存在だなんて……！　ずっと彼を見ていたい。

「お菓子、いっぱいですね」

ううん、一緒にいなくていいの。陰からそっと、バレないように見つめたいわ。

ジュード様の前に積み上がったクッキーを見てそう言えば、彼はちらりと私を見る。

「こんな時間に焼き菓子を食べたら、太って醜くなるからな。ルーシーは食べない方がいい」

「こら、ジュード。レディになんて言い方をするんだ」

いえ、おじさま。私は全部わかっているので大丈夫です。

こんなことを言いつつも、私が見ていない間に私のお皿にクッキーをそっと戻してくれたんです。

さっき手元のカードを見ていたら、ジュード様の手が私のお皿にクッキーを……！

ううっ、心臓が痛い‼

勝ちすぎて申し訳ないからって、こっそりお皿に戻してくれるなんて！　優しさが漏れ出てます！　それを悟られないために、わざと嫌な言い方をするなんてかわいすぎるわ‼

玄関ホールで挨拶をしたときと同じように、私の心の中は熱くなっていた。

なんてかわいいんだろう。

ニコニコと笑ってジュード様を見ていると、またふいっと目を逸らされる。

「そんなに見るな。なんでずっと笑ってるんだよ！　バカなの？」

「すみません。楽しくて仕方なくて」

幸せすぎて、ついにやけてしまう。

するとここで、おじさまが苦笑いでフォローしてくれた。

「すまないね、ルーシー。いつもはもっと物分かりがよくて素直な子なんだが、初めて会う義姉に緊張しているのかもしれない。人見知りかな？」

私はまったく気にしていなかった。だって、ときめきしか感じていない。

「ふふふ、いいんです。ジュード様が来てくれただけで、もう胸がいっぱいになるくらい十分です」

ええ、本当に。お腹（なか）も心もいっぱいです。

まだ初日でこれなんだから、この先はどう過ごせばいいの？

「それに本当に嫌だったら、こうして一緒に遊んでくれませんわ。おじさまによく似て、とても優しいんだなって思いました」

ここにいてくれるだけで感謝します。

だらしなく頬を緩める私を見て、ジュード様は嫌そうな顔になった。

「父上だけでなく、俺にまで媚を売っても何もしてやれないからな！　そんなに気を遣ってもいいことなんてないぞ！　態度を変えるなら今のうちだからな！」

「――っ！」

これは直訳すると、「気を遣わずに自然に言いたいことを言ってもいいんだぞ」という意味ですね⁉　本当は優しいのに、つい捻くれた言い方をしてしまうところがかわいすぎる！

どうしよう、座っているのに立ち眩みがしてきたわ。

私がふらりと上体を傾けたのを見て、ジュード様は慌てて手を伸ばし支えてくれた。

「おいっ！　どうした⁉」

「失礼しました。元気です。ただ、あまりに眩しくて眩暈が……」

「おまえの部屋、どれだけ暗いんだ？　この部屋の灯りは普通だぞ」

眩しいのはあなたです。

私はよろよろと上体を元に戻し、なんとか自力で座りなおす。

ところが、気を引き締めなければと思った矢先に、私は最後の一撃を見舞われる。

「おかしなやつだな」

拳で口元を押さえ、クッと笑ったその姿を見ると再び胸が苦しくなった。この尊大な態度で意地悪なことを言っておきながら、最後にしっかり甘さが出てくるところ……！

私は、今度こそ意識が遠のきそうになる。

まずいわ。義弟の殺傷能力が高すぎた。

「はぁ……！」

胸に手を当て、もう今すぐ死んでもいいと目を閉じていると、ジュード様がため息を吐く。

「眠いんだろう？　遊びはここまでだ、もう部屋へ戻れ。俺は父上ともっと難しいゲームをするから邪魔だよ」

「邪魔……」

その辛辣な言葉すらも、ドキーン！　と激しく胸に突き刺さった。

ええ、ええ、そうよね⁉　私も思っていたわ、私の存在が邪魔だって。

陰から見たい。扉の隙間からこっそり眺めたい。

でもそんなことして、万が一にでも見つかって軽蔑されたらと思うととても実行できなかった。

それに、もう限界。今日いきなり「かわいい」を摂取しすぎて、もう限界なの……！

「わ、わたくし部屋へ戻ります。おやすみなさい」

込み上げる熱いものが口から出そうな気がして、口元を右手で押さえて俯きながら急いで部屋を出る。

おじさまが「あ～あ、泣かせた」と嘆いていたような気がするけれど、立ち止まったら絶対にこの感動が溢れ出てしまう！

この感動は、部屋まで持っていって噛みしめたい！

息を止めたまま部屋まで走った私は、勢いよくベッドにダイブして枕に向かって叫んだ。

「があぎひわー！！！！」（かわいいわー！！！！）

一体これって何なのかしら……？

ドキドキが収まらず、ベッドの上で何度も寝返りを繰り返す。

そのまま眠れぬ夜を過ごした私は、朝方になってようやく眠りにつくのだった。

＊＊＊

翌朝、私は三時間ほど眠っただけでいつも通りの時間にベッドから出た。

カロルとリンに服装や髪を整えてもらい、お茶を口にすると急いで書庫へと向かう。

なぜってもちろん、「ジュード様が早朝から書庫にいる」と聞いたからだ。朝食の前に書庫でまず本を読むなんて、とても勤勉な子なんだわ。

さすが名家の跡取り、日常生活がすでに洗練されている。

一晩経っても、ジュード様への興味とときめきは冷める気配がなく、朝食の際に会えるとわかっているのに書庫まで行ってしまった。

こっそり中へ入ると、足音を限界まで消してそろりそろりと奥に進む。まさか、お淑(しと)やかに静かに歩くという令嬢教育がこんなところで役に立つなんて思わなかったわ。

息を止めて書庫を歩く私は、本棚の陰からこっそりとジュード様を観察する。

早朝からここにいるというのに、彼は妖精かと思うほど美しい。窓際に置いてある椅子に座り、ひたすら本の文字を目で追っていた。

白いシャツに紺色のベスト、黒のトラウザーズは貴族令息としての普通の装いだけれど、ジュード様から溢れ出る気品や知性が加わると、見たこともない特別な衣装なのではと思えてくるから不思議だわ。

昨日と同じく、胸が熱くなってきた。

じぃっと見つめ続けること五分、何やら苦悶の表情を浮かべた彼が突然に顔を上げて言った。

「おい、さっきから何を見ているんだ」

「！」

盗み見ていることがバレていた。

ジュード様は不機嫌そうに眉根を寄せ、私のいる本棚の方を睨む。

「こそこそ隠れるなんて気持ち悪い。そんなところにいないで出てこい」

かわいい義弟を怒らせてしまったらしい。もしかして、「誰かに見られている⁉」と恐怖を感じたのかもしれない。

もうちょっと覗き見のスキルアップをしてから、チャレンジすればよかった。背中を丸め、しゅんと項垂れつつ彼のそばへ向かう。

「申し訳ございません。悪気はなかったのです。ただちょっと、気になって」

あなたがかわいすぎて覗き見ていました、とは言えなかった。

すると、しょんぼりした私を見たジュード様は焦り始める。

「そんなところにいなくても、本が読みたいなら好きにすればいいだろう⁉　俺はおまえがどうしようが、これっぽっちも興味なんてないんだからな！」

こ、これは「興味ないから好きにしていい」という気遣いですね⁉

言葉はきついけれど、ときおり心配そうに私の反応を見ている感じがしてかわいらしい。

あまりにときめきすぎて、卒倒しそうになる。

「聞いているのか？　本が読みたいなら、好きに読めばいいって言っているんだ」

「ありがとうございます。そうさせていただきます」

私はさらに彼のそばへ寄り、遠慮なく好きにした。

座っているジュード様の隣に立ち、その手にある本を覗き込む。

「まぁ、もうこんなに難しい本を読んでいらっしゃるのですね」

「っ！」

それは、有名な学者さんが書いた国際情勢の本だった。近隣諸国の力関係や貿易のこと、他国より文化芸術面で後れを取ると人々の心の豊かさが損なわれる、というようなことが書いてあるけれど、私にはまだ早いと家庭教師の先生がおっしゃっていたのを覚えている。

さすがジュード様、二つ年上の私よりも一歩も二歩も勉強が進んでいるらしい。感心していると、彼は不機嫌そうな声で言った。

「おい」

「はい？」

「なぜ俺の読んでいる本を読もうとしているんだ？」

すぐそばには、ジュード様の空色の瞳がある。至近距離でじっと見つめ合っていると、次第に朱に染まっていく頬が、昨日初めて会ったときのジュード様を思い出させた。

「好きにしていいとおっしゃったので。ジュード様が何を読んでいるのか知りたかったのです」

ここぞとばかりに、私はこの状態の正当性を訴える。

けれど、彼はますます真っ赤になって怒りを露（あら）わにした。

「自分の好きな本を読めと言ったんだ！　なんだよ、まさかこの本が読みたかったのか⁉　おまえが読んでおもしろいと思うような本じゃないぞ！」

「そうかもしれません。けれど、ただジュード様がお好きなものが気になって」

「それなら口で聞けばいいだろう⁉　それに近づきすぎだ、離れろ！」

いきなり馴れ馴れしすぎた⁉　叱られたショックで私は涙目になり、すぐに一歩引いて後ろに下がると、ジュード様に謝罪した。

「ごめんなさい……！　気分を悪くさせてしまったなら、謝ります。近づきすぎてうっとうしかったのもごめんなさい。私のことはお気になさらず、どうかごゆっくりどうぞ」

やっぱり、真剣な顔で本を読む姿を遠くから見たい。

さらに少しずつ離れていくと、ジュード様はそれを止めるかのように右手を伸ばし、ぽつりぽつりと小さな声で言った。

「別にその、離れろって言ったのは近すぎたからで……。うっとうしかったわけじゃない。読みたい本があったら、ここで読めば？」

まさかの提案に、私はうれしくて飛び上がりそうになる。

あぁ、でもその通りにして図々しいって思われない？　いきなり距離を詰めすぎたら、嫌われちゃうかも……。一緒にいたいし、もっと観察したいけれど、まだちょっと早いわ！

私は誘惑に必死で抗い、笑顔で辞退した。

「いえいえ、今日のところはこれにて失礼いたします。では、後ほど食堂で！」

そそそと後ろ足で下がった私は、ぺこりとお辞儀をしてまた本棚の陰に隠れる。

書庫から出たと見せかけて、扉も一度開け閉めして再びこっそりジュード様のことを観察した。

「「…………………」」

困ったわ。今度も気づかれている気がする。残念だけれど、今日はもう諦めるしかないみたい。

あぁ、でも大事なことを言うのを忘れている。淑女として失敗していた。

「ジュード様」

私は本棚の陰からそっと声をかける。

「今度は何？」

ぶすっとした表情で、諦め半分というような声で問われた。

「おはようございます」

「今さら⁉」

だって、盗み見しているときに声をかけられたから挨拶を忘れていた。

ニコニコと笑って見つめていると、しばらく苦い顔をしていたジュード様が口を開く。

「…………おはよう」

私は挨拶を返してもらえたことがうれしくて、パァッと表情が明るくなった。

たった一言がこんなにうれしいなんて、義弟ってなんて尊い存在なのかしら！　おじさまとの毎日もとても素敵で幸せだったけれど、これからは学院に通うジュード様も一緒なのね。

神様に感謝していると、廊下の向こう側からリンがやってくる。

「お嬢様、朝食の準備ができました。……どうかなさいました？」

私は最高に緩んだ顔でリンに告白する。

「ジュード様がね、昨日みたいに辛辣なことを言いつつも、その後で必ず優しいことを言ってくれて……。冷たい態度と気遣いが二段階でやってきて、私の胸がきゅうんって締めつけられるのよ。あぁ、かわいすぎて倒れそう。私ったら、どうしちゃったのかしら」

胸に両手を当て、ほうっと息をつく。

この昂り（たかぶ）を伝えきれないのが残念だわ。

思い出してはにやにやする私に向かって、リンは訳知り顔で言った。

「それは、ツンデレ好きというものではないでしょうか？」

思いがけない言葉に、私はきょとんとなる。

「ツンデレ？」

確か、恋愛小説で読んだことがある。リンは自信たっぷりに頷いた。

「失礼ながら申し上げますと、ジュード様はツンデレなのです。昨日のやりとりから、リンはそうではないだろうかと思っておりましたが、間違いなくツンデレですね」

「ツンデレ……。普段はツンツンしてそっけない感じだけれど、ときおり優しくなるデレを出してくるツンデレね？」

言われてみればしっくりくる。

どうしてすぐに気づかなかったんだろう。ジュード様はツンデレなんだわ！

「大変。私、ツンデレが好きだったみたい！」

前のめりでリンに伝えると、彼女は私と一緒に目を輝かせた。

「よかったですね！　ちょっとまともではないご趣味かと思いますが、お嬢様がいきいきとなさっているのでリンはうれしいです！」

まともじゃないって言われたことは心外だけれど、喜んでくれたことは素直にうれしい。それに、この高揚感と胸の苦しみの原因がわかり、晴れ晴れした気分だった。

あぁ、これから毎日義弟のツンデレが見られるなんて……！

浮かれ気分の私は、リンと一緒に満面の笑みで廊下を歩いていった。


しかし、朝食後。部屋に戻った私は、机の上に分厚い本が一冊置いてあるのを見つけて、さらに悶絶する。

『これならバカでも読める』

走り書きのようなメモと、国際情勢について簡単に書かれた初歩の学習本だった。

ジュード様はどうやら、私があの本を読みたくてまとわりついていたと思ったみたい。

人をバカ呼ばわりするわりに、読めそうな初歩の学習本をわざわざ探してくれるなんて優しさが溢れてます!!

ツンデレの証とも呼べるメモが、神々しく光っているような気がしてきた。

「神様、ありがとうございます……!!」

おじさまにもおばさまにも、ジュード様にも感謝しかない。

彼らのために、私に一体何ができるだろう？　これは真剣に恩返しについて考えなくては。

分厚い本を胸にぎゅっと抱き締め、私は自分にできることを一生懸命考えるのだった。

＊＊＊

ジュード様が王都へやってきて約半年。

彼は毎朝、ここから学院へ通っている。一緒に暮らし始めると、手紙ではまったくわからなかったジュード様のツンデレが毎日見られて本当に幸せ。

まだぎこちない空気は漂っているけれど、私たちは義姉弟として着実に距離を縮めていると思う。

たとえば、朝食は毎日一緒に取る。

その後は、おじさまやおばさまが不在のときも私だけは必ず「いってらっしゃいませ」と玄関前でジュード様をお見送りしている。

そのときにする頬へのキスは「無事に帰ってきてね」というお祈りで、おばさまの真似をして同じようにしようとしたら全力で拒否されてしまった。

ちょっと傷ついたわ。

けれど、まだまだ出会って間もないから仕方がない、と自分を励ます。

『俺は毎日絶対に帰ってくるから、キスなんてしなくていいんだ！』

あぁ、照れて真っ赤な顔でそう叫んだジュード様は、本当にかわいかった。

弟を持つ姉はいつもこんな幸せを味わっているのか、と思うともっと早くジュード様と会いたかったと悔やまれる。

そして、どんなに恨めしそうに睨んでいても、私が笑顔で「いってらっしゃいませ」と手を振ると、きちんと「いってきます」と返してくれるんだからまたかわいい。

おじさま曰く、十二歳は大人になりきれず子どもでもない微妙なお年頃らしい。主導権を握りたいとか虚栄心みたいなものがあるのだろう、と笑っていた。

そういうお年頃を過ぎれば、いつかはお見送りのキスをさせてもらえるかしら？　大人になってほしいような、ほしくないような。

ジュード様にはまだ義姉と認めてもらえていないけれど、私はすっかりお義姉ちゃん気分だ。


学院がお休みの日は、二人揃って書庫で本を読むことがよくある。

ジュード様が早朝から読書をしているところへ、私が勝手に押しかけるのがお決まりの流れになっていて、迷惑そうな顔をしつつも隣にいさせてくれる義弟は優しい。

最初の頃は『邪魔したら追い出すからな』なんて言っていたけれど、私が徹底して動かず何も話さないものだから、『適度な発声は貴族令嬢としての嗜みに必要だから許可する』と言い出し、本の内容については会話できるようになった。

一緒に過ごす時間はすべてが宝物で、ジュード様のいる毎日はキラキラと輝いているように感じられる。

だからこそ、厳しい淑女教育もがんばることができた。

私が学院に通う予定はなく、家庭教師の先生が来てくれている。教養もマナーもダンスでさえも先生を呼んでお邸で学べるなんて、さすがは国内有数の名家だわ。

私はめったに外に出ることはないほどのお邸っ子で、おじさまやおばさまが買い物や観劇に連れていってくれる日以外は天候すら気にしなくていい生活をしていた。

そんなある日のこと、おじさまが私に「孤児院に遊びに行ってみてはどうか」と言ってくれた。

「レイメリア先生も随分とお年だからね。そろそろ引退なさるらしいんだ」

「え、そんなこと手紙では一言も……」

麗らかな日差しが暖かい午後。思わぬことを知らされ、私は動揺した。

孤児院のレイメリア先生とは、私がウェストウィック公爵家に引き取られてからも手紙のやりとりをしていた。

けれど、一度も会いに行っていない。

『立派な貴族令嬢になるまでは、ここへ帰ってきてはいけませんよ』

最初に交わしたお手紙で、そんな言葉をもらっていたからだ。

孤児院を出てからもう四年。レイメリア先生は六十歳に近い。孤児院の運営は、教会から選出されたシスターや牧師さんに任されるもので、引退する年齢は五十歳が一般的だった。レイメリア先生は子どもが大好きで、体力もあるからこれまで勤められたんだろう。

おじさまは私のことを慮って、「まだ正式に決まったわけではないが」と前置きしてから話した。

「後任には、年若いマリエル先生が選ばれるそうだ。レイメリア先生は引退し、教会で朗読の係をすると聞いているよ」

「そうですか……」

完全に辞めないところが、先生らしい。とはいえ、朗読係になれば礼拝が行われる近隣の教会を転々とすることになるので、会いたいときに会えるような状況ではなくなってしまう。

「おじさま。私、先生に会いに行きたいです」

私がそう口にすると、おじさまは頷いてくれた。

すぐに侍従に手配を頼み、次の週末に孤児院へ行くことが決まる。

「俺も行きます。一人じゃ心配だから」

「ジュード様が!?　でも護衛も一緒だし、無理してついてきてくれなくても……」

跡取りのジュード様には、休日であってもやることがたくさんある。領内の産業や税収、公共事業について学んだり、それに付き合いの深い領地のご子息との交流会に参加したり、自由に遊んでいい日なんてなさそうに見える。

いきなり外出予定を入れて、私に付き添って大丈夫なのかと気になった。

ジュード様は私を一瞥し、「問題ない」と言う。

「ははっ、ジュードは心配なんだよ。里心がついて、ルーシーがここへ戻ってこないんじゃないかって」

おじさまの発言に、ジュード様は全力で否定する。

「そんなわけないでしょう!?　ルーシーが戻ってくる家はここしかないんですから、心配なんてしてませんよ！」

「おや？　そうかい？」

「当たり前です。それに、戻りたくないって言うなら別に引き留めることは……」

引き留めてくれないいんですか!?

ショックで目を見開く私。それを見て、ジュード様は少しだけたじろいだ。

「ちっ、違うからな！　引き留めないのは、そんなことあり得ないからで！　ルーシーがしたいようにすればいいって思っているけれど、俺はその、ここにいればいいって思ってるわけで」

だんだんと声が小さくなっていくところがかわいすぎる。

ここにいればいいって思ってくれていると、確かに聞いた私は胸がじぃんとなった。

「ありがとうございます。ジュード様がいないと淋しいので、私はここに戻ってきます」

にこりと笑うと、ジュード様も口を引き結びつつもちょっとうれしそうな反応だった。

あぁ！　もう！　かわいいなぁ。にやにやが止まらないわ。

「ジュード、ルーシーを頼んだよ」

おじさまはそう言うと、にっこり笑って私たちを見守っていた。


瞬く間に時間が経ち、週末がやってきた。

少し庶民風の衣装に着替えたジュード様と、同じく街娘風のワンピースを着た私は二時間ちょっとかけて港町に到着する。

「ここから少し歩いていきましょう」

そう声をかけてくれたのは、ジュード様の侍従であるロアンさん。アッシュグレーの短い髪に、切れ長の目、逞しい体格の彼は十九歳で、ジュード様の乳母をしていた女性の息子だという。

ジュード様の学院進学に合わせて、同じく領地からやってきた。

ロアンさんも含め、私たちの周りには私服の護衛兵が五人ついている。屈強な体躯の男性ばかりなので、出かける前に物々しい雰囲気のおでかけだと思ったけれど、ジュード様と私は二人とも子どもだから護衛が多いのは仕方がない。

しかも、ジュード様はウェストウィック公爵家の唯一無二の跡取り息子だ。厳重な警戒網が敷かれるのは納得できる。

「行くぞ」

孤児院の近くで馬車を降りると、ジュード様はそっと手を差し出してくれた。

いよいよ皆と再会するのかと、少し緊張が込み上げる。

ジュード様の手を取り、懐かしい道を歩いていくこと数分。もうすぐボロボロの建物が見えてくると思いきや、まるで教会の支部や学校かと思うような立派な白い建物がそこにはあった。

「……え？」

驚きのあまり、最初は声が出なかった。

木造・穴あき三階建ての孤児院はどこへ行ったの⁉　港にある入国審査のための建物と同じくらい、立派で大きな建物に変わっている。

先生には手紙で「立派な貴族令嬢になるまでここには来るな」と言われていたのに、貴族令嬢らしさなんてすっかり忘れ、ぽかんと口を開けてその変わり様を見つめてしまう。

突然足を止めた私を見て、ジュード様は状況を察してくれた。

「あ、そうか。ルーシーは知らないんだな。前の建物は構造上欠陥があったらしくて、父上が資金を援助してすべて建て直したんだ」

「建て直した⁉」

やっぱりこれが孤児院の建物なのね？

一体、どれほどの資金を援助したんだろう。食糧の配給とはわけが違う。もう一度じっくり外観を見てみると、この港町で一、二を争うくらい頑丈そうな建物になっていた。

ジュード様は私の手を引き、再び歩き始める。

「それから、ここに大人でも通える学び舎を開いたんだ。商人との交渉で騙されないよう、読み書き計算から税金のことまで簡単に教える学校みたいなものだな」

「それはまた、随分と変わりましたね……」

きれいに舗装された道は、孤児院の前までちゃんと続いている。

スープに入れて食べていた雑草も、名もなき花も、よく落ちていたカラスの黒い羽根も何もない。

ここは立派な道になっていた。

なんだか初めて訪れる場所へ行くみたいで、さらに緊張感が増してくる。

先生や皆は、ここにいるんだよね？　私のこと、覚えているよね？　手紙でやりとりをしていたはずなのに、少し不安になってきた。

——リィン……。

扉についているベルを鳴らすと、中から長い金髪のシスターが現れる。

「まぁ、よくいらっしゃいました！　あぁ、ルーシー、元気そうでよかったわ」

「マリエル先生、お久しぶりです」

次の院長になるマリエル先生は、まだ三十代前半。私が孤児院で暮らし始めてすぐ、教会から派遣されてきたシスターだった。

四年ぶりに会ったのに、その笑顔は全然変わっていない。変わったのは建物だけで、私が余計な心配をしただけだったとわかる。

私は安堵し、ジュード様と繋いでいた手をようやく離すことができた。懐かしい顔を見たことで、口元には自然に笑みが浮かぶ。

あぁ、ようやく「私の記憶にある孤児院」と現実が一致した。ホッと胸を撫でおろす。

マリエル先生に先導され、軋むことのない長い廊下を歩いてレイメリア先生のいる院長室へと向かった。

扉を開けると、窓辺で外を眺めていたレイメリア先生がこちらを振り返る。

「レイメリア先生……！」

懐かしさで、ぐっと胸が詰まる。私は両手を伸ばし、先生の方へ駆け寄った。

「よく来てくれたわね。ルーシー。あぁ、顔を見せて」

抱き合うと、懐かしい香りがする。

私たちの身長はほぼ同じ高さになり、時の流れを実感した。私が大きくなった一方で、先生は少し縮んだのかもしれない。

記憶にあるよりも少し痩せた先生は、右手に杖をついている。聞けば、リウマチを患っていて、歩くことはできても走るのは困難だという。

悲痛な顔で「痛くないのですか？」と尋ねると、「不便なだけで痛くはないわ」とあっけらかんと笑って返された。

それがあまりに明るい笑顔だったから、私も笑顔になった。

「それはそうと、ルーシーはもうすっかり貴族のお嬢様ね。壁を直していたあなたを、今でもすぐに思い出せるのに」

先生は私の姿をまじまじと見て、満足げな顔をして言った。

足以外は元気そうで、ハリのある声は昔のまま。私の手を握り、優しくさすってくれる仕草も懐かしい。

あぁ、ここに帰ってこられたんだと胸がじわりと温かくなる。

「ルーシーったら、手紙にはいつも『がんばって勉強しています』とか『楽しいです』とかばかりで、きっとつらいこともあったでしょう？　ちっとも相談も愚痴も書いて寄越さないんだもの。実はずっと心配していたのよ」

やれやれ、と呆れたようにそう言われると、私は苦笑いするしかなかった。

おじさまに引き取られたことは本当に幸運で、自分は孤児院の皆よりずっと恵まれているんだってわかっている。それなのに、勉強がつらいだなんて言えるわけがない。

皆に会いたいって思うこともあったけれど、それだって口にするのはおじさまや使用人たちに悪いような気がして……。

こんな風に言えないことが増えたのは、確かに四年間という月日が流れたんだとちょっぴり切なくなる。

ただ、先生が私の成長と、そして再会できたことを喜んでいるのは伝わってきて、切ない気持ちよりも喜びの方が大きくなってきた。

「公爵家では、皆さんにとてもよくしてもらっています。おじさまもおばさまも、ジュード様もいて、毎日とても楽しいのは本当ですよ？　あ、それに家庭教師の先生に色々と教わって、今は社交界デビューに向けてダンスレッスンを増やしているんです」

「あら、もうそんな年齢なのね。きれいな花嫁さんになる日も遠くないかしら」

レイメリア先生は、そう言って目元を和ませた。私は「それはまだ早いです」と微笑み返す。

そしてその後、私が去ってしばらくしてからのことに話題が遡（さかのぼ）った。

「ウェストウィック公爵様がね、孤児院の運営費用を横領していた役人や商人をしっかり裁いてくださって。そのおかげで、皆の生活は随分と改善したのよ。しかも建物を造り直してくれたばかりか、この街全体がよくなるようにって学び舎まで開いてくださって」

先生の表情や弾んだ声に、心から感謝しているのが伝わってくる。

邸に戻ったら、おじさまに私からもお礼を言わなくちゃ。

頷きながら話を聞く私に、先生は続けて言う。

「ごめんなさいね、何も伝えなくて。ルーシーには新しい家族がいるから、なるべく孤児院のことは忘れて幸せになってもらいたかったの」

レイメリア先生は、しわくちゃの手で私の手を握った。

「本当に立派になって」

「先生」

私は胸がいっぱいになり、思わず涙ぐむ。

「あなたにも見せてあげたかった……！　あの悪い役人たちが蒼（あお）い顔をして、謝ってきた場面を」

「はい？」

私は思わず聞き返す。

「あいつら、口癖のように『こんな小汚い孤児院は、寄付をもらえるだけありがたいと思え』なんて言っていたのよ……！　それが、その小汚い床に額をこすりつけて謝る羽目になるなんて思わなかったでしょうね。本当に素敵な思い出だわ」

マリエル先生も「そうですね」と言って笑顔で頷いている。

えーっと、とてもアットホームな笑顔ですが、会話の内容が物騒ですね？　二人のシスターの恨みの深さを感じ取った。

でも、その話を聞いて私はどう反応すればいいのか？　詳しく聞いてもいいのかしら？

ちらりとジュード様を見ると、彼は遠い目をしていた。これは何か知っているな、と思って尋ねると、気まずそうな顔をしつつもぽつりぽつりと説明してくれた。

「父上が、その……。孤児院の寄付金や予算を横領していた連中をまとめて捕縛させて、元締めの商人と役人に『この国でこれからも生きていきたいなら、孤児院の方々に謝罪して許しを乞え』って。財産や商売する権利を手放して国外追放か、謝ってやり直すかの二択だから、彼らは必死で先生たちに謝ったらしいよ」

おじさまは、お金や食糧を援助するだけでなく、運営体制そのものの改革をしてくれていた。

性善説で運営されていた孤児院は、おじさまの送り込んだ人員によってしっかりと第三者の目が行き届く状態になっているらしい。

すごいわ。一時的な援助だけに留まらず、運営体制ごと変えてしまうなんて……！

自分のいた孤児院が貧乏なのはそういう裏事情があったことにも驚いたけれど、おじさまの手腕にも驚かされた。

　こんなに孤児院が改革されたら、レイメリア先生も安心して引退できるだろうなぁ。そう思っていると、予想外の言葉が耳に飛び込んでくる。

「私たちは改めて思い知りました。信仰心も大切ですが、努力して今を改善しようとすることの大切さを。これからは泣き寝入りせず、どんどん人を疑って戦っていこうと思います」

　こぶしを握り、カッと目を見開いて熱く語るレイメリア先生は、以前に増して頼もしく感じた。お元気そうで何よりだけれど、そんなに前のめりでやる気を見せて大丈夫なの⁉

「あの、先生。もう引退するって聞きましたが……？」

　自分でも少し口元が引き攣っているのがわかる。

　恐る恐るそう尋ねると、レイメリア先生はにこりと笑みを深めた。

「うふふ、そうなの。表向きはね？　引退するっていうことにしておいて、教会内部の腐敗を調べようと思っているのよ。朗読係になれば本部や支部に堂々と顔を出せるから、役人たちに情報を流して賄賂をもらっていた教会の裏切り者も見つけられるんじゃないかって思って」

　嬉々として今後のことを語る先生に、私はさらに驚かされた。

「あまり危ないことはしないでくださいね⁉」

　私は慌ててその腕を掴み、思いとどまってもらおうとするけれど、先生は恍惚とした表情で未来を語る。

「私は第二の、いえ、第三の人生を歩もうとしているの。生きがいを見つけたと言ってもいいわ。孤児院の皆のために、これからシスターになる女性たちのために教会の腐敗を洗い出してみせる。

私はまだまだ現役よ！」

レイメリア先生が正義に目覚めていた。

困惑する私の隣で、ジュード様がぼそっと呟く。

「うん、まぁ、大丈夫だよ。父上が後見してるから……」

「そうね。えーっと、生きがいが見つかるのはいいことだものね」

感動の再会（？）は、こうして幕を閉じるのだった。


お昼の時間になり、孤児院の皆と食事をいただいた後は、私たちが持ってきたクッキーを食べることになった。

孤児院にいたときに先生から教わったレシピで作った、安い小麦粉でも練り続けることで多少はおいしくなるクッキーである。

公爵家の小麦粉を使って作ったので、仕上がりは格段に上品な味わいになっていた。

「「いただきまーす！」」

子どもたちは皆、うれしそうにクッキーを頬張る。そして、何枚かは保存するために各々の袋に残していた。

孤児院の事情を知らないジュード様は、全部食べないのかと不思議そうに尋ねる。

「せっかくだからおいしいうちに食べたらどうだ？」

そばに座っている幼児たちは、揃って首を横に振る。それを見たジュード様は、眉根を寄せて小首を傾げた。

「ルーシーががんばって作ったのに」

私は隣に座っていたので、ジュード様の袖をそっと引いて言った。

「ジュード様、いいんです。皆はまた明日も食べるのよね」

決して、味に不満があって食べないわけではない。このクッキーは、シスターが生み出した最高の保存食であり、貧乏の味方。長期保存できることに加え、実はお腹に入れるとあり得ないくらい膨らむという特別なものだった。

「ふふっ、ジュード様には食べ慣れない味かもしれませんが、かつての私にとっては最高のおやつでした」

まだここにいた頃を思い出し、懐かしさに目を細める。

あまじょっぱいだけの、粉っぽいクッキー。公爵家の菓子とは比べ物にならないだろう。それでも、こうして皆で集まって同じものを食べることは懐かしくて幸せな気分になれた。

「本当に懐かしいです。私、ここにいるときもずっと幸せでした」

「そうか」

引き取られた孤児院が、ここで本当によかった。

両親を亡くして独りぼっちになった三年間は、つらくてつらくて堪らなかったけれど、優しい先生や同じ境遇の子どもたちに囲まれて私は幸せだったと思う。

クッキーを眺めていると、じぃっとジュード様が私の横顔を見ていることに気づく。

「どうしました？」

何か気になることでもあったんだろうか？

私はきょとんとして尋ねる。

「いや、別に」

ふいと顔を逸らすジュード様。私が黙っていたから、心配してくれたのかな？

義弟の思いやりを感じた私は、微笑みながら言った。

「でも、今はもっと幸せですよ？　ジュード様たちがこうしてそばにいてくれますから」

にこりと笑うと、そばに立っていた侍従のロアンさんも笑顔を返してくれる。私は皆に大切にされて、とても幸せ者だと実感できた。

ジュード様は納得したように、ぼそっと呟く。

「それなら、いい」

今日もジュード様はかわいい。見ているだけでつい頬が緩む。

するとここで、ジュード様の隣に座っていた少年が、初めて会う貴族というものに興味津々といった様子で話しかけた。

「ねぇ、お兄ちゃんは貴族なのにこんなものがおいしいの？」

すると、ジュード様はちょっとムッとした声で答える。

「おいしいよ。これはおまえたちのお姉ちゃんがおまえたちのことを想ってわざわざ作ったものだからな。うまいに決まってるだろう」

孤児院で出されるような「こんなクッキー」を、ジュード様はおいしいって言ってくれた。しかも、私が作ったということを気遣ってくれた。

なんていい人なの!?　ジュード様の優しさを目の当たりにして、私は胸がキュンとなる。

けれど少年は不思議そうな顔で、さらに尋ねた。

「変なの。僕らのことを想って作ってくれたから、僕らがおいしいと思うのはわかるよ。でもお兄ちゃん関係ないじゃん」

素朴、かつ残酷な意見だった。

ただし、さすが理想の公爵令息。ジュード様は笑顔を崩さない。

「さっさと食え」

あ、笑顔だけれど言葉は厳しい。

少年はあははと笑って、クッキーの残りに手を伸ばした。

私も自然に笑みが零れ、クスクスと笑ってしまう。

ジュード様は私が笑っていることに気づき、ちらりと横目でこちらを見た。

「ルーシー」

「はい」

そっと伸ばされた指先。きょとんとしていると、ジュード様の指が私の口元に少しだけ触れた。

「立派な貴族令嬢はまだ遠いな」

ジュード様は、にやりと笑いながらそう言った。

どうやら私の口元にクッキーのかけらがついていたみたい。

恥ずかしくなって顔を赤くしていると、テーブルに頬杖をついてジュード様が笑みを深める。

「仕方ないなぁ、ルーシーは」

少年らしいあどけなさの残るその笑顔は、あまりに神々しくて絶句してしまう。

「天使、降臨……！　ごふっ」

あ、正面に座っていたマリエル先生が壊れた。

ジュード様のかわいさに、次期院長さえも魂を抜かれてしまったようだ。

私とマリエル先生は無言で見つめ合い、お互いの胸のうちを共有する。

（神様、ありがとうございます！）

ジュード様という天使を遣わしてくれたことに、私たちは深く感謝するのだった。


空が茜色に染まる頃、孤児院から帰る時間がやってきた。

レイメリア先生とマリエル先生に見送られ、私は馬車に乗り込む。

「あなたが公爵家で大切にされていて、立派になって安心しました。私たちはどこにいても、あなたの幸せを祈っています。また会えるのを楽しみにしていますからね」

「はい。ありがとうございます。また必ず来ます……！」

手を振ると、子どもたちも笑顔で手を振り返してくれる。

ゆっくりと馬車が動き出し、立派すぎる孤児院の建物はどんどん遠ざかっていった。おじさまに連れられてここを去ったときとはまったく異なり、私の心は軽やかだった。

「ここに来てよかったです。ありがとうございました」

隣に座るジュード様にそう告げると、彼は窓の外に目をやったままぶっきらぼうに返事をする。

「別に。俺はついてきただけだから」

お邸に到着するのは二時間後。窓から見える夕日は、茜色から緋色、薄紫色へと次第に色を変えていく。

「ジュード様」

さっきから一言も話さない義弟が気になって、私は彼の横顔を見つめて声をかける。

「……何？」

「お腹、つらくありません？」

さきほどから、彼の右手はずっとお腹に当てられている。お腹がいっぱいで苦しいのでは、と思ったのだ。

心配になってその顔を覗き込むと、ジュード様は険しく目を眇めて呻くように言う。

「苦しい」

「ですよね⁉　すみません、言うタイミングを逃しちゃって」

きっと、クッキーがたくさん残ったら私が傷つくと思ったんだわ。食べた後に胃の中で膨らむって知らなかったジュード様は、無理していっぱい食べてくれたんだ。

「ごめんなさい、私のために」

しゅんと落ち込んで謝罪すると、彼はいつものように冷たく言い放つ。

「はぁ⁉　勘違いするな。たまたま腹が減っていただけで、あえて食べたわけじゃないからな！」

この期に及んで自分の優しさを認めないなんて、どこまでもいい人でそしてかわいい。私はどうにかジュード様を楽にしてあげたくて、膝枕を提案する。

「寝転んでください。少しは楽になりますから」

ポンポンと手で腿を叩き、どうぞと笑顔で誘ってみた。

「なっ……!?」

ちょっと背を仰け反らせて逃げようとするジュード様だったが、私は強引に彼の腕を取る。

「さぁ、今日ここへついてきてくれた恩返しをさせてください！」

腕を引っ張り彼の上半身を倒し、自分の膝に頭を乗せる。

さらさらの栗色の髪は驚くほど手触りがよく、撫でまわしたくなる衝動を抑えるのが大変だった。

ジュード様は抵抗していたものの、気持ち悪さが勝ったらしく、おとなしく私の膝に頭を乗せてぐったりと目を閉じていた。

そろそろと髪を撫でても、ジュード様はじっとしている。

「ふふっ、かわいい」

「おい」

「あら、ごめんなさい。もう黙っておきますね」

こんな風にのんびりとジュード様を愛でることができるのなら、またクッキーを作って食べてもらおうかな。

私は、能天気にそんなことを考えながら馬車に揺られていた。

第二章　ツンデレの容量・用法は守って摂取しよう

「さぁ、ルーシー。本日はお茶会のマナーをおさらいしますよ。実際にお料理やお飲み物を用意して、挨拶から始めます」

「よろしくお願いいたします」

今日は特別に、サロンにお茶会を模した用意をしてもらっている。来週末に、初めて家族四人揃ってお茶会へ参加する予定があるからだ。

先生が茶会の主催者という設定で、本番のようにサロンへ入ってくるところから実践する。

「マダム・イザベラ、本日はお招きくださり光栄ですわ」

マナーの先生はイザベラ・キャンベル侯爵夫人といい、この方はおじさまの実姉である。四十代で子育てをほぼ終えた現在、貴族令嬢の教育に力を注いでいた。

社交界の女帝と呼ばれるほど絶大な影響力を持っている淑女なので、私がおじさまの養女になった直後から教育係をしてくれている。

妥協を許さないとても厳しい方で、ときには鋭い指摘に泣きそうになったこともあるけれど、私の努力を認めてくれてしっかり褒めてくれるところもあるので、私にとっては「信頼できる人」という印象だ。

おばさまは私に甘いから、マダム・イザベラが厳しくしてくれることでバランスがとれているのかも……とも思う。

今日の実践形式で行う授業は、学んだことを発揮する最後のチェックみたいなもので、認めてもらいたいという意気込みと、じっくり見られる不安が私の中で入り混じる。

おじさまと同じ柔らかな金髪をすっきり結い上げたマダム・イザベラは、指先一つの動きも見逃さないわと言うかのように、鋭い視線を私に向ける。

この緊張感に耐えるのもまた、立派な貴族令嬢になる試練なのかも。

大丈夫、きっとできるわ。そんな風に自分で自分を励まし、習った通りにカーテシーをしてみせる。

挨拶からテーブルにつくまでを一通り済ませたとき、ずっと黙っていたマダム・イザベラは満足げに笑みを浮かべて頷いた。

「よろしい。随分と自然な所作ができるようになってきましたね。ただし、席につくときにわずかでも背後を見ないこと。相手がこちらに合わせて椅子を動かすのであり、あなたは堂々と前だけ見ていればいいのです。そうでなければ美しい姿勢が保てませんよ」

厳しくもありがたい助言に、私は「はい」と深く頷いた。強張(こわば)っていた頬の筋肉が緩み、ようやく自然な笑顔になる。

課題は残るものの、マダム・イザベラの表情を見ていると及第点はクリアできたのだとわかる。

ここへ来たばかりの頃は、挨拶も食事のマナーもまともに知らなかったことを思えば、自然な所作ができるようになったと褒められたことが素直にうれしい。

感動で胸がじんとなり、私は安堵の息を吐く。

そんな私と同じテーブルにつき、練習に付き合ってくれているおばさまが、マダム・イザベラに向かって苦笑いで言った。

「相変わらず手厳しいこと。十分に合格だと思いますわよ？」

おばさまは、さすが公爵夫人といった貫禄で優雅にお茶を楽しんでいる。

マダム・イザベラは、私に甘いおばさまに対しすぐさま反論した。

「ウェストウィック公爵家の令嬢たるもの、何事も完璧でなくては！　すべてのご令嬢の頂点に立つおつもりで行動しなければいけないのです！」

ぴしっと厳しく告げられ、私は慌てて背筋を伸ばす。

「は、はい！　がんばります！」

「返事に元気がありすぎます。もっと淑やかに、柔らかく」

この日はみっちり三時間、お茶会のための特別授業を行った。何度もやり直しをして、嫌になりそうなこともあったけれど、「ウェストウィック公爵家の評判が」と言われると、がんばるしかない。

私を大切にしてくれるおじさまやおばさまのために、立派な淑女になりたい。

ジュード様の義姉として、堂々と自信を持って振る舞えるようになりたい。その心意気の甲斐あってか、終盤にはマダム・イザベラからすべての項目で合格をもらえた。

私はとてもうれしくて、感極まって涙ぐむ。

「来週末の本番もがんばります……！」

その喜びも束の間、翌日は腕や足が見事に筋肉痛になってしまい、自然な所作になるには遠いなと思い知らされる。一抹の不安はあるものの、本番は着々と近づいていた。

ついにやってきた週末。

ドレスアップした私は、おじさまたちと一緒に馬車に乗り込む。

水色のドレスは紺の差し色が入っていて大人っぽく、袖や襟元のレースが華やか。ジュード様の紺色の盛装とデザインを揃えて仕立てられていて、まるで本物の姉弟みたいだとうれしくなった。

しかし馬車が目的地に近づくにつれ、礼儀作法や挨拶はきちんとできるだろうかと不安になり、少しずつ緊張感が込み上げてくる。

窓の外に目をやったり、ぼんやり考え事をしたり、袖口のレースを弄(いじ)ったりと落ち着かない。

「心配しなくても大丈夫だよ。今日は懇意にしている伯爵家のお茶会だから、本当に親しい知人しか参加しないんだ」

黒の盛装をまとったおじさまが、そう言って微笑んでくれる。

私の隣に座るおばさまは、安心させるようそっと髪を撫でてくれた。

「これまでは私の実家にしか行ったことがないものね。緊張するのは当然だわ」

この四年間で経験したお茶会は、いずれもおばさまの実家である侯爵家だった。十人ほどの奥様方にちやほやされて、おいしいお菓子を食べるというなんともイージーモードなお茶会で、皆さんとても友好的に私のことを扱ってくれた。

ジュード様は貴族の集まりや催しに慣れていて、「ちょっと出かけます」くらいの感覚みたい。

馬車の中でもずっと本を読んでいて、いつも通り落ち着いている。

おじさまたちに励まされても、まだそわそわしている私を見て、彼はついにぱたんと本を閉じ、呆れ交じりに言った。

「今さら慌てたってどうにもならないだろう？　そんなに不安なら、ルーシーは父上や母上の後ろで目立たないようにしていればいい。挨拶だけして、後はじっと座っていればそれでいいさ」

ジュード様は淡々と告げるが、冷たいようでいて実は私に多くを求めない優しさからこう言っているのだとわかる。

ちゃんとしなくては、と私が思いつめているときに限って、「何もしなくていい」とか「気にするほどのことじゃない」とか言ってくれるもの。

今だって、その口調とは裏腹に私を気遣い案じる目を向けている。

「まぁ……！　励ましてくれるんですか？」

うれしくなってつい口を滑らすと、彼は必死で否定した。

「なっ、そんなわけないだろう!?　ルーシーが何をしようと、誰も見ていないから気にするまでもないって言いたかったんだよ！」

眉根を寄せて、慌てて言い訳をするジュード様。

あぁ、落ち着かない私にどうにかして安心材料をくれようと、あれこれ言葉を探してくださっている……！　今日もツンデレをありがとうございます！

「そうですね、私のことは誰も見ていないって思えば落ち着いてきました」

笑顔でそう返すと、かすかに顔を赤くしたジュード様は窓の方をふいっと向いてしまう。

横顔もまたかわいい。拗ねてむすっとした表情も、何か言いたげなのに結局何も言わずに押し黙るところも、でも私のことを気にしてこちらに意識を向けている雰囲気も、全部がきゅんとなるわ……！　好きすぎて、今すぐぎゅって抱き締めたい。

義弟を眺めて頰を緩ませていたら、おばさまが私の髪にそっと触れた。それに気づいた私が隣を見ると、おばさまが困り顔で笑って言った。

「ジュードったら本当に素直じゃないんだから。ごめんなさいね、ルーシー」

いいえ。その素直じゃないところが好きなんです。

ツンデレは至高の甘味です。

私は笑顔で「大丈夫です」と答えた。

すると、長い銀髪をするりとおばさまの指が掬い、その視線はゆっくりと私の後頭部へ移る。

「やっぱり女の子は髪飾りが色々つけられていいわね～。この紫色のリボン、とてもよく似合うわ。ドレスと一緒にオーダーした甲斐があったじゃない」

ジュード様も後ろで一つに髪を結んでいるけれど、暗色な髪紐かシンプルな細工物しかつけない。

それもあって、おしゃれ大好きなおばさまは頻繁に私の髪飾りを用意してくれる。

「ありがとうございます。二種類の生地が重なったリボンなんて、まるで『王女の秘めたる恋』のオーロラ姫の飾りみたいでうれしいです」

おばさまは恋愛小説が好きで、私にもよく勧めてくる。

中でも『王女の秘めたる恋』は若い令嬢に人気で、挿絵のドレスや髪飾りがかわいいと評判なのだ。今朝この髪飾りを見たとき、「これは！」と気づいてとても興奮した。

私の言葉にパァッと顔を輝かせたおばさまは、興奮ぎみに訴えかける。

「わかる⁉　気づいてくれたのね⁉　そうなの、このデザインなら絶対にルーシーの銀髪に映えると思ったから、おもいきってオーダーしたのよ〜！　物語では王女様がこの髪飾りを落として、拾ってくれた護衛騎士との間に禁断の恋が芽生えるの……。あ、ルーシーは絶対にこれを落とさないでね？　作り直すのに一カ月かかるから」

滅多なことではなくならないだろうけれど、落としたら一カ月くらいは落ち込みそうだわ。私は深く頷いた。

「わかりました。大事にします」

その後、私たちは恋愛小説談義で大いに盛り上がった。

ジュード様は興味がないみたいで、ずっと窓の外を眺めている。私はときおりその横顔を盗み見しては、かわいさにときめくのを繰り返した。

「さぁ、着いたよ」

馬車が停まり、おじさまから順に降りていく。

すでに三台の馬車が停まっていて、各家の御者たちは顔見知りなのか、互いに挨拶を交わしているのが見える。

「気をつけて」

最後に私が踏み台に足を下ろすと、ジュード様がそう言いながら手を差し伸べてくれた。

普段はツンデレの義弟だが、いざ出かけるときにはこうしてきちんとエスコートしてくれるのだ。

私はその手にそっと自分の手を重ね、「ありがとうございます」とお礼を伝えた。

こうして見ると、身長はほとんど同じなのに手の大きさは全然違う。やっぱり男の子なのねと実感する。

今は婚約者がたまたまいないそうなのだが、今後もしもジュード様に婚約者ができたら、二人が仲睦まじく手を取り合ってお茶会に参加する姿が見られるかもしれない。

かわいい義弟と、愛らしい婚約者の女の子。

想像しただけでかわいいが容量オーバーしてしまって、私の胸はキュンと鳴った。

うれしくてついニコニコと笑顔で歩いていると、それに気づいたジュード様が不満そうに私を見る。その視線がもの言いたげで、私は笑顔のまま尋ねた。

「どうかなさいました?」

「別に。ただ、そんなに一生懸命笑わなくていいって思っただけ」

「まぁ、そうでしたか? 品がなかったかしら……」

空いている方の手で、頬をそっと押さえてみる。

「ジュード様みたいに、凛々しいお顔立ちならよかったんですけれど」

前を見れば、おじさまたちはすでに公爵夫妻の仮面を上手に被っている。

あれほど恋愛小説について熱く語っていたおばさまは、社交界では薔薇のように気品があり美しいと称賛される女傑である。澄ました顔で、ときに優美に笑うその姿は多くの女性の憧れだ。

まさに理想の夫婦。気品溢れるその姿は、お邸で見せる温かい雰囲気とはまったく違ったものだった。

ジュード様だってそう。

このような公の場では、クールでかっこいい美少年にしか見えない。世間では、成績優秀、見目麗しい完璧な貴公子だと評判らしい。

私もウェストウィック公爵家の娘として、しっかり努めなくては。そう思うと、急に焦燥感に駆られ、心臓がドキドキ鳴り始めた。

「また緊張が……」

ミスを怖がるほど、笑顔も所作も硬くなる。

胸の内では「あれほど練習したから大丈夫よ」という声と、「失敗したらどうしよう」という不安が交互によぎった。

本当に大丈夫なの？　周囲の人から、私はどう見えているの？

次第に表情は硬くなり、ぎこちない歩き方になっていくのが自分でもわかる。

そんなとき、ふいにジュード様が強く手を握ってくれた。

「大丈夫、ここにはうちに好意的な人しか来ていない。怖がらなくていいから」

前を向いたまま、私にだけ聞こえるよう小声でそう告げる。

その声がとても頼もしくて、驚いた私は思わず呟いた。

「優しい……！」

ジュード様が、大丈夫だって言ってくれた。私が怯えていることに気づいて、安心させようとしてくれた。

感動で目が潤み、頬が紅潮する。

「私のために……！」

「なっ⁉　違う！　ウェストウィック公爵家の娘として、堂々としていろという意味だ！　励ましたいとか、何かあっても俺がなんとかしてやるから大丈夫だとか、そういうことじゃない。断じてそういうことじゃないからな！」

どんなに否定しても、ジュード様は優しい。焦って否定すればするほど、出てくる言葉は彼の本心だと思った。

ごまかそうとして口数が多くなってしまうところなんて、最高にかわいい。

「別に！　ルーシーは今のままで十分……、母上の友人からはかなり評判がいいって聞くし！　がんばってきた成果はきちんと出るって自信を持てば!?　俺にはわからないけれど、周りはルーシーのことをきれいだって、かわいいって言ってくれているらしいし！　俺にはわからないけれど！」

あぁ、神様。なぜこれほどまでに尊い存在を生み出してくれたのでしょう。

私をどうにか励ましてくれようとする優しさと、俺はまだ認めていないという主張が交ざったツンデレ発言が堪らない。今すぐ日記に書きとめたい！

「……なんだよ」

あまりに見すぎて、恨みがましい目で睨まれた。

でも私の緩んだ頰は戻らず、しかもぽろっと本音が漏れる。

「かわいいなぁと思いまして」

「はぁ!?　かわいいわけないだろう、俺は男だぞ！」

怒った顔もまたかわいい。

おじさまが言っていた大人でもなく子どもでもない、そんなお年頃っていうのはやっぱり本当なんだわ。ここは年上として、彼の自尊心を認めてあげなくては。

そうよ、私はまだ半人前で自信もないけれど、それでもジュード様の義姉なんだ。しっかりしなきゃ。

私はきゅっと手を握り直し、笑顔で言った。

「頼りにしております。ご迷惑にならないよう努めますので、どうかよろしくお願いしますね？」

これできっと、今日は仲良く過ごせるはず。

そう思った私だったけれど、ここでジュード様のデレがさらに放たれた。

「迷惑なんかじゃない……。素直に頼むんだったら、絶対に守ってやる」

「っ!?」

私はまたもや義弟のツンデレをまともに浴びてしまった。

ちょっと気まずそうに目を伏せたところなんて、かわいすぎるでしょう!?

ときめきすぎて胸が苦しくなった私は、気がついたらジュード様の手を振りほどき数メートル後ずさっていた。

「どこへ行くんだ!?」

少し離れたところから、ジュード様の焦る声が聞こえる。

でも私は、自分の中で荒れ狂う衝動を抑えつけるのに必死で。

「はぁ……、かわいい。好き。かわいい」

両手で顔を覆い、くぐもった声で呻く。

ジュード様は、不思議そうな顔をして私を見ていた。

「あぁ、ツンデレ最高」

最後にそう呟いたそのとき、至近距離でじぃ～っと私を観察する視線に気づく。

「え？」

振り返ると、そこには金髪のかわいい女の子がいた。

年は私と同じくらい。透き通るような白い肌に、長い睫毛（まつげ）と大きな茶色の目が印象的だ。ふわふわの豪華なドレスを着ているから、裕福なおうちのご令嬢だとわかる。

「何か……？」

無言で見つめられ、どきりとしてしまう。

呻いていているから不審に思われた⁉

目を瞬かせて言葉に困っていると、彼女はふわりと人好きのする柔和な笑みを向けてくれた。

「その髪飾り……。『王女の秘めたる恋』のオーロラ姫のリボンでなくって？」

どうやら、小説のファンらしい。

私はすぐにコクコクと頷く。

「やっぱり！　とっても素敵だなぁって思って、ついお声かけしてしまいました。私、ゼイゲル伯爵家のケイトリンと申しますわ。お友だちになりませんこと？」

思ってもみない申し出に、私は目を輝かせて受け入れた。

「ルーシー・ウェストウィックと申します。ぜひお友だちになってくださいませ」

「まぁ、あなたがルーシー様ね！　私ったら、公爵家のご令嬢にご無礼を」

爵位が下の者から、許可なく上の者に話しかけてはいけない。その礼儀に反したとケイトリン様は申し訳なさそうな顔をする。

私は慌てて彼女の謝罪を否定する。

「無礼だなんて！　お声かけいただいてうれしかったです！」

「それはよかったですわ。どうか私のことは、ケイトリンとお呼びください。ルーシー様のことは、マダム・イザベラからお噂を耳にしておりますわ、とてもおきれいな字を書かれると」

「あぁ、では私のこともルーシーと。ケイトリンもマダム・イザベラに手習いを？　うれしい、仲良くなれそうですね！」

ふわふわの砂糖菓子のようなケイトリンは、私の言葉にますます笑みを深めた。「主催者への挨拶が終わったら一緒にお話でも」そう言って別れると、いつの間にかまた隣に立っていたジュード様がぽつりと言った。

「ケイトリン嬢ならまだ安全だな」

どうやら知り合いみたい。

私はじっとジュード様を見つめて尋ねた。

「彼女をご存じなのですか？」

ジュード様は王都へ来てから、たびたびおじさまに連れられて茶会などへ出かけているので、私とは比べ物にならないくらいに顔が広い。

社交も、公爵家の跡取りにとって必要な教育だそうだ。

「母上の友人の娘だよ。兄のフェルナン様は寄宿学校で一緒だったし、今も同じ学院にいる。ケイトリンにも何度か会ったことはあるけれど、裏表がなくていい子だと思う」

義弟からいい子だと保証され、私は目を輝かせて喜ぶ。

「そうなのですか？　ではもっと仲良くなってもいいんですね！」

「あぁ」

家同士には微妙な力関係や派閥が存在すると聞いていたので、親しくなってもいいとわかるとホッとした。

「わぁ、初めてお友だちができました……！　早くお話ししたいわ」

嬉々としてそう言うと、ジュード様がめったに見せない穏やかな笑みに変わった。

「よかった、ルーシーが楽しそうで」

「え……」

まるで私を見守ってくれる大人のようにそう言われ、一瞬だけどきりとしてしまう。私以上に、今日のお茶会で私が楽しく過ごせるか心配してくれていたのかと思うと胸が温かくなった。

うれしくて、でも二つも下の義弟に心配されたことは複雑で、私は曖昧な笑みを浮かべて目を伏せる。

ジュード様はそんな私の手を再び取ると、ゆっくりと歩き始めた。

「父上たちはあっちだ。挨拶を済ませて、早くケイトリンと話がしたいんだろう？　そろそろ行かないと」

その言葉に、私ははっとした。

そうよ、私は公爵家の娘として立派に努めなくては。義弟のツンデレや初めての友人に浮かれている場合じゃない。おじさまやおばさまが自慢できるような、立派な娘にならなくては。

姿勢を正して前を向き、ジュード様と一緒にまっすぐ歩いていく。

「どうしたの？　急にまじめな顔して」

私の変化を感じ取り、ジュード様が尋ねた。

繋いだ手に力を込め、私は決意する。

大丈夫。あなたのためにも、がんばります！

さっきまでの緩んだ顔ではなく、しっかりと目に力を入れて表情を作って私は言った。

「ジュード様。私、命に代えても今日のお茶会をやり遂げます……！」

私の突然の決意表明に、ジュード様はぎょっと目を見開く。

「重いよ‼」

ちょっと引きぎみのジュード様に連れられて、私は挨拶へと向かった。

＊＊＊

初めての社交から数日後。

私は、お友だちになったケイトリンのお邸へ招かれていた。

温かみを感じるオーキッドピンクのワンピースを着て、おばさまからお菓子とお勧めの恋愛小説を手土産に持たされやってきた。

花がたくさん飾られたサロンは、真白い陶器の調度品が並ぶ優雅な仕様。おいしいお菓子とお茶をいただきながら、おしゃべりはもう二時間ほど続いている。

ケイトリンは私と同じ十四歳で、莫大（ばくだい）な資産を持つことで有名なゼイゲル伯爵家のお嬢様。お父上である伯爵様に溺愛され、大切に育てられている生粋のお嬢様だった。

　趣味は、刺繍と恋愛小説。お花が好きな彼女は、栞やブックカバー、ハンカチ、ヘッドドレスなど様々なものに繊細な花模様の刺繍を施していて、見せてもらったどれもが職人級の腕前で見ているだけで幸せな気分になれる。

「どれも素敵な作品ね……！　私は刺繍が苦手ではないんだけれど、得意でもなくて。決められた図案通りに刺すことはできても、いざ自分で思い描いたものをとなると想像力が働かないの」

　素晴らしい作品を前に、私はそう悩みを口にする。

　服を繕うのと刺繍はまた別で、速さと正確さには自信があっても、優雅さやオリジナリティが足りないと思うのよね。

　ジュード様は「まぁまぁ普通だな」と言いつつも、私が刺繍したハンカチを毎日使ってくれているから、彼に褒められるくらいうまくなりたい。

　ケイトリンは私に自分の教本を見せながら、練習になりそうな図案を紹介してくれた。

「ふふっ、こういうのは自分が好きなものを選ぶことが大切だと思うわ。たくさんの図案を見ていると、あれとこれを組み合わせたらどうかしらって自然に思えるものよ？　でも、ルーシーは刺繍よりも歴史や地学の本が好きなんでしょう？　それならそこまで刺繍に力を入れなくてもいいではありませんか」

「そうね、歴史は同じことでも立場によって様々な見解があるのがおもしろくて。ジュード様には、『学院に通うわけでもないのにそんなに読んでどうするんだ』ってよく言われるわ」

　淑女の嗜みに、歴史の知識は含まれない。

あくまで趣味として読書をしているんだけれど、ジュード様は呆れつつも自分の本を貸してくれるからありがたい。

「ルーシーは学院へは通わないのですか？　私はお父様が許してくれないので、マダム・イザベラに教養から花嫁修業まですべてを教わっているんです」

ケイトリンの二歳上の兄・フェルナン様は、ジュード様と同じ学院に通っている。二人の弟はまだ幼くて、領地で暮らしているらしい。

学院は男女共学ではあるけれど、男女比は八対二くらいで圧倒的に貴族令息が多い。

私は平民育ちなので勉強の遅れが大きく、今のところ学院に通う予定はなかった。

「おじさまは、ある程度の知識が身に着いたら、編入してもいいとおっしゃってくれたの。でも、ジュード様が賛成してくれなくて」

ジュード様は学校生活についてはほとんど話してくれないけれど、「私も行ってみようかしら」と言ったら明らかに嫌そうな顔をされた。

『ルーシーみたいなのが通うところじゃない』

そう言われたときは地味にショックだったわ。

私がまだまだ淑女とは言えないから、通うのはまだ早いって反対してるのかな？　私が皆の学習ペースについていけなくなって、傷つくのを心配してくれている？

あえてキツイ言葉をかけて、諦めさせようとしたのかも。でも、キツイ言葉が放たれた後は必ずフォローの優しさが漏れるので、私は義弟からそれが飛び出すのを今か今かと待っている節があったりする……。

あのときだって、私が一瞬だけ傷ついた顔をすると、ジュード様はあからさまに「しまった」という顔をして慌てていた。

『学院は危ないから……それだけだ！』

『危ない⁉　猛獣でもいるんですか⁉』

あわあわと狼狽える私に向けて、ジュード様は真顔で言った。

『そうだ。ぼんやりしていたら、食われることもあるって耳にする。ルーシーみたいなのが無事に卒業できると思わない』

さすが貴族の学校だわ。元平民にはわからないけれど、とてつもない危険があるみたい。

ジュード様はなぜ無事に通えているのか、と詳しく聞こうとしたらふいっと目を逸らされて教えてもらえなかった。

回り込んで顔を覗き込もうとしたら、それに気づいた彼が横目でちらりと私を見る。

『学院はダメだけれど、街へはたまに連れていってやれるから……。だからそれ以外は、不用意に邸から出ないで。危ない目に遭ってからじゃ遅いんだからな』

大人みたいに、私に注意を促すところがかわいい。おじさまの真似かしら？

もちろん私は言われた通りにした。

そのときの話をすると、ケイトリンはクスクスと笑って言った。

「ジュード様って、外では笑顔が麗しい王子様みたいなのに、意外に子どもっぽいところがあるのですね。ルーシーを誰にも見せたくないんでしょう？　愛されていますのね！」

愛されている、と客観的にそう思ってもらえるのはうれしい。でも、それだけではないかもしれないと私は思った。

「喧嘩したり笑い合ったり、本当の家族みたいだって思う部分はあるけれど、私はまだまだ義姉として認めてもらえていないんだなって、頼りないって思われていそうなのよね」

姉って、弟に何か教えたり守ったりするしっかりした存在なのでは？

私はジュード様にあれこれ教わることの方が多いし、頼りっぱなしで申し訳ない。苦笑いで嘆く私に、ケイトリンはまた別の視点で意見を述べる。

「え？　どう考えてもルーシーを独り占めしたいってことですわよね？」

「まさか！」

私は目を見開き、即座に否定した。

「そうですか？　お二人は義姉弟というよりも、仲睦まじい幼馴染（おさななじ）みで恋人未満なように感じましたが……。ふふっ、私ったら恋愛小説の読みすぎかもしれませんわ。義理の姉と弟が恋に落ちる展開って素敵だなぁって思ってしまって、つい願望が……！」

ケイトリンは頬に手を当て、楽しそうに笑っている。

「私とジュード様が？　あり得ないわ、私たちは義理とはいえ姉弟よ？」

恋愛小説には、身分差や主従、敵国の者同士など「禁断もの」があり、義理どころか本物の兄弟姉妹で恋に落ちる物語も人気がある。

でも、それはあくまで物語だからときめくのであり、自分がそうなるなんて一度も想像したことがなかった。

あははと笑って流した私の様子に、ケイトリンは不思議そうな顔で尋ねる。

「お二人はとってもお似合いだと思いますけれど…。ルーシーは、ジュード様のことをお好きではないのですか？」

　ケイトリンの目は、ちょっときらきらとしていて期待に満ちていた。私はそれに応えられない申し訳なさで、苦笑いになる。

「ジュード様は、かわいい義弟だから。私にとっては大切な家族で、恋愛感情なんてないわ。それはお互いに同じだと思うの」

　そっけない態度や言葉は初対面のときから変わらない。でも、家族としては大切に想ってもらえているとは感じていた。

「私は、ジュード様と義姉弟になれて本当によかったって思ってる。弟がこんなにかわいいって知らなかったもの。これからもツンデレを見守っていきたいわ～」

　かわいい義弟のことを思い出すと、うっとりしてしまう。

　私はへらりと笑い、幸せオーラを全身から放った。

「そういう楽しいご姉弟もいるのですね～」

　ケイトリンには兄弟がいるけれど、私みたいな気持ちはないそうで「そんなに仲良しな姉弟がいるなんて」と首を傾げていた。彼女にとって、弟は騒がしくて手のかかる存在だと嘆く。

　それからしばらく流行りの小説の話をして、柱時計にふと目をやったケイトリンが思い出したかのように話題を変えた。

「あぁ、そろそろお兄様が学院から帰ってくる時間ですわ。ルーシーとお茶会をすることは伝えてありますので、もしかするとジュード様もご一緒かもしれません」

「ジュード様も？」

するとちょうどこのタイミングで、フェルナン様がお戻りになられたとメイドが知らせに来た。

二人揃ってサロンの入り口に目をやれば、さらっとした亜麻色の髪の男性がこちらに向かってきているのが見える。

フェルナン様は、透き通るような白い肌はケイトリンと同じで、すらりとした体躯の長身の好青年だ。優しそうな目は、いかにもいいお兄様という印象だった。

「お兄様、おかえりなさいませ」

立ち上がり、兄を迎えるケイトリン。

私も揃って出迎え、スカートの裾を持って礼をした。

フェルナン様はケイトリンに「ただいま」と言った後、私を見て大げさなまでに息を呑む。

「あなたが……！　ルーシー嬢⁉」

「？」

なぜこんなに驚かれているのだろう、と思いつつもご挨拶をした。

「初めまして。ケイトリンと親しくさせていただいております。ルーシー・ウェストウィックと申します。どうかお見知りおきを」

しかし言い終わるのとほぼ同時に、床に片膝をついたフェルナン様に強引に右手を取られた。

「美しい……！　こんなにも胸が高鳴る女性は初めてです。どうか私と交際していただけませんか」

「え？」

いきなりの交際申込みに、私はたじろぐ。おじさまやジュード様以外の男性に手を握られたことは初めてで、思わず顔が引き攣った。

「あぁ、我が家で妖精に出会えるなんて！　運命の相手がこんなところに」

「運命の相手⁉」

これは果たして、違いますよとお伝えしてもいいのかしら？

私が迷っていると、フェルナン様の背後に義弟の姿が見えた。しかしその様子は明らかにおかしく、眉間にシワが寄っていて、どう見ても怒っているという雰囲気だ。その背には、黒いオーラが立ち上っているようにも見える。

「フェルナン様、ルーシーから手を離してください」

「ジュード様！」

どうしたらいいかわからない状況だったので、助けが来たとばかりに縋（すが）るような目を向けてしまった。すると、ジュード様は私が怯えていると思ったらしく、フェルナン様の手を容赦なく叩き落とした。

「痛っ‼」

ぎょっと目を見開いて固まる私の前で、義弟はフェルナン様を睨みつけて言う。

「運命の相手？　冗談にもほどがあります。あなた先週、別のご令嬢にフラれたばかりですよね⁉」

ケイトリンもじとりとした目で兄を睨む。蔑みの目がすごい。

「またですの⁉　私のお友だちにまで気安く声をかけないでくださいませ！」

どうやらフェルナン様のこういった行動は、今回が初めてではないらしい。

なんだ、気軽な社交辞令みたいな感じだったのね？　ちょっとホッとした。

フェルナン様は手を叩かれたにもかかわらず、あははと陽気な声を上げて笑う。

「ごめん、ごめん。あまりに美しい人がいたから、つい自然に口説いてしまったよ。何もそんなに怒らなくてもいいじゃないか」

へらりと笑う彼の態度に、ジュード様はイライラした様子に変わる。

「まったく、どうしてそんなに惚れっぽいんですか？　今だって、ルーシーが受け入れたらすぐに婚約しようとか思っていたんでしょう？」

え、そうなの？　そんなに軽い感じで交際、婚約してもいいの？

私がびっくりしてフェルナン様を見つめると、ジュード様は私を庇(かば)うようにして立ち塞がった。

「もう二度とルーシーに近づかないでください。交際も婚約も断固認めません！」

そう言い切ってなお、義弟の不機嫌なオーラは収まらない。

私はおろおろしながら、二人のやりとりを見守る。

「わかったよ。これからは友人として接すると約束する。さすがに僕も、ここまでの美貌の女性を妻にできるとは思っていない」

フェルナン様は、わざとジュード様をからかうように頭を撫でた。

「もう、かわいいなぁ。義姉ができたって聞いたときはどんな風に接してるんだろうって思っていたけれど、仲良さそうで安心したよ。ジュードが本性を見せているってことは、相当に気を許してるってことだよね？　いやぁ、姉弟仲がいいって素晴らしいよね！」

「本性？」

やはり学院では、クールでかっこいい完璧貴公子のジュード様なんだろうか。家族の前では、怒ったり拗ねたり、表情豊かな男の子なのに。

一体どんな感じでジュード様が学校生活を送っているのか聞きたくて、私は前のめりになる。

「ジュード様って学院ではどのように過ごしているのですか？　ぜひ詳しく聞きたいです！」

ケイトリンも私に同調し、うんうんと頷いている。

でも、私たちの好奇心が満たされることはなかった。

「何も聞かなくていい！　迎えに来ただけなんだから、今すぐに帰るよ！」

ジュード様は慌てて私の手を掴み、サロンを出ようとする。

そんなに聞かれたくないことがあるということ？

何か言う前にぐいぐい手を引かれてしまって、ケイトリンに挨拶もできない。私は慌てて顔だけ振り返り、フェルナン様とケイトリンにお別れを言った。

「本日はありがとうございました！　これにて失礼いたします！」

「「はい、お気をつけて～」」

二人は笑顔で手を振っていて、なんだか生温かい目で見られている気がする。

ジュード様はそこから馬車に乗るまで一言も話さず、私はどうしたものかと頭を悩ませた。

馬車の扉が閉まり、車止めが外されて、ゆっくりと窓の外の景色が流れ始める。

手入れされた伯爵邸の庭の木々がレンガ造りの街並みに変わり、ふと気づけば隣同士で手を繋いだまま座っていた。

「「…………」」

すぐ隣にいるのに、何を考えているのかわからない。ちらりと視線を向けるけれど、ジュード様は窓の外を見たまま私の方を向いてはくれなかった。

手を繋いだままでいいのかしら？　私が向かい側に移動した方がいい？　でもそれなら、すでにジュード様から「移動しろ」って言われていそう。

どうしたものかと、じっと繋いだ手を見つめて考える。

しばらく思案した後、私はついさきほどのことを口にした。

「フェルナン様って、おもしろい方ですね」

すると、彼の肩がピクリと動く。

「……………ああいうのが好きなの？」

その冷えた声に、私は驚く。

「え？」

フェルナン様は明るくて優しそうな人だったけれど、「好き」というのは違うと思う。好き嫌いの判別がつくほど、まだ親しくない。

これをどう伝えればいいの？　悩んでいると、ジュード様がなぜか苛立ちを含んだ声で言った。

「背が高いから？　明るいから？　あんな風に軽い感じの男の方が、ルーシーは一緒にいておもしろいって思うの？」

「え？　あの、そんなことは……」

もしかして怒っている？　私がフェルナン様の冗談を本気にしたって、思っている？

ジュード様に機嫌を直してほしくて、私は慌てて説明した。

「私、フェルナン様の言ったこと、本気になんてしていませんよ？　ただ、あんな風にお兄様がいたら楽しいだろうなぁって思って、それだけです」

あたふたと必死に伝えれば、ジュード様の声が少し柔らかくなる。

「お兄様？」

私はうんうんと何度も頷き、信じてほしいと目で訴えかけた。

「そう。それならいい」

よくわからないけれど、納得してくれたらしい。さっきまでのとげとげしい雰囲気はなくなって、私は安堵する。

繋がれたままの手に視線を落とすと、ふいに笑みが零れた。

「さきほどは、助けてくれてありがとうございました。少し、びっくりしたので」

ジュード様は家族だから、手を繋いでいてもホッとする。そういえば、エスコートされる以外でこうして手を繋ぐのは初めてかもしれない。

「別に、助けたとかそんなんじゃないから」

そっけない口調は、いつものジュード様だ。そして、助けてやったとは言わない不器用な優しさもいつも通りだった。

「それでも、助かりました。うれしかったです」

「……………」

あぁ、顔を背けていても照れているのがわかる。ほんのり赤い耳が芸術的なかわいさだわ。

ジュード様は二つも年下だから、本来なら私が守ってあげるべき存在のはずなのに、いつも私を助けてくれる。

義姉らしく、と思う気持ちはあるものの、何もしてあげられていないのがちょっと悔しい。いつかは私だってジュード様の役に立ちたい、ともう何度目かわからない願望を抱いた。

こんな風に手を繋いでいると、明らかにその大きさが違い、私が役に立つなんてできるんだろうかって思うけれど……。

「大きな手ですね」

指が長くて、骨ばっているところは男性らしい。それでいて、とてもきれいな手だと思った。

ジュード様の手を、ここぞとばかりに観察する。

するとそのうちに、ちらりとこちらを横目で見た彼は呟くように言った。

「もっと大きくなる、手も身長も。……………フェルナン様より」

そういえば、フェルナン様はジュード様より頭一つ分くらい高かった。おそらく、成人男性の平均身長より高いのではないだろうか。

私はもうこれ以上身長が伸びることはないだろうけれど、おじさまが長身だからジュード様はきっと大きくなるんだろう。

おじさまと同じくらいに大きくなったジュード様かぁ。想像すると、自然に口元が弧を描く。

「そうかもしれませんね。あと何年かで、素敵な紳士になること間違いなしです」

こんなにかわいいジュード様が、これから大人になっていく。かわいさとかっこよさのどちらが勝つのかしら？　あぁ、これからの成長も楽しみだわ。

頬を緩めて想像を膨らませていると、繋いだ手にぎゅっと力が込められた。

「いつまでも子どもじゃないからな。覚えとけよ」

「はぃ？」

突然の大人宣言⁉　これって反抗期みたいなものなのかしら？

どう反応していいかわからなくて、私は目を瞬かせる。

見つめられているのか睨まれているのか、馬車の中には長い間静寂が訪れていた。

＊＊＊

かわいいにもほどがある、ツンデレ義弟との出会いから早二年。

私は十六歳になり、いよいよ社交界デビューを目前にしていた。

孤児院にいた元気だけが取り柄のルーシーはすっかり鳴りを潜め、ウェストウィック公爵家の令嬢として常に優雅に堂々と振る舞うよう努めている。

今月は、私の成人祝いの宴が開かれる予定で、王都のタウンハウスではなく公爵領にある本邸へとやってきた。

初めて船に乗って馬車を乗り継ぎ、片道十日間という長旅の過酷さを思い知る。

「ううっ……、うう～ん……」

お城のような石造りのお邸で、与えられた豪華な一室に響く私の呻き声。ベッドに横向けで倒れ込んでいるのは、船酔いからの馬車酔いが原因だった。

普段は馬車に乗っても平気なのに、船酔いの強烈な不快感をそのままに馬車に乗ったため、ずっと気持ち悪い状態が続いている。

初めて会う使用人たちに無様な姿は見せられないと、優雅な公爵令嬢のふりを見事に演じきったまではよかった。

けれど私室に入ったらもう限界で……！

昼食も取らず、こうして寝込んでいた。

「これは子どもには無理だわ」

十二歳まで渡航制限があることに、しみじみと納得してしまう。子どもがこんな過酷な旅を経験したら、途中で病気になるかもしれないわ。

「大丈夫ですか？　果実水をもっとお飲みになられてはどうでしょう？」

メイドのリンが、私と同じくらい青白い顔でそう提案してきた。

リンも船酔いからの馬車酔いで、立っているのがつらそう。私よりはマシなのかもしれないけれど、こういうときくらいメイドとかお嬢様とか忘れて休息を取ってほしい。

「ねぇ、私のことはいいからリンも休んで」

「いえ、ルーシー様のことが心配なんです～」

「私はリンのことが心配よ」

もう何度目になるのか、横になりつつそんなやりとりをしていたとき。

――コンコン。

来訪者の声がした。

「ルーシー？　死んでる？」

ジュード様だ。そこは「生きてる？」って聞くところじゃないのかしら、と思いつつも返事をすることすらままならず、リンが扉を開けてくれるのを待った。

部屋の中に入ってくると、ジュード様はリンの顔色が酷いことに気づいて眉根を寄せる。

「無理してルーシーのそばにいなくても大丈夫だよ。病気じゃなくて乗り物酔いなんだから。リンも明日の朝までしっかり休むこと。これは命令だよ」

「わかりました……！　代わりを呼んでまいります」

さすがに諦めたリンは、言いつけ通りに部屋から出ていった。

メイドが足りないわけじゃないので、ゆっくり休んでもらいたい。

「酷い顔だなぁ」

ジュード様は苦笑交じりにそれだけ言うと、ベッドに腰を下ろす。

私はもう応対する元気がなくて、ぐったりとしたまま目を閉じていた。

しばらく無言でいると、ジュード様がゆっくりとした手つきで私の前髪を梳く。なんだか労られているみたいで、胸の奥がくすぐったくなった。

「………何です？」

「別に」

十四歳になったジュード様は、顔つきと体格が大人っぽくなっただけでなく、性格もなんだか落ち着いてきたような感じがして、少年らしいかわいさが少なくなってきた。

出会った頃はツンデレのツンの量がすごかったけれど、二年経った今では怒ったりイライラしたり、きつい言葉を放つことが少なくなっているような……。

もしかして、成長と共にツンは消滅するの？

ちょっと淋しいと思ってしまう私がいる。

今だってジュード様は「別に」というそっけない言葉を繰り出したにもかかわらず、私の頭を撫でる手は優しくて慈しみを感じる。

いつの間に大人になってしまったのか。私は船酔いと淋しさが混ざり合って半泣きになった。

「だからもっと休憩を挟もうって言ったのに、無理してこんなになって。バカなんだから」

「ううっ、ごめんなさい」

いけるかなって思ったんですよ。そんな言い訳にもならない理由が頭に浮かぶけれど、ぐったりした私にそれを伝える余裕はない。

ジュード様は呆れたように小さく息をつくと、四角い紙に包まれた粉薬らしきものを懐から取り出した。

「謝れって言ってるわけじゃないよ。ほら、薬持ってきたから飲めば？」

彼は、手の中にある包みを開けて差し出してくれる。

のろのろと身を起こして中身を見ると、どう見ても苦くてまずそうな予感がした。

深緑を通り越して、闇色と言った方がしっくりくる。孤児院にいた頃、側溝のヘドロ掃除をしたときのことを思い出した。

私が黙ったのを見て、ジュード様は挑発するかのように言う。

「え、まさか飲めないとか言わないよね？　ルーシーは立派な義姉になるんだよね？」

今その話を持ち出すのは卑怯（ひきょう）だわ。でも立派な義姉としては、苦い薬くらい飲めなくてどうするのと自分を励ます。

「飲みます……けれど」

あぁ、でも飲みたくない！

いつまでも手を伸ばさずにいると、ジュード様は爽やかすぎる笑顔で私に薬を押しつけた。

さらには、水差しに残っていた水までグラスに注いで世話を焼く。

「はい、水。果実水で飲むと逆にまずいから、こっちにしなよ」

ここまでされては、飲むしかない。飲むまで出ていかない、という圧力も感じた。

私は無言でグラスを受け取り、覚悟を決めて薬を一気に呷る。

「んぐ‼」

想像よりも、はるかにすごい苦味とえぐみ。

さらなる吐き気に襲われるも、どうにかそれを飲み込んだ。

目には涙が浮かび、後味でまた吐きそうになる。残った水をゴクゴクと飲み干すと、ようやく一息つくことができた。

「あはは、変な顔になってる」

ジュード様は、楽しそうだ。

ただし言葉や態度はそんな感じでも、ハンカチで私の涙をそっと拭ってくれてどこまでも面倒見がいい。

「もっと水がいるなら持ってくるけれど？」

空になった水差しを手に、ジュード様がさらに優しさを見せる。

あぁ、立派になって……。義弟の成長を感じて、淋しい気分になった。出会った当初からしっかりした少年だったけれど、これでは私が妹みたいだわ。

私はしゅんと気落ちして「水はもういい」と首を振り、再びベッドで横になった。

「あと一時間もすれば、平気になると思う。明日はお披露目のパーティーがあるんだから、今日はもうゆっくり寝てなよ」

「そうします……」

ぐったりとする私の頭に、再び温かい手が触れる。長い指が私の髪を梳くリズムが心地いい。

しばらくぼんやりしていたが、少しだけ胃の不快感が治まってからふいに尋ねた。

「ジュード様」

掛布で口元まで覆い、ちらりと上目遣いに見る。

「何？」

「ここにいてもいいんですか？」

「っ⁉」

到着してすぐとはいえ、やらなければならないことはあるはずで。私のことで煩わせているのが申し訳なく思った。

ここにいてもらえたら安心するし、ゆっくり眠れそうだけれど、ジュード様の予定が気になる。

私の質問に対し、義弟はカァッと顔を赤くして怒った。

「言われなくても、すぐに自分の部屋へ戻る！　ルーシーが弱ってるからいてやっただけだ！」

しまった、出ていってほしいと思っていると勘違いされてしまったみたい！

ジュード様が腰を浮かしたのに気づき、私は彼の手をぎゅっと掴んで引き留める。

「違うんです。そばにいてくれてうれしかったので、でも私のせいでジュード様がやりたいことができないんじゃないかってそう思って」

できれば一緒にいてほしい、淋しいのだと縋るような思いで義弟の手を掴んだ。

気持ちが伝わったのか、ジュード様は再びベッドに腰を下ろす。

「別に！　いてほしいなら、いてやらなくもない」

少し拗ねたような声。失われかけているからこそ、ツンが顔を出したときの感動はまたひとしおだ。

成長しても、まだまだジュード様はかわいらしい。私は胸がキュンとなった。

「眠るまで、ここにいてくれますか？」

「…………」

返事はないけれど、そばにいてくれるんだというのが伝わってくる。

はぁ……。義弟が本当にかわいい。

満足して口元に笑みを浮かべ、目を閉じるとゆっくりと意識が沈んでいく。

ジュード様がじっと私を見ているのはわかっていたけれど、体調不良のせいで瞼（まぶた）を押し上げることができなかった。

ところが、うとうとしている私の耳に、彼がぽつりと呟くのが聞こえてくる。

「……なんで二つも上なんだ」

その悔しそうな声に、私は返答に困ってしまった。

なんでと言われても、二年先に生まれたからとしか答えようがない。ジュード様だってそんなことはわかっているはずで、どうして今さら年齢に不満を抱いたのかわからなかった。

無言が続いた後、私は目を閉じたまま答える。

「私はジュード様の義姉になるために、二つ上に生まれてきたのです」

きっとそうに違いない。

へへっと笑ってそう言うと、一瞬だけ空気がぴりっとした。ジュード様の機嫌を損ねたらしい。

「寝ろ」

叱られた。

むにっと頬を摑まれ、私は痛みで顔を顰（しか）めて嘆く。

「いひゃいです、ジュードひゃま……！」

乱暴にその手を離され、私は頬を右手でさする。

「はっ、ルーシーを義姉だなんて思ってやらない」

不敵に笑うジュード様は、何か企（たくら）んでいるようなちょっと意地の悪い言い方をした。

人前では義姉だと言ってくれるのに、やはり未だに認めてくれてはいないみたい。私のことを義姉と認めてくれる日は来るんだろうか？

「そんなぁ」

不満げに唇をとがらせると、ジュード様は呆れたように笑っていた。

怒ってはいないけれど、どこか変だ。その表情がちょっと切なげで、どうしたのかと気になってしまう。

「ジュード様？」

少しだけ頭を起こし、呼びかける。

「早く寝なよ。ほら！」

ばさっと被せられた毛布。俺にかまうな、と言いたげな態度だ。

私は会話を諦めて、おとなしくそれに包(くる)まって瞼を閉じる。

「おやすみ、ルーシー」

ジュード様がそれから口を開くことはなく、私の意識はだんだんと遠ざかっていく。深い眠りに落ちた私は、夜中まで目覚めることはなかった。


翌日、私は朝からパーティーの準備に大忙しだった。とはいっても準備するのは使用人たちで、私は人形のようにじっとしていればいい。

浴室で全身を磨き上げられ、いい匂いのするクリームを三人がかりで肌に塗り込まれる。

長い髪は大人っぽく結い上げられ、露わになった首筋がちょっとひんやりした。

宝石がたくさん煌めく髪飾りをつけると、次は丁寧にお化粧を施され、いつもよりさらに目鼻立ちがくっきりする。

最後にコルセットでボディメイクをすると、ふわりとしたパニエを穿(は)き、その上にアネモネの花のように発色のいい紫のドレスをまとってようやく支度は整った。

「まぁ……！　なんてお美しいのでしょう……！」

カロルがうれしそうに見つめてくる。涙を滲ませる彼女からは、今日という日をいかに楽しみにしてくれていたのかが伝わってきた。

「こんなに素敵なドレスを贈ってもらえるなんて、おじさまとおばさまにお礼が言いたいわ」

胸元にはいくつもの宝石が輝いていて、レースを贅沢(ぜいたく)に使ったチュールつきのスカートは歩くたびにふわりと優雅に揺れる。

ヒールの高い靴を履くと、自分がいつもの何倍も美しくなれたのではと自信が持てた。

「今日はご親戚や縁の深い方々がたくさん招かれていますからね、お嬢様の未来の旦那様にも出会えるかもしれませんよ？　けれどこれほどまでに美しいお嬢様を見たら、求婚者が溢れるのではと少しばかり心配にもなりますわ」

カロルの言葉に、私はくすりと笑う。

「ふふっ、そうだといいのだけれど。おじさまにできる恩返しは、私がなるべくいい方に嫁いで縁を結ぶことだもの。いい方に出会えたら、と思っているわ」

引き取られてから約六年。ウェストウィック公爵家は、国内貴族筆頭ともいえる権力を持っていると身に染みてわかった。

お茶会やパーティーに出席すれば、養女の私にも羨望の眼差(まなざ)しが向けられる。

おじさまは私に婚約を急かすようなことはまったくなかったけれど、十六歳になったらさすがに社交という名のお見合いを重ねていかなくてはいけないとわかっている。

本来ならすでに婚約者がいてもおかしくないんだし、政略結婚で見知らぬ人に嫁ぐ可能性もあるという覚悟だってできていた。

すべては、私のことを愛して守ってくれたおじさまとおばさまのため。そして、ジュード様のためにも、公爵家にとっての良縁を得たいと思っている。

「そろそろ時間ね」

自分が主役のパーティーは初めてだから、ちょっぴり緊張する。初めてお茶会に参加したときみたいに、失敗を恐れるだけの子どもではもうないけれど、ジュード様のように堂々とした態度で胸を張って歩けるかというとそこまでの自信はなかった。

大丈夫、今日まで一生懸命がんばってきたんだもの。

一生に一度の晴れ舞台なんだから、笑顔で過ごして、思い出に残る日にしたい。

私は深呼吸をして心を落ち着け、すっかり体調がよくなったリンに案内されて会場へと向かった。


成人のお披露目は、本邸の敷地内にある宮殿のようなダンスホールで行われる。

本邸が縦にそびえ立つ城のような造りであることに対し、ダンスホールは横に広い白亜の宮殿みたい。真白い壁は金の飾りをあしらった豪華な意匠、ダークブラウンの支柱と宝石で彩られた室内装飾は一瞬にして目を奪われる華やかさだ。

燭台(しょくだい)までが燦然(さんぜん)と輝いていて、贅沢に慣れた上流階級の人たちですら一目置く造りだった。

私はおじさまにエスコートされて入場し、大勢の招待客の前で社交界デビューを飾る。おばさまは目に涙を浮かべ、私の成長を喜んでくれた。

ファーストダンスはおじさまと、そして議会の重鎮である侯爵様とも踊った。

五十代のレナード侯爵様はおじさまとはまた違ったタイプの紳士で、口髭がかっこいい渋いおじさま。知性に溢れた立派な人だと感じた。

今日がデビューということで、私はおじさまの紹介で五人の方とダンスをした。少なくとも五人は踊るのが慣習だそうで、その後は踊らずにおしゃべりに興じてもいいという。

「やぁ、ようやく僕の番だね」

「フェルナン様」

五人目の相手として私に手を差し出してくれたのは、ケイトリンの兄であるフェルナン様。今日はゼイゲル伯爵家を代表して、王都から来てくれている。

見知った顔の登場に、私はパァッと表情を輝かせた。

フェルナン様からのダンスの誘いに応じ、私がそっと手を重ねると、彼は柔らかな笑みを浮かべてステップを始めた。

「ルーシーとケイトリンがもう十六だなんて、感慨深いものがあるね」

「はい、もう大人です」

冗談めかしてそう言うと、フェルナン様も満面の笑みで頷いた。

「そうだな。ますます美しくなって……。兄としては複雑だよ」

そんな風に嘆かれ、私はくすりと笑ってしまう。

フェルナン様は、以前から私のこともケイトリンと同様に妹みたいに扱ってくれていた。事実、どれほど見つめられても彼の目は穏やかで、色事などまったく感じさせない。

出会ったその日に交際を申し込まれたというのは、すっかり笑い話になっていた。

ダンス中、そっと顔を寄せたフェルナン様は耳元でこう告げる。

「気づいてる？　君と話したくて、ずっと様子を窺っている男たちがたくさんいるってこと」

フェルナン様の言う通り、招待客の中には私と年の近い貴族令息もいて、彼らがじっと私に注目していることには気づいている。

ふとしたときに視線がぶつかり、じっと見られていたことに気づきちょっと怖くなる。彼らの目や雰囲気から、女性として見られているんだとわかるから。

そうなると委縮してしまい、フェルナン様やジュード様と同じように接することができなくなってしまう。

「しっかりしなきゃって、思うんですが……」

笑みを浮かべつつも、どうしたものかと困っていることを吐露する。

積極的に社交の場に出ていった方が良縁を得る可能性は高くなるって、頭ではわかっていても実際には難しい。知らない男の人と話したことがほとんどなく、ましてあんな風にじっと視線を送ってくる人たちは苦手だった……。

私の胸のうちを察したフェルナン様は、明るい笑顔できっぱりと言い切る。

「大丈夫。公爵様がうまく躱(かわ)してくれるよ。愛娘(まなむすめ)を獰猛(どうもう)な男たちに差し出すような真似をする人じゃないから。それに」

「それに？」

くるりとターンをすると、ドレスの裾が花びらのように優雅に舞う。

流れゆく視界の端に、壁際で一人立っているジュード様が見えた。

「一番怖いのは、君の義弟」

フェルナン様がからかうようにそう言って笑う。

ジュード様はいつもより顔つきが険しく、ずっとこちらに目を向けていた。何かあったのか、と心配になるほどに。

フェルナン様なら理由を知っているかと思い、私は軽く首を傾げた。

「ルーシーは愛されてるなぁ。これでは婚期が遅れそうだ」

私がほかの人と踊っているから？

フェルナン様は自信たっぷりにそう言うけれど、私には信じがたい。

「まさか」

どうやら、フェルナン様にはジュード様が義姉の結婚を阻止したいと思うくらい私に懐いているように見えるらしい。

対外的には義姉と呼んでくれるけれど、未だ二人のときや家族でいるときにそう呼ばれたことはない。昨日だって、義姉だなんて思ってやらないって言われたわ。

でも、フェルナン様の勘違いは、私にとってはうれしい誤解だった。

淋しいから結婚しないで、ほかの人と踊らないで、とか言われてみたい！

想像しただけで、頬が緩む。

「フェルナン様も、ケイトリンと仲がよろしいではないですか。それにジュード様はもともとお顔が凛々しいから、真顔になると睨んでいるように見えるんですよ。それだけです」

「うーん、ジュードはまだまだこれから努力が必要か。今後が楽しみだよ」

フェルナン様は訳知り顔でそう言うと、曲の終わりと共に私をおじさまのそばまで連れていってくれた。

「幸せになってね、ルーシーもジュードも」

颯爽(さっそう)と消えていくフェルナン様。最後のセリフはちょっとかっこよかったけれど、すぐに別のご令嬢に声をかけてうっとりとしているその顔はちょっとだらしない……。

そう思っていると、おじさまが私の肩にそっと手を置いて微笑みかける。

「ダンスは楽しかったかい？　少し休憩にしようか」

その提案は、少し足が痛かったのでありがたかった。

私はおじさまを見上げて笑顔で頷く。

「はい、そうしたいです」

本当はジュード様とも踊りたかったけれど、デビューの日に踊れる家族は一人だけ。おじさまと踊ったので、二曲目からは招待客と踊らないと失礼にあたる。

ジュード様はずっと練習に付き合ってくれていたから、今なら息ぴったりなのになぁ。

ふいに義弟の姿を目で探すと、たくさんのご令嬢に囲まれて笑顔で会話をしているのが見えた。

さっきまでとは別人のような柔らかい笑みを浮かべている。

あぁ、今は理想の公爵令息モードなんですね？

遠目から見てもキラキラ輝いているジュード様は、誰よりもかっこよかった。今はもう、ヒールを履いた私よりも背が高くなり、あと一年もすればフェルナン様に並ぶかも。

最近ではかわいさよりも男らしさが勝ってきたから、容姿・家柄・頭脳の三拍子揃った彼をご令嬢方が放っておくはずはない。

淋しさもあるけれど、それと同じだけ感慨深いとも思う。

「あの中に、私の未来の義妹がいるのかしら」

ぼんやりと眺めながら、そんな呟きが漏れる。

「ルーシー？　どうかした？」

おじさまは私が踊り疲れたと思ったらしく、心配そうな目を向けた。

いけない。こんな晴れの日にぼんやりするなんて……。自分の成人祝いなのに、義弟の成長や変化を実感してつい感傷的になってしまった。

「いえ、何でも。少し喉が渇いたので休憩にいたしましょう？」

頭を切り替えて、わざと明るい声を上げる。

おじさまは口角を上げ、そっと背中に手を添えてホールの外へ通じる扉へと歩みを促した。休憩室へ連れていってくれるのだとわかる。

おじさまにエスコートされ、人の間を縫うように進んでいった。

「成人したからお酒も選べるけれど、どうする？」

「はい、飲んでみたいです！」

「でも、ちょっとだけだよ？　果汁入りのラム酒にしておこう」

「おじさまったら心配性ですね～」

廊下に出ると、ホールの熱気から解放されてホッと一息つくことができた。

せっかくのお祝い事だから、ジュード様ともっと一緒にいられればよかったのになぁ。ふとそんなことを思う。

　私はどこかモヤモヤする気持ちを振り切るように、おじさまと腕を組んで休憩室へと向かった。


　賑やかなホールを出て、乳白色の結晶石が艶やかな廊下をゆっくりと歩いていく。

　おじさまは私の歩幅に合わせて足を進め、段差があるときはスマートに手を差し伸べて気遣ってくれた。

「少し休憩したら、おばさまのいる夫人サロンに挨拶へ向かおうと思っています」

　私がそう告げると、おじさまは目を細めて頷く。

「あぁ、それがいい。ご婦人方は、味方につけておいた方がいいからね」

　今夜は、おばさまが参加している慈善事業の団体の代表者も来ているはず。そこには、裕福な家のご婦人が集まっているので、今後催される夜会や舞踏会でも彼女たちには出会うだろうから、早いうちに顔合わせをしておきたい。

「おじさまは……」

　どうしますか、と言いかけたそのとき、正面から老夫婦が歩いてくるのが目に留まる。顔見知りではないので会釈だけしてすれ違おうとすると、老婦人とぱちりと目が合い、彼女は突然歓声に近い声を上げた。

「アンジェラ⁉　あぁ、すごいわ、アンジェラにそっくりだわ……！」

紺色の控えめな衣装をまとった老婦人が、目を見開き、口元に手を当てて感極まったようにそう漏らす。

隣に立つ老紳士は、まっすぐに私を見て愕然としていて、私も同様に足を止めて呆気に取られた。

この二人が誰かなんて、ひと目見ただけでわかる。

——私の、おじいちゃん、おばあちゃん……⁉

老婦人の髪は私と同じ銀髪で、その背格好、特に顔立ちがとても母によく似ている。

親愛の情なんていうものは湧かなくても、それでもこの人たちがそうなんだと思うとしみじみと感じ入るものはあった。

まじまじと観察していると、二人はまっすぐに私の方へ向かってくる。

「あぁ、どうしましょう。まさかこれほどアンジェラに似ているなんて思いもしなかったわ」

祖母はそろそろと手を伸ばし、私を抱き締めようとした。

私を通して、母を懐かしんでいるのが伝わってくる。

おじさまに引き取られたとき、私のことをあまりよく思っていないという話は聞いていたので、今日のお祝いに来てくれたことも驚いたが、こんな風にうれしそうな反応をするなんて思ってもみなかった。

でも、いきなり想像以上の喜びを露わにされて、私は驚きと戸惑いでうまく挨拶すらできなくて。

祖母が私を抱き締める前に、おじさまがその背で私を庇ってくれてホッとした。

「グレイフォード前伯爵、叔母上。本日ははるばるお越しくださり、誠にありがとうございます」

その声は、普段お邸で私たちと話すような優しいものではなかった。

あくまで、公爵家当主が招待客に歓迎の意を示す対外的な声で、おじさまたちの関係性がよくないことが伝わってくる。

おじさまは、この二人がこれまで私に会いに来なかったことを怒ってるんだと思う。いくら領地が遠いとはいえ、祖父母が王都に来ることはあったらしいから会おうと思えば会えたはずだった。

でも、引き取られてから今日まで一度も会ったことはない。

形式的な手紙を一度やりとりしただけで、その返信は誰宛でもいいような定型文だったのを覚えている。

おじさまに抱擁を遮られた祖母は、その意味に気づいて申し訳なさそうな顔をした。

おじさまは少し悩んだ後、私のことをちらりと見てから、仕方なく二人を休憩室へと誘う。

「私たちは休憩室へ向かう途中だったのです。せっかくですから、ご一緒にいかがですか？」

二人はそれに応じ、私たちと一緒に廊下を歩く。

休憩室の扉が開くと、彼らは落ち着かない様子で中へと入っていった。

一体、何を話せばいいんだろう。

動揺する私を見て、おじさまは申し訳なさそうな顔をした。そして部屋へ入る前に、そっと私に耳打ちする。

「後で家族揃ったときに挨拶だけするつもりだったんだ。まさかこんなところで会うとは……。社交辞令で誘ってはみたが、無理しなくていいからね？」

私はかすかに笑みを浮かべ、静かに頷く。

おじさまがこの二人を招待したのは、親族なのだから礼儀として当然だった。

これまで祖父母と交流がなかったとはいえ、成人祝いの際には挨拶くらいしておいた方がいいと、おじさまは私に対して配慮してくれていたんだと思う。

確かに、このまま一生顔を合わせないのもなぁ……と今思えば納得だった。

私としては、積極的に会いに行こうとしなかったのはお互いさまで、祖父母に対して「どうして会いに来てくれないの？」とかは思ったことがなかった。

普通の祖父母と孫の関係性じゃないことは最初からわかっていたし、彼らからすれば私は「娘を騙して連れ去った男の子ども」なわけで、嫌悪感すら抱いているかもしれないと想像していた。

けれど、祖父母の反応を見る限り、少なくとも疎まれている感じはない。

私が、お母さんに似ているから……？

この容姿が、思わぬところでいい方に働いた。

さすがに嫌われていたら落ち込みそうだったので、「きっと大丈夫よね？」と自分を宥めていいように考えようとする。

休憩室では、同じテーブルに四人で着席した。

おじさまが給仕スタッフにワインを用意するように告げ、私たちは飲み物を受け取ってから改めて挨拶を交わす。

正面に座ると、やはり私は母に、そして祖母にもよく似ていた。

「改めまして、この子がルーシー・ウェストウィックです」

おじさまは、あえて家名を強調して私を紹介する。

うちの娘です、と牽制（けんせい）するオーラを感じる！

同じことを感じ取ったようで、祖父は一瞬だけ怯（ひる）んだ。どうやら、孫である私と交流を持ってこなかった負い目があるらしい。

私はおじさまの隣で、小さくなってじっと座っていた。祖母も居心地悪そうに目を伏せている。

祖父はグラスの水を一口飲んで喉を潤すと、ため息交じりに口を開いた。

「これまですまなかった。オズワルド殿、今さらその子を寄越せとは言わぬ。どうか怒りを鎮めてくれ」

その言葉に、おじさまは満足げに頷く。

祖母は何か言いたげだったけれど、ぐっと飲み込んでから私に視線を移動させる。

「はじめまして、ルーシー。私たちがアンジェラの両親よ。あなたの祖父母です」

優しそうな微笑みを向けられ、私もにこりと笑う。

ちょっとドキドキしているけれど、思ったよりも冷静でいられた。

「はじめまして。本日はお越しいただき、ありがとうございます」

挨拶しただけで、二人は目を潤ませる。

奇（く）しくも、今の私は母が駆け落ちしたときと同じ十六歳で、二人は時が遡ったような感覚になっているのかもしれない。

母は駆け落ちという手段を選んでしまったけれど、祖父母は本当に娘を愛していたんだなぁとちょっぴり切なくなった。

挨拶をきっかけに、祖母はまるでずっと気にかけていたみたいに私を質問攻めにする。

「毎日、どんな暮らしをしているの？　好きな食べ物は何かしら？　甘いものは好き？　やっぱりアンジェラに似て、刺繍が得意なのかしら？」

私は質問に一つ一つ答えていき、ときには祖父母から母の子どもの頃の話を聞けてうれしかった。

「懐かしいわ」と涙ながらに喜ぶ祖母を見ていると、今日会えてよかったとも思えた。

おじさまは黙って私たちのやりとりを聞いていて、話が私のお父さんのことに及びそうになると巧みに誘導して話題を変えた。

これまではお互いに興味を持たず、溝があったようにも思えたのに、祖父母との交流は意外にも順調に進んでいく。

——そう、途中までは思っていた。

きっかけは些細なことで、社交界デビューは結婚相手を探す最初のイベントであるという話題からだった。

祖父は、私にまだ婚約者がいないことを案じていて、それを何度も確認する。

「本当にまだ婚約者を決めていないのか？　オズワルド殿のことは信頼しているが、どこへ嫁ぐかはきちんと話し合っていた方がいい。ルーシーがアンジェラのようになっては困る」

どきんと心臓が大きく跳ねる。

母のようになっては困る、それは私にとって聞きたくない言葉だった。

一瞬にして、自分の身体も表情も強張ったのがわかる。

私が母のようになる？　そんなわけないじゃない。駆け落ちなんてしたら、おじさまたちに心配をかけてしまうもの……！

母のようにはなりません、と大きな声で宣言したくなるが、せっかく楽しい時間を過ごしていたんだからこれくらいのことで動揺しちゃダメだと懸命に自分を抑える。

膝の上で組んでいた手にぎゅっと力を入れ、急いで笑みを作り直した。

おじさまは、私のためにこの話題を切り上げようとしてくれる。

「もちろん、考えはあります。ご心配は無用です」

私もコクリと頷き、大丈夫ですという意思を示す。

しかし祖父はよほど思うところがあったのだろう、話をやめなかった。

「あの子には、よかれと思って縁談を早くから用意したんだ。それなのに、まさか馬番の男と逃げるとは……！　もっと早くに気づいていれば、不幸を回避できたのに！」

不幸という言葉に、私は愕然とした。

母のすべてを否定されたような気がしたから。

「しかも私たちは娘を失っただけではない、アンジェラの婚約者だった相手の家にはかなりの賠償金を支払った。領地間の関税は向こうの希望を通し、かなり長期間にわたり損失を被った。社交界では娘の教育を間違えた家だと嘲られ、長男の結婚にも障りが出て……」

「あなた、その話はもうやめましょう」

祖母が思わず止めに入る。

私は居心地が悪くて堪らなくて、気づけば俯いてしまっていた。

母が皆に迷惑をかけたことは、紛れもない事実で、それは否定できないかもしれない。駆け落ちなんて、残された人のことを思えば絶対にやるべきじゃない。私だってそう思う。

でも、私はそんな母と父から生まれたから、二人の行いが許されないことだとしても「そんなことしなければよかったのに」って両親を責める気持ちにはなれない。

だって二人のすべてを否定してしまったら、私は生まれてこなければよかった人間になってしまう。それは、私を大切に想ってくれるおじさまやおばさま、ジュード様、カロルやリンの気持ちを無下にすることだとわかっている。

わかっているのに、祖父の言葉をどうでもいいと流すこともできなかった。

悲しい。苦しい。罪悪感が募っていく。

この時間をどうやり過ごせばいいんだろう。そう思っていると、終わりは意外に早くやってきた。

「もうホールへ戻ろう、ルーシー。こんな戯言(たわごと)は聞かなくていい」

おじさまは私の手をそっと取り、途中で退席しようとする。その温かい手に縋りたくなるけれど、祖父母とこんな空気で別れてもいいんだろうかと迷う気持ちもあった。

すると、祖父は最後の助言でもするかのように私に諭す。

「ルーシー、いいか？　絶対に恋などしてはいけない。おまえは見た目こそアンジェラに似ているが、主家の娘に手を出すような男の血が半分は流れているんだ。育ててくれた公爵家に、恩を仇(あだ)で返すようなことだけはしてくれるな」

驚いた私は、目を瞠った。

恋をしてはいけない、それはずっと私が思ってきたことだったから……。

もしも自分が、お母さんみたいに身分差のある人を好きになってしまったら？　その人と一緒にいたいと思って、周りのことが見えなくなってしまったら？

考えたら怖くて仕方がなくて、恋しちゃいけないんだって心のどこかで思っていた。

ケイトリンと恋愛小説の話で盛り上がっても、自分のことに置き換えて想像なんてできなかった。

誰かに忠告されなくても、私は恋をしようなんて思わない。思えないのに……。

ショックを受ける私に気づき、おじさまが初めて声を荒らげた。

「いい加減にしろ！　この子は私の娘だ！　もう二度とルーシーには会わせないからな！」

おじさまの祖父を睨みつける眼差しは、私が知っている優しい瞳じゃない。殴りかかるのを必死で堪えている、そんな激情すら感じた。

私は重苦しい気持ちでいっぱいになり、目を伏せたまま祖父に言った。

「わかっています。…………さようなら」

祖父母との対面はそこまでで、私はおじさまと二人で休憩室を出た。

腕を組んで歩いていなければ、その場に膝をついて倒れ込んでしまいそうなほどショックだった。

悲しいとか腹立たしいとか、色んな感情が混ざり合っていて、私は無表情でただひたすらに歩き続ける。

私は、恋をしたいなんて思わないし、おじさまたちのためになる結婚をするって、恩返しをするって決めている。これは私の唯一の願いだ。

大丈夫、何もこれまでと変わらないわ。

ずっと考えていると、少しだけ冷静になれた。

祖父母のことだって、おじさまが怒ってくれたし何も悲しいことなんてない。

大丈夫よ、大丈夫……。必死にそう言い聞かせるも、胸の中に重苦しい気持ちが広がる。

ここで、祖父母とはもう二度と会うことがないかもしれない、そう思ったら一つだけ心残りに気づいた。

お母さんは幸せだったって、あの二人に言えばよかった。私の記憶の中の母はもうほとんどいなくなっちゃったけれど、それでも笑った顔が思い出せる。

不幸なんかじゃなかったと、私はそう信じているのに……。

「はぁ……」

堪えていたものが、ため息となり私の身体の外へ溢れる。

心の中を、整理する時間が必要だと思った。

「ルーシー、すまない」

私のため息を聞き、おじさまが沈んだ声でそう告げる。

気づけば、賑やかで楽しげな演奏が聞こえていた。私たちは、すでにホールの近くまで戻ってきていた。

「そんな、おじさまが謝ることなんてありません！　私なら元気です！」

精一杯、笑ってみせる。私のことで、悲しい顔をしてほしくない。

けれど、このままおばさまたちのいる夫人サロンへ向かう気にはなれなくて、少し一人になりたいとおじさまにお願いしてみた。

「庭園を散歩してもいいですか？　すぐに戻ります」

少し頭を冷やしたい。このもやもやを落ち着かせたい。

おじさまは、護衛から見える位置ならばと一人で歩くことを認めてくれる。

私は「ありがとうございます」と言って、なるべく明るい自分に見えるよう手を振って、足早に庭園へと向かった。


夜の庭園は、等間隔に置かれたランプの灯りが幻想的な雰囲気を醸し出している。

薄暗い小路を歩くと、強い薔薇の香りが鼻を掠めた。

おじさまに無理を言い、散歩に出てきてしばらく経つ。光が降り注ぐように煌めく星空が、今日は虚しいものに見えた。

ぼんやりとした表情で、まるであてもなくさまよう幽霊みたいにひたすら歩く。

早く戻らないと、皆に心配をかけてしまう。

それはわかっているのに、足がどうしてもホールに向かない。祖父母に会う前のように、明るく振る舞える自信がなかった。

薔薇の花を眺めながらとぼとぼと歩いていたら、背後から突然声をかけられた。

「こんなところで何を？」

振り返ると、ジュード様がまっすぐこちらへ歩いてくるのが見える。少し前髪が乱れていて、ここまで走ってきてくれたんだと気づいた。

「散歩です。気分転換したくて」

何でもないです、という風に元気よく振る舞うつもりが失敗し、中途半端な笑みになる。これでは到底ごまかせない。私は気まずさから視線を落とす。

ジュード様は私がおかしいことには気づいたはずなのに、それには触れずにぽつりと言った。

「さっき、会ったたって聞いた」

「あぁ……」

ジュード様は私とおじさまの姿が見えないことに気づき、探してくれていたそうだ。さきほどおじさまを見つけ、私のことを尋ねると、祖父母に会ったと聞かされたのだという。

私の正面に立ち、ジュード様は心配そうな瞳を向ける。

「父上が、ルーシーを傷つけてしまったかもしれないって気にしてた」

おじさまが？　私は目を丸くする。

傷ついていないとは言えないけれど、おじさまは悪くない。

「いいえ、祖父母はよくしてくれました。思っていたよりずっと」

言葉ではそう言うものの、自嘲めいた笑みが口元に浮かぶ。

なんでこんなことになったんだろう？

祖父母に会った直後は、涙ながらに喜んでもらえて温かい気持ちになった。今日会えて本当によかったって、心から思えていた。

ただ、祖父母が求めていたのはあくまで「娘が産んだ子」であって、同時に「娘に似た子」だったわけで。そこに、ルーシーという一人の人間の存在は求められていなかった。

当然と言えば当然なんだけれど……。

やるせなさが込み上げ、なんとなくジュード様から視線を逸らす。すぐそこに美しい薔薇が咲き乱れているのに、少しも気分が浮上しない。

黙ってしまった私を見て、ジュード様は呆れた顔で反論する。

「よくしてもらったっていう顔じゃないけれど？　だいたい気分転換に散歩って、それは気分を変えないといけないようなことがあったってことだよね？」

そう指摘され、私は返す言葉もなかった。

すみません、と謝るよりも先にさらに苦言を呈される。

「見回りの兵も門番もいるから安全とはいえ、夜はそんな格好で外を歩くな。風邪引くだろう？まったく、追いかけてくるこっちの身にもなってほしいね」

私はしゅんと落ち込み、俯いていた。

ジュード様は、文句を言いつつも上着のボタンを手早く外し、それを脱ぐと私の肩にそっとかける。

しかも、風に遊ばれ頬にかかる私の髪を丁寧に指ではらって耳にかけ、私が恐縮するほど世話を焼いてくれた。

「あの」

なんだかくすぐったい気持ちになり、恥ずかしくて仕方がない。

慌てて「自分でできます」と言おうとすると、少し強引に大きな手が私の頬に当てられた。

「冷たくなってる」

ジュード様は、悲しげにそう呟く。

驚いて見つめると、その仕草も声も、眼差しもすべてが温かく感じた。

とても大切にしてもらっている、そんな風に思える。

あぁ、やっぱり大人になってしまっている。見上げるくらいに背が伸びた彼は、身体も仕草も声も随分と大人びて見えた。

「本当にジュード様……？」

驚きで目を瞠る私。

彼は怒って目を眇める。

「は？　なんか文句あるの？」

苛立ちを含んだその声に、私はびくりと肩を揺らした。

「文句なんてありません！　上着、ありがとうございます！　暖かいです」

ホッとするようなぬくもりに包まれて、私は自分の心も温まっていくのを感じた。心の傷ついた部分に、じんわりと優しい何かが染み入ってくる。

こんなにも大事にしてもらえて、泣きたいくらいにうれしくなった。そろりと離れていった手が、少しだけ淋しく思えてならない。

虫の音が聞こえる庭園で、ジュード様は黙って私のそばにい続けてくれた。じっと待ってくれるその優しさに、だんだんと心が落ち着いてくる。

しばらく無言でいた後、私はぽつりぽつりと話し始めた。

「祖父母は、私に会えたことをとても喜んでくれました。母にそっくりだって。疎まれていると思ってきたので、喜んでもらえたことはうれしかったです」

「そっか」

「はい。けれど、話題は次第に母が駆け落ちした当時のことになって……。母が家を捨てたことで伯爵家がどれほど迷惑を被ったか、いかに恥をかかされたかという話を聞いたんです」

自分が生まれてくるために、どれほどの代償を祖父母に払わせたのかを知った。全部本当のことだけれど、心をえぐられるような気がした。

本音を言えば、知りたくなかった。

私が悪いわけじゃないって頭ではわかっていても、やるせないやら虚しいやらで、心の中に黒いモヤが立ち込めているような気分だ。

今だって、さっきの出来事を言葉にすると重苦しい気持ちになる。ふと視界に入った私の指先は、強く拳を握りすぎたせいで小さな爪痕がいくつもついていた。

「それから、主家の娘に手を出すような男の血が半分流れているから、くれぐれもウェストウィック公爵家に恩を仇で返すようなことはするなと釘を刺されました」

「はぁ!? そんなことまで!?」

大きく目を見開き、ジュード様は怒りを露わにする。

祖父に悪気はなかったと思う。私のことを傷つけようとする意図はなく、父のことを恨むあまり口から本音が出たんだろう。

傷ついた心を見ないようにして、私は控えめに笑ってみせた。

「祖父は、私が誰かを好きになって、母のようにその手を取って逃げるかもしれないって心配したようです。結局、祖父母にとって私は娘が駆け落ちした証でしかなかったんです。孫と会えたことを喜んでくれていたから、ちょっと期待したのがいけなかったんですよね。祖父母が求めていたのはどこまでも母であって私ではなかったんですから」

もしかすると、いい関係が築けるかもって夢を見てしまった。期待した分、ショックが大きかったんだわ。

一通り話し終えた私は、ジュード様の顔を見る。すると、私以上に悔しげな顔をしていて驚いた。

「父上は何をしていたの？　一緒にいたのに」

イライラした様子で、ジュード様は尋ねる。

私は少し前のめりになり、おじさまはちゃんと守ってくれたのだと主張する。

「おじさまは話題を変えようとしてくれて、めずらしく声を荒らげて『この子は私の娘だ！』『もう二度と会わせない！』って宣言してくれたんですよ？　それでも収まらなかったので、二人で休憩室を飛び出ちゃいました」

すごくうれしかった。うれしかったのに……。

おじさまのことを思い出して、浮かんだ笑顔が徐々に消えていく。

「……なんでこんなに嫌な気持ちになるんでしょう？　私だって祖父母のことを愛しているわけじゃないのに、自分のことを歓迎してもらいたかったって心のどこかで思っていたのかしら？　私ったらわがままですよね」

どんどん暗い雰囲気になり、申し訳なくなってきた。

こんないい夜に、聞かせる話では絶対にない。

「ごめんなさい、こんな話……。戻りましょう、私よりもジュード様が風邪を引いてしまいます」

私はそう言い、無理やり笑みを作ってジュード様の肘に両手を添えた。

「ジュード様?」

けれど彼は動く気配を見せず、まっすぐに私の目を見つめて告げる。

「ルーシーの淋しさは、俺もよくわかる」

予想外の言葉に、私は目を瞬かせる。

「俺も似たようなものだから。皆、俺のことを公爵家の跡取りとしてしか見ていない。必要なのは、ジュードという一人の人間じゃなくて、由緒正しい公爵家の立派な跡取りなんだ。世間にとっては、それが大事」

「え……?」

「父上と母上は、親だから俺をジュードとして見てくれる。でもほかの者は違う。皆、『俺』を見ていない。必要なのは立派な公爵令息で、俺自身じゃないから……。だから小さい頃からずっと、公爵家の名に恥じないよう、優秀で隙のない人間でなくてはいけないって思ってきた。生きていく上で、俺が俺である必要はないのだとずっと感じてた」

初めて聞く義弟の本心に、私は言葉を失った。

いつだってジュード様は自信たっぷりで、堂々としていて、凛（りん）とした空気も何もかもが洗練されていて。

そんな葛藤があったなんて、知らなかった。理想の仮面を作り上げ、他者が望む姿を演じることを優先してきたなんて思っていなかった。

私はジュード様のことを、何も知らない……?

もしかして、私は彼の見たい部分だけを見て、そうだと思いたい部分を彼自身だと思い込んでいたの？

自分もジュード様を傷つけていたのかも、と思ったら手が震えるほどショックだった。

でも、愕然とする私を見てジュード様はふっと優しく笑う。

「そんな顔しなくていい。別に悲観しているわけじゃない。ルーシーに会うまでは、そうだったっていうだけだ」

「私に、会うまでは？」

ジュード様の肘に添えたままだった私の手を、彼はそっと右手で握り込む。その手のぬくもりが、まっすぐに向けられる瞳が「大丈夫」と言ってくれているみたいに思えた。

「ルーシーは、俺に何も求めなかった。違う？」

静かな庭園で、低く優しい声が耳に届く。私は彼の言葉の意味を、自分自身に問いかける。

確かに、何かしてほしいとか見返りがほしいとか、そういう欲求を持ったことは一度もない。義姉として、してあげたいことはたくさんあるけれど。

私はただ、ジュード様と一緒にいられたらそれでいい。

怒った顔も、拗ねた顔も、楽しそうに笑う顔も全部大好きで、何気ないやりとりですらずっと続けばいいのにって思ってる。

何かを求めるなんて、そんなこと考えたこともなかった。

じっと見つめるだけの私に、ジュード様は力強く言う。

「ルーシーはアンジェラ・グレイフォードの娘だけれど、それ以前にただのルーシーなんだから。俺が、ルーシーの前ではただのジュードであるように」

澄んだ瞳に思わず見入っていた。

彼が一生懸命、私を励ましてくれているのがわかり、胸がじんと熱くなる。

これまでもずっと一緒にいたけれど、ここまで正直に気持ちを話してくれるのは初めてで、私はそれもうれしかった。

「俺にとっては、ルーシーはルーシーだから。上辺しか見ないようなやつらは、好きにさせておけ。そんなやつら、どうせ俺たちの人生には関係ない。すれ違うだけの他人からの評価なんて、放っておけばいいんだ。ルーシーにはウェストウィック公爵家の家族が、俺がいるだろう？　こんなことで悲しまないでくれ」

「ジュード様……」

じわりと涙が滲む。

ジュード様と義姉弟になれて、本当によかった。公爵家に引き取られて、本当によかった。感極まって胸がいっぱいになり、大きく息を吐く。

「私のこと、家族だと思ってくれるんですね」

込み上げる喜びのままにそう口にすると、ジュード様はぐっと喉を詰まらせる。でもすぐに頬を赤く染め、目を逸らして振り絞るように言った。

「家族っていうか、家族ではあるんだけれど、その……、何が言いたいかっていうと」

さっきまであんなに自信満々で、堂々としていたのに。突然口ごもったジュード様は、私からそっと手を離し、明らかに動揺して口元を手で覆う。

何か言いにくいことでもあるのかしら？

恥ずかしがっているような、何か言おうとして、でも言えないみたいな。

まるで年上みたいに頼もしくかっこよかった姿が一転し、なんだかとてもかわいらしく見える。

私はひたすらジュード様を見つめ続け、言葉の続きを待った。

「ぐっ……！　あんまり寄るな。見るな！」

怯むようにやや身体を引くジュード様。

反対に、私は前のめりになって尋ねる。

「なぜ？」

「なぜって、それは」

ジュード様は、真っ赤な顔で眉根を寄せた。しかしそのとき、おばさまの呼ぶ声が二人の間に割って入ってくる。

「ルーシー！」

いつも淑やかに振る舞うおばさまが、スカートの裾を大胆に持ち上げて全力で走ってきていた。

驚いて息を呑むと同時に、おばさまが私に激しくぶつかりながら抱き締めてくる。

――ドンッ！

「ふぇっ⁉」

「ごめんなさいね！　私がそばにいない間に……！　傷ついたでしょう⁉　オズワルドに聞いたわ、グレイフォード伯爵家の人たちに心無いことを言われたと」

「え？　え？　あの、おばさま」

急に抱きつかれ、心臓がバクバクと鳴っている。

「あぁっ、あなたは誰がなんと言おうと、私たちの娘よ！　もう二度とあんな人たちに会わせないわ！」

「おばさま、大丈夫です。私は平気ですから」

「なんっっって健気（けなげ）なの⁉　不満の一つも言わないで……！　いいのよ、何でも言って？　仕返ししたいんなら手伝うから」

「いえ、仕返しなんてしません！」

慌てていると、妻を追いかけてきたおじさまが困った顔で声をかける。

「本当にごめんね、ルーシー。こんな大切な日に、グレイフォード伯爵家の人間は招待するべきじゃなかった」

「いえ、もういいんです。私は十分に幸せですから、大丈夫です」

こうして家族に囲まれると、不思議と心が軽くなっていくのを感じられる。

「ジュードったら、抜け駆けしてルーシーを慰めるなんて」

「母上、意味のわからないことを言わないでください」

じとりとした目でおばさまを睨むジュード様。

おじさまは、そんな二人を呆れたように笑って宥める。その様子を見ていたら、私は自然に笑みが零れた。

私には、おじさまやおばさま、ジュード様という素敵な家族がいる。こんなにも愛してもらえている。それで十分だと思った。

「さぁ、もう戻りましょう。風邪を引いちゃうわ」

おばさまの言葉に私は頷き、肩にかけてあるジュード様の上着を握りしめる。ひんやりとした夜風が心地よく、一人で出てきたときとは違ってスッキリとした気分だった。

「ジュード様、せっかくなのでホールまでエスコートしてください！」

飛びつくように腕に手を絡ませると、ジュード様はややたじろぐ。家族だから、と堂々と甘え出した私を迷惑そうに見下ろしつつも、振りほどかないところがやっぱり優しい。

「あんなに踊ったのに、まだ元気があるの？」

「はい、そうみたいです」

満面の笑みで答えると、少し悩んでからジュード様は口を開く。

「なら、踊る？　せっかくだから」

まさかのお誘いに、私はきょとんとした顔になる。

「でも、家族はもうおじさまと」

「誰も文句は言わないよ。いちいち数えてなんていないだろうし。…………嫌なの？」

「いえ！　ぜひお願いいたします！」

にっこり笑ってそう言えば、ジュード様も満足げに口角を上げる。

上空に広がる夜空はとてもきれいで、こんな風に幸せな日々がずっと続いてほしいと思った。

第三章　私の幸せは義弟が握っている

「縁談ですか？　私に？」

十七歳のある日、淑女教育でお世話になっているマダム・イザベラから突然の縁談話が持ち込まれた。

——ガシャンッ！

緑豊かな中庭に、激しく陶器がぶつかる音が響く。

隣に座っていたおばさまが、手を滑らせティーカップをソーサーにぶつけたのだ。

私が驚いて目を向けると、「あらやだ、ごめんなさいね」と小さな声が返ってきた。

今日は、おばさまが領地から久しぶりに王都へやってきたので、淑女教育の授業ではなく身内としてお茶をしないかとマダム・イザベラから連絡があり、私たちは三人で仲良くテーブルを囲んでいる。

お気に入りの水色のドレスに、おばさまが贈ってくれたアメジストが輝く髪飾りで大人っぽく髪を結い上げ、互いに近況報告を……と心を弾ませていた私にとって、まさか本日の用向きが縁談の話だったとは予想外だ。

「まぁ、クラリスが粗相なんてめずらしいこともあるのね」

マナーに厳しいマダム・イザベラは、目の前で起こった事態に眉根を寄せる。

「あなたが、ルーシーに縁談があるなんておっしゃるからですわ」

おばさまはその場に立ち上がり、ドレスに紅茶が零れていないか確認を始めた。同時に、メイドが布巾を手にして駆け寄ってくる。

テーブルの上には、派手に零れた赤褐色の紅茶。それは瞬く間に拭き取られ、代わりに新しい紅茶が用意された。幸いにも、おばさまのドレスは無事だったみたい。

いつもは淑女の鑑のような立ち居振る舞いのおばさまも、失敗することがあるんだなぁ。私はそんな呑気なことを思った後、「縁談」という言葉を思い出して我に返る。

貴族令嬢の結婚は平民に比べると早く、十代で嫁ぐ人も多い。結婚適齢期は、十八歳から二十三歳あたりらしい。

幼少期から婚約者がいる人もめずらしくなく、ジュード様も以前は婚約者がいたと本人やおじさまたちから聞いた。

昨年、社交界デビューを果たした私にも見合い話はいくつか来ていて、でもそれはおじさまとおばさまが吟味した結果、直接会って話をする段階にも至っていない。

社交界デビューしてこの一年間、夜会や茶会という交流の場で出会いはあっても、手紙のやりとりをしたりデートをしたりといった間柄になる男性はいなかった。

私自身は、ウェストウィック公爵家のためになる結婚をしたいと思っているけれど、ジュード様からは「ルーシーが結婚なんてまだ早い」と何度も言われるし、おじさまたちにも「そんなに急がなくてもいい」と諭され、今はまだ社交に慣れることを優先していた。

ここにきて、まさかマダム・イザベラから縁談話を持ちかけられるとは……。

どんなお相手なんだろう？　私は黙って話の続きを待つ。

彼女は、優雅な所作で一口だけ紅茶を飲むと、縁談について淡々と説明した。

「ルーシーはもう十七歳、私やクラリスが婚約した年齢です。そろそろ本格的にお相手を見つけなくては。あなたもそう思うでしょう？」

有無を言わせぬ威圧感に、私は反射的に頷く。この状況で、まだのんびりしていたいとか社交に慣れてから……なんて言う勇気はなかった。

そうですね、と小さな声で答える。

マダム・イザベラが言うには、この縁談はとてもいいお話らしい。彼女は笑みを浮かべ、少し誇らしげに語った。

「薬や医療関連の事業で有名なベルン侯爵家のご子息が、留学先からお戻りになったのです。その方はエリアス様というお名前で、年はあなたの二つ上の十九歳よ。このたび、いよいよ婚約者選びを行うそうですので、私はルーシーを推薦しておきました。近いうちにパーティーの招待状が送られてきますからそこへ参加なさい」

推薦ということは、もう先方に私がお相手を探していると伝わっているんですね⁉

パーティーに行かない、という選択肢はないらしい。

私は困惑しつつも、もしかすると本当にいいお話で「これは恩返しをするチャンスなのでは？」と興味を抱く。

「そのエリアス・ベルン侯爵令息様は、どのような方なのでしょう？　国内有数の名家であることは存じていますが、私がその方に嫁げばウェストウィック公爵家のためになりますか？」

マダム・イザベラは私の教育係であると同時におじさまの実姉だから、私のために良縁をと選んでくれたのだろうけれど、ベルン侯爵家について詳しく知らないので不安はある。

なるべくなら、事前に情報を得ておきたい。私が興味を示したことに、マダム・イザベラは笑顔で頷いた。

「ベルン侯爵家は、広大な薬草園や精製工場を持つ医療分野で発展してきた歴史ある貴族です。エリアス・ベルン様は幼少期より高名な学者の方々に習い、医の道を志す傍ら、経営者としての目も養ってきたそうです。留学先でも新しい薬の開発に取り組まれていたそうで、大変立派な方だと評判ですよ。家柄、そして本人のお人柄のどちらも申し分ないお相手だと、私は思います」

お相手として、かなり好条件だと思った。好条件どころか、私にそんな方のお相手が務まるのかとちょっと気後れしてしまうほど……。

これは前向きにがんばるべきなのでは、と思案していると、おばさまがなぜか喧嘩ごしに尋ねる。

「そのエリアス様がご立派なのはわかりました。けれど、その方はうちのジュードより優秀で眉目秀麗なのかしら？　私の大事なルーシーを妻にするに申し分ない誠実な人なのかしら？」

どうしてジュード様と比較するんだろう？

確かにジュード様は世界一かわいいツンデレだけれど、基準をそこに設定してしまうと私は誰にも嫁げなくなってしまうのでは？

私がそんなことを考えていると、マダム・イザベラはすかさずおばさまに反論した。

「もちろん、エリアス様は優秀です。学院を首席で卒業した後、より見識を広めるために留学なさったのですから。それに、見た目だって艶やかなブロンドに優しげな眼差しの貴公子だと、ご令嬢方に人気があります。ルーシーを嫁がせるのに申し分ない方だと、この私が判断いたしました。ルーシーもきっと気に入ると思うわ」

自信満々に語るマダム・イザベラに、おばさまはますます疑いの目を向けた。

「あら？　そんなに素晴らしい方なら、なぜ決まったお相手がいないの？　言えないような何かがあるのかもしれないわ」

おばさまは、この縁談をかなり警戒している？

社交界で評判の人が、実は婚約者に横柄な態度を取るという話は聞いたことがあるから、そう易々とは信用できないのかもしれない。

しかし、マダム・イザベラも一歩も引かず、澄ました顔で言った。

「決まったお相手がいないのがおかしいと言うのなら、ジュードはどうなります？　以前、婚約を解消してから未だ次のお相手が決まっていませんよね？」

「それは、色々と事情があるのです」

おばさまが苦しげな表情になり、言葉を濁す。

「言えないような何かがあるのですか？」

「そんなわけありませんわ。あの子は自慢の息子です」

私には詳しいことはわからないけれど、天使すぎてご令嬢方が引け目を感じてしまっているとか？　それなら十分にあり得る。

けれど十五歳という年齢を思えば、学院を卒業するあと三年くらいは猶予があるから婚約者がいなくても不自然ではない。それに、社交界デビューしてから出会ったご令嬢と恋に落ちる、なんていう展開があるかもしれないわ。

そんなことを考えていると、マダム・イザベラが眉根を寄せて私に問いかけた。

「聞いていますか？　あなたの縁談話なんですよ？」

「ええ、もちろん聞いております」

笑顔でごまかすと、疑いの目を向けられる。

負けじとさらに笑みを深めるも、小さなため息を吐かれた。

「早くお相手を見つけないと、いいお話はどんどん少なくなっていってしまいます。婚約期間などのことを踏まえると、来年にはお相手を見つけた方がいいでしょう。ただでさえオズワルドとクラリスが過保護なせいで、限られた夜会にしか参加していないのですから、ルーシー自身にもっと積極的に動いてもらいたいものです。いいですか？　エリアス・ベルン様は現状でもっともよいお相手ですよ！」

強くそう告げられ、私は改めてこの縁談について考えてみる。

もしも私がそのエリアス様と結婚すれば、ウェストウィック公爵家が持つ人脈と引き換えに、希少な薬草の栽培方法や医療技術を提供してもらえるかもしれない。そうなると、領地は発展するし新しい人脈も築けるはず。

条件面では、これ以上にないほどのお相手だということは私にだってわかる。恩返しになる結婚、という観点ではまさにぴったりだった。

とはいえ、おばさまがあまりこの話に乗り気でないというのは伝わってくるので、私はどうすればいいんだろう?

う～ん、と悩んでいるとマダム・イザベラとばっちり目が合う。

「いい結果を期待していますよ、ルーシー」

「は、はい」

笑顔の圧が強い!　私は顔を引き攣らせながら返事をする。

どうせパーティーには参加しないといけないのだから、前向きに考えてみてもいいのかな?

一対一のお見合いじゃないし、あくまで婚約者候補の女性たちを招いたパーティーに出席するだけだもの。

突然の縁談話にちょっと動揺してしまったけれど、とにかくがんばってみようと決意した。


数日後、ベルン侯爵家から正式な招待状が我が家に届いた。そしてわずか数週間で、パーティー当日となる。

今日は新月が浮かぶ美しい夜。紫色のドレスをまとった私は、おじさまとおばさま、そしてジュード様と一緒にベルン侯爵家を訪れた。

おじさまは、私が断りきれずに参加したのではと思っているようで、申し訳なさそうに問いかける。

「本当によかったの?　イザベラ姉さんの紹介とはいえ、断ることはできたんだよ?」

「おじさま、もう到着しちゃっていますから」

冗談めかしてそう言うと、おじさまは苦笑いで肩を竦める。

私は、自分の意志で参加することを決めたのだと笑って告げた。

「いいお話だと伺ったので、私が自分で決めました。ありがたいことだと思っています。確かに、私がこれまで平穏に暮らしてこられたのはマダム・イザベラの教え子だという盾があってのことなので、せっかくのご厚意を無下にできないという理由もありますが」

ウェストウィック公爵家という強力なブランド力と、女帝マダム・イザベラの恩恵のおかげで養女であっても誰に遠慮することなく社交界で生きてこられた。

おかげさまで、性格がきついと噂のご令嬢たちは私にまったく接触してこない。

権力、ありがとうございます。と感謝のお祈りをしてもいいくらいだ。

私が無理やり連れてこられたわけじゃないとわかると、おじさまは安堵の息をつく。

「ルーシーが嫌がっていないなら、いいんだ。あぁ、あちらの方がご当主夫妻だよ」

おじさまに促され、まず初めにご挨拶をしたのはベルン侯爵家のご当主夫妻。お二人共、五十代前半で物腰柔らかそうな人たちだ。

私は公爵令嬢という身分にふさわしい立ち居振る舞いをしようと、まっすぐに背筋を伸ばす。

「ようこそお越しくださいました。我々はあなた方を歓迎します」

ご当主様はそう言うと、おじさまと笑顔で握手を交わした。

ご夫人は淡い金髪を結い上げた上品な方で、私を見るとうれしそうに顔を綻(ほころ)ばせる。

「そちらがお嬢様のルーシー嬢ですか。なんとお美しい方でしょう」

「お褒めいただき光栄です。どうかお見知りおきください」

おじさまの少し後ろに立っていた私は、マダム・イザベラから習ったカーテシーでご挨拶をする。

第一印象はよかったみたいで、ご夫妻はすぐにご子息と私を引き合わせようとした。

「息子は今、あちらで皆様にご挨拶をしております」

ゆるやかな音楽が流れるパーティー会場で、彼は四人のご令嬢に囲まれて談笑している。

本日の主役は、すでに大人気だ。

マダム・イザベラの言っていた通り、眉目秀麗で優しげな雰囲気な上に、ご令嬢方よりも頭一つ分以上高い長身。かなりモテるだろうな、と容易に想像できる貴公子だった。

おじさまによると、今まさにエリアス様に気に入られようと笑顔で話しかけているご令嬢が花嫁候補らしい。いずれも上流階級のお嬢様で、私以外は当然ながら当主の実子である。

え、この中に入ってエリアス様を奪い合わないといけないの？

縁談って、もっとお互いにゆっくり話ができる雰囲気だと思っていたわ。ご令嬢方はとにかくエリアス様に気に入られようと必死で話しかけていて、頬を染めてうれしそうに話す姿は恋する乙女そのものだった。

「ご令嬢方の熱気がすごいですね」

私はグラスを片手に遠巻きに彼らを眺め、初めてのことに戸惑いを隠せない。

ジュード様は私のそばについていてくれて、一緒にエリアス様を観察する。

「そうだね。あまり見ないくらいの美形だし、背も高い。倍率高そう」

さすがは「現状でもっともよいお相手」とマダム・イザベラが推していただけのことはある。

彼が選ぶ女性って、どんな完璧なご令嬢なの？　今話しているご令嬢は皆きれいで、生粋のお嬢様で、自分から積極的に話しかけられるほど社交上手で……。

あの中に、私が入れるかしら？

思わぬ事態に、私は完全に及び腰になっていた。

「で、どう？　実際に見て」

ジュード様がちらりとこちらを見て尋ねる。

「見た目が好みとか、私も話してみたいとか、何かないの？」

なぜだろう、その声色がちょっと不機嫌に思えた。

積極的に動かないことを怒られている？　せっかくパーティーに付き合っているのに、私がいきなり怖気づいているから呆れている？

エリアス様よりもジュード様の様子が気になってしまう。

あぁ、でも彼が怒るのも無理はない。マダム・イザベラに紹介してもらったとはいえ、私は自分の意志でここへ来たんだから、まだ挨拶もしていないのに怯むなんていけないよね。

ご令嬢たちに圧倒されている場合じゃない、私もがんばらなきゃ……！

焦った私は給仕の人にグラスを渡し、ハンカチで手を拭う。

「せっかく来たんだからあの輪の中に入っていかないとダメですよね！　怖気づくなんて、情けないわ。それに、ジュード様に一緒に来てもらってるのに……。私、目に留めてもらえるように、気に入ってもらえるようにがんばってきます！」

急にやる気になった私を見て、ジュード様は険しい顔に変わる。

「待っ、違う！　誰もそんなこと思っていない！」

「え？　でも私が動かないから怒っているんですよね？」

「はぁ⁉　別に誰もそんな、怒ってなんていないない！　あんなに囲まれてるなら割って入るのは無理だし、そもそもルーシーに縁談なんてまだ早いんだから恥かく前に諦めれば⁉」

「――っ！」

せっかくカロルやリンがきれいにしてくれたけれど、あんなに競争率が高かったら私には無理なのかしら？

あの中に入っていくのは、私には無謀なことなの？

しゅんと気落ちする私。それを見たジュード様は、額に手を当てて苦しげな雰囲気を醸し出した。

「だから、その無理っていうか、囲まれて全員にいい顔するような男はやめておけって意味で……。そんな男はルーシーにふさわしくないって言いたかった、ただそれだけで」

私に、ふさわしくない？

それは、意外にも私のことを高く評価してくれている言葉だった。

「ジュード様？」

黙ってしまった義弟の顔を覗き込むと、彼は言葉に詰まりつつも懸命にその思いを伝えてくれた。

「怒ってるわけじゃない。夜会は面倒だけれど、ルーシーが参加するなら何度だって付き合ってやる。何かあったら、ほら、さ」

「うっ！」

ああ、不意打ちのツンデレが……‼　私が傷つく前に「諦めれば」と逃げ道を作ってくれるばかりか、私のことを心配してくれるなんてうれしい。

怒っているように見えるのも、そっけない態度も、全部優しさの裏返しなんだわ……！　苦悶の表情は素直になれない証でかわいさ倍増、私は思わず胸を押さえて呻き声を漏らした。

どうしたらいいの？　こんなに甘やかされたら、本当に婚期を逃してしまうかもしれないわ。

これではダメよ！　しっかりしなきゃ……！

私にとって大事なのは、キュンとくる言葉でも仕草でもツンデレでもなく、ウェストウィック公爵家のためになる結婚なんだから！

心の中で自分を叱りつけていると、ジュード様が眉根を寄せて呼びかけてくる。

「ルーシー？　大丈夫？」

「はっ！　すみません、あまりのかわいさに意識が遠ざかっていました」

「何言ってるの」

じとりとした目を向けられても、私にとっては心の栄養でしかない。

でもずっとジュード様と話しているわけにはいかず、なんとかエリアス様とお話しするきっかけを摑まなければ。

前向きにがんばってみるって、決めたんだから。まずは話しかけないと、何も始まらない！

……かといってどうしていいかわからず、ジュード様の隣に立ったまま壁の花でいたところ、たまたま顔を上げたエリアス・ベルン様とぱちっと目が合った。

「あっ」

私は思わず声を上げる。じっと見ていたことがバレてしまい、気まずさと恥ずかしさが込み上げてくる。

こういうときって、どうするんだったかしら？

混乱しつつも、とにかくにこりと微笑んでみる。

するとそれが功を奏したのか、周囲のご令嬢方に断りを入れたエリアス様はゆっくりと私のもとへ歩いてきた。

正面に立つと、かなり背が高い。私は標準的な背丈なのに、彼を随分と見上げないといけないくらいだった。

「今宵はお越しいただき、ありがとうございます。エリアス・ベルンと申します。美しいあなたのお名前を伺っても？」

挨拶も社交辞令の褒め言葉もスマートで、嫌みのない紳士的な人だと思う。

「初めまして。ルーシー・ウェストウィックと申します」

微笑みながら名前を告げると、エリアス様は柔らかな笑みのまま、スッと右手を差し出した。

「私のことはエリアスとお呼びください。ぜひ一曲お相手願えませんか？」

まさかダンスのお誘いをもらえるなんて、と私は目を丸くする。

ほかのご令嬢方みたいに自分から話しかけに行けなかったから、もしかしてエリアス様は主催者として気を遣ってくれたのかも。

「お誘いいただけて光栄です。どうか私のこともルーシーとお呼びください」

彼の手を取ると、気遣うようにきゅっと優しく握られる。

ようやくきっかけを得られた私は、ちょっとだけホッとした。

「では、参りましょう」

私たちはホールの中央へ進み、優雅なワルツに乗ってステップを踏む。

とてもダンスが上手な方で、身長差があるのに踊りやすかった。所作の一つ一つに気遣いが感じられるし、穏やかで優しい性格なのかも。

ターンのときに、偶然にもホールの端にいたジュード様の姿が視界に入る。義弟は私が踊るのをじっと見つめていて、その瞳は心配しているように感じられた。

私がエリアス様の足を踏まないか、ハラハラしているのかもしれない。一瞬、不安に思ったけれど、エリアス様がとてもお上手なので何事もなくダンスを終えることができた。

曲が終わると、彼は私をおじさまたちのところまで連れていってくれて、和やかに言葉を交わすと再びほかのご令嬢方のもとへ向かってダンスに興じた。

五人も花嫁候補がいると、全員を相手するのは大変だろうな。

さすがに初めての縁談らしい縁談で、大きな成果は見込めないみたい。恩返しのための結婚にはとてもいいお話だったけれど、私には誰かと競い合って積極的に話しかけるのは向いていないと実感した。

私がイメージしていたよりも、縁談って恋心やときめきというものが生まれるものなのかもしれない。ご令嬢方の態度を見ていたら「好き」という気持ちが伝わってきて、自分との温度差をかなり感じた。

「ルーシー、もういいの？」

ジュード様がそっと声をかけてくる。

私は頷き、にこりと笑った。

そのやりとりから私がもう諦めたのだと察したおばさまは、早々にお邸へ戻ることを提案する。

「さぁ、もうこれで顔合わせは済んだわ。マダム・イザベラの顔を立てたことだし帰りましょう」

私たちはベルン侯爵ご夫妻に挨拶をして、早々に馬車に乗り込む。

今後またほかの縁談が寄せられる前に、どうすればもっと積極的にアピールできるか教育係の先生たちに相談しよう。

「結婚相手を見つけるって、なかなか難しいものですね」

何気なくそう言うと、隣に座っていたおばさまにぎゅっと抱き締められた。

「ルーシーはこんなにかわいいんだもの！　大丈夫、どこにも嫁がなくていいわ」

「そんなわけにはいきませんよ、おばさまったら」

クスクスと笑っていると、正面に座っているジュード様と目が合った。

「………………」

何か言いたげで、でも口を開く気配はない。

「あ、足は踏みませんでしたよ？　うまく踊れました」

「違う」

それじゃあ一体何なのか、と小首を傾げて目で尋ねるけれど、ジュード様は何も答えてはくれず、窓の外を見て無言を貫く。

私たちの様子を見ていたおじさまが、笑いを堪えるようにして言った。

「ふっ……、ジュードは気苦労が絶えないね。あぁ、ルーシー、今日は疲れただろう？　しっかりと休むんだよ」

「はい、おじさま」

ジュード様の気苦労って？　気になったけれど、聞けばきっとジュード様の機嫌がさらに悪くなりそうだったのでやめておいた。「悩みがあるなら相談してくださいね」とだけ伝えると、盛大なため息を吐かれ、ちょっと切ない。

あぁ、おじさまやおばさま、それにジュード様の役に立ちたいのに、縁談もうまくいかないし悩み相談も頼りにならないなんて……。

美しい月の夜、私たちを乗せた馬車はゆっくりとお邸へ戻っていった。

＊＊＊

ベルン侯爵家でのパーティーの翌日。学院へ向かうジュード様を見送ってまもなく、私のもとに予想外の使者がやってきた。

対応したおばさまから渡されたのは、直筆でメッセージが書かれたエリアス様からの手紙だった。

『またお会いしたい』

侯爵家の使者によると、エリアス様が私を気に入り「ぜひまたご一緒したい」という。

気に入ったって、私のどこを？　ほかのご令嬢方より目立つことはできなかったのに。

「これって、私との結婚に前向きっていうことでしょうか？」

手紙に視線を落としたままでそう尋ねると、おばさまは「そういうことになるわね」と答えた。

一体、何がどうなっているんだろう？

昨夜はダンスを一曲踊っただけで、その後はおじさまたちと一緒にたわいもない会話をした。

すでにこの縁談はなくなったも同然と思い込んでいたから、何かの間違いでは？　とすら思ってしまった。

もしかして、私がウェストウィック公爵家の娘だから前向きに考えてみようと思ったとか？

それなら十分にあり得るわ。

エリアス様からのお手紙には、観劇にご一緒しませんかというお誘いが書かれていた。

とても人気のある劇団の舞台で、公演中の演目はとある国の王女様が婚約者の騎士と恋に落ちるお話だという。

エリアス様がなぜ私を気に留めてくれたのかはわからないけれど、観劇なら一対一でのおでかけだし、誰かと競い合うことにはならない。

ウェストウィック公爵家にとってこの縁談がいいお話には違いないし、もしかしてこれってチャンスよね？

観劇に行ったときに、エリアス様がこの縁談をどう考えているのか聞けるかも。

家族以外の男性と出かけるのは初めてでちょっと緊張するけれど、もう一度エリアス様に会ってみようと思った。

私は「ご一緒いたします」と、すぐに返事をしたためる。

今度こそ、ちゃんと公爵令嬢としての務めを果たせるようにがんばらなきゃ……！

それからわずか五日後、私は再びエリアス様にお会いすることになった。

澄み渡る青空には、眩しいほど輝く太陽が一つだけ。

おでかけ日和の晴天のこの日、私たちは王都にある歌劇場の前で待ち合わせをした。

ウェストウィック公爵家の馬車が到着すると、すでに従者を伴ったエリアス様の姿があった。

紺色の衣装に金の髪がよく映え、とてもかっこいい。馬車から降りる私に手を差し伸べてくれて、エスコートする所作も気品があって素敵だなと感じる。

「お会いできて光栄です。ルーシー嬢」

落ち着きのあるエリアス様の雰囲気は、優しいお兄さんという印象だ。こんな風に穏やかな人となら、結婚しても仲良く暮らせるのではと思いつつも、まともにお話をするのは今日が初めてとなるので私は緊張で表情が硬くなってしまう。

「本日はお招きくださり、ありがとうございます」

かろうじて笑顔を作り挨拶をすると、エリアス様は優雅な所作でエスコートして歌劇場の中へと案内してくれる。

煌びやかな衣装を着た観客は、皆とても楽しそうでおしゃべりに花が咲いていた。

私も事前に公演中のお話について調べてきたけれど、話しかけるきっかけが見つからない。

エスコートされるままに歩いては私の緊張を察して自分から話しかけてくれた。

「ルーシー嬢は、よくこちらへ？　私はまだ三度目なのです」

隣を見上げると、彼は私の返事を笑顔で待っていてくれる。

私は少し安堵して、明るい表情になった。

「一年に二度ほど、義母(はは)が王都に滞在しているときには必ず足を運んでいます」

「ウェストウィック公爵夫人は、観劇がお好きなのですね」

おばさまは、観劇が好きで役者さんへの援助も行っている。領地にも劇団や演劇学校を造り、彼らを支援しているほどだ。

そのことを話すと、エリアス様は感心したように頷いた。

「そこまでお好きとは、めずらしいですね。学校を造るほど芝居に情熱を傾けられるなんて、人生がおもしろくなりそうだ」

私たちは並んで劇場の中を歩き、二階の特別席までやってくる。

ここは、貴族の中でもかなり高位の人たちや富裕層しか取れない席だ。一席につき一人の給仕係がついていて、飲食禁止の一般席とは違ってジュースやお酒、軽食まで注文できる。

「恋物語はお好きですか？　実は仕事の付き合いでしかここへは来たことがなく、あなたをどんな演目に誘えばいいかわからなかったのです」

「ありがとうございます。今日の恋物語もとても人気があると聞きました。恋愛小説はよく読むので、劇も楽しみです」

笑顔でそう答えると、彼は穏やかな笑みを浮かべてくれる。

私、うまく話せているかな？　失礼のないように、ちゃんと接することができているかしら？

あぁ、正解がわからない……！

たいした話はしていないのに、緊張で喉が渇いてカラカラになっている。給仕係が運んできたジュースを飲むと、身体中に染み渡るような気がした。

エリアス様は年上ということもあり、余裕のある表情や仕草に思える。会話が途切れたときも、私が言葉に詰まらないようさりげなくリードしてくれた。

「そういえば、ルーシー嬢の弟君（ぎみ）は学院に通っているそうですね。私も同じ学院の出身なのです」

ジュード様の話題に、私はすぐに反応した。

「そうなのですか？　ジュードさ……、ジュードと同じ学院を卒業なさったのですね！」

大好きな義弟の話になり、目を輝かせる。

「私は学院のことをよく知りませんので、とても気になっていたんです」

するとエリアス様は、穏やかな声音で尋ねた。

「弟君から学院のお話はあまり聞かれませんか？　まぁ、あの年頃は反抗期といいますか、自分のことを話したがらない時期かとは思いますが」

困ったような顔で、まるで自分にも経験があるというような口ぶりだ。

ジュード様が教えてくれないんじゃなくて、皆そうなのね？　反抗期だなんて、成長したと思ってもまだまだかわいいわ。そう思ったらつい頬が緩む。

「あぁ、でも先日は弟君も我が家に一緒に来てくださっていましたね。とても仲がよろしいようにお見受けします」

エリアス様の言葉を受け、私はうれしさのあまり饒舌（じょうぜつ）になった。

「ええ、とても仲良くしています！　おっしゃる通りお年頃なのかそっけないときもあるんですが、優しくて頼りになるところもあって、私は義弟が大好きなんです。先日のパーティーも私のことを心配して付き添ってくれて。今日の観劇についても、出かける時間を気にかけてくれているようでした」

出かける前にくれぐれも気をつけろって何度も言われて、まるで小さな子が一人旅をするくらいの心配をされた。そんなに子どもじゃありません、と言ったものの心配されるのはうれしかった。

ジュード様のことなら二時間は話し続けられるけれど、さすがに義弟の話を延々と聞かされたらエリアス様も困るというのはわかっている。

その後は学院の近くにある図書館にたくさんの本が揃っていることや、来年には新しい歌劇場ができることにも話題は及んだ。

おしゃべりしているうちに緊張が解けていき、いよいよ幕が上がる。

王女様役の女性がとても美しくて声が涼やかで、政略結婚に反発しつつもお相手のことを知るたびに恋心を抱いていくところが素敵で、私は縁談の場だということも忘れて見入ってしまった。

誘拐された王女様を騎士が助けに行くところは、劇だとわかっているのにドキドキした。

上演時間は約二時間。手に汗握る展開に、私は大満足で観劇を終えた。

「一階のカフェで甘いものでもいかがでしょうか？」

幕が下りると、エリアス様は私をエスコートして会員制のカフェへ連れていってくれた。

おいしいケーキやパイが揃っていて、劇場にはこんなところもあるのかと驚く。

私たちはテーブル席に向かい合って座り、蜂蜜入りの紅茶やスコーンなどをいただいた。

「甘いものはお好きですか？」

「ええ、大好きです」

私は、さっそくスコーンを指でつまむ。

エリアス様は私が食べるのを見てうれしそうに笑い、ご自分も紅茶に口をつけた。

「それはよかった。私も甘いものが好物なのですが、なかなか機会がなくて」

この国では、男性はあまり甘いものを好まない方がかっこいいとされている。

ジュード様もよく甘いものを食べているから私は何も思わなかったけれど、世間的なイメージとご自身の好みとの乖離を気にしておられるようだった。

私は笑顔でエリアス様を励まそうとする。

「ふふっ、男性でも女性でもおいしいものはおいしいですよね」

「おっしゃる通りです。ルーシー嬢のお心が広くてありがたい。ああ、私のお勧めはリンゴとベリーのパイなのですが、よろしければ弟君へのおみやげにどうでしょう？」

「まぁ、うれしいわ。そのようにいたします」

エリアス様はとても紳士的で、私のことを終始気遣ってくれていた。気取ったところがなくとても話しやすい人で、一緒に過ごしているうちに緊張感が解けていく。

容姿もかっこよくて、話も上手で、名家の跡取りで……。ご令嬢方が、競い合ってこの方の妻の座を得ようとするのは納得だ。

そうなると、なぜこうして私を誘ったのかが再び気になり出す。

一時間ほど楽しいおしゃべりが続き、私がそろそろ縁談について聞いてみようかなと思った頃に、自らそれを切り出してくれた。

「今日、あなたと過ごしてとても楽しかった。近いうちに、正式に婚約の申し込みをしたいと思っています」

「えっ!?」

思わず、私は驚きの声を上げる。

貴族の結婚とはいえ、まだ出会って間もないのにこんなに早く決めるものなの？

これから何度かおでかけや手紙のやりとりを経て、互いを知ってから正式に求婚があるものだと思っていた。

一体、なぜ？　もしかして、結婚を急いでいる……？

私が考え込んでいると、彼は少し申し訳なさそうに言った。

「少し、急ぎすぎましたか？　まだそこまであなたの心は固まっていない、と」

言い当てられた私は、どきりと心臓が強く鳴る。

どうしよう、正直に聞いてみてもいいのかな？

私はどうすれば正解なのかがわからなくて、エリアス様の顔色を窺いながら自分の気持ちを正直に伝えてみた。

「そう、ですね……。いきなりのことで、少し驚いてしまいました。まだお会いしてそれほど時間が経っていないので、今すぐお返事はできません。それに、なぜ私なのか不思議なのです」

そう尋ねると、エリアス様は穏やかな笑みで答えてくれた。

「あなたとなら、穏やかな結婚生活を送れるのではと思ったのです。家同士の条件を鑑みても良縁であることは確かですし、それにあなたの控えめでかわいらしいところが好ましいと感じました」

どうやら、積極性が足りないところが逆に好印象だったらしい。それに、はっきりと「条件面がいい」と口にしてくれたことは、信頼できるような気もする。

エリアス様は私の気持ちを尊重してくれて、結婚の意志が固まるまで返事を待つと言ってくれた。

「今すぐにお返事を、とは言いません。これからお互いのことを知った上で、前向きに結婚に向けて進んでいけたらと思います」

「あ……ありがとうございます」

思いがけない展開に、私は動揺していた。

先日のパーティーでは私には無理だと早々に諦め、それなのに観劇に誘われ、しかも今は結婚についても前向きに……という申し出を受けている。

私はこれから、どうすればいいの？

いいお相手と結婚して恩返しがしたいと息巻いていたわりに、いざ目の前にその機会が訪れると混乱してどうしていいかわからなくなってしまった。

エリアス様はいいお相手だと思うけれど、結婚して一生共に過ごすとなると不安は当然あるわけで……。私自身が家のための結婚を望んでいたはずなのに、急に怖くなってきた。

今激しく鳴っている心臓は、ときめいているドキドキではなくて混乱して慌てているドキドキだ。

エリアス様の顔が見られなくて俯いていると、彼は突然真剣な声音で言った。

「ただ、婚約を申し込む前に話しておかなければいけないことがあります」

私は顔を上げ、エリアス様を見つめる。

何かしら？　まったく想像がつかなくて、きょとんとしてしまう。

実はカツラです？　隠し子がいます？　それとも、絶対に譲れない条件があるとか？

おばさまに借りた恋愛小説を読みすぎたせいか、一体どんな秘密があるのかしらと様々な想像を巡らせ、私は難しい顔つきになる。

エリアス様の瞳をじっと見つめて話の続きを待っていると、彼は神妙な面持ちで話し始めた。

「実は私には…………」

申し分ないお相手だと思われたこの縁談。でも、一通り彼の話を聞いた後には、改めて結婚の難しさを思い知らされるのだった。

＊＊＊

夕日が美しい日暮れ前、私はウェストウィック公爵家に戻ってきた。

使用人たちに玄関で出迎えられ、皆の顔を見た途端に緊張感から一気に解放されたことに気づく。部屋の扉を開けると、私と一緒に二階へ上がってきたリンがすぐにお茶の準備をしてくれた。それを飲むと浴室へ向かい、温かいお湯に浸かって疲労を取る。

心身共にさっぱりすると、エリアス様に打ち明けられたことで頭の中がいっぱいだった私の気分は少しだけ浮上した。

でも、部屋着に着替えてソファーで温かいお茶を飲んでいると、彼に告げられた内容が再び思い出されて次第に私の表情は曇る。

柔らかなクッションを抱き締めた状態で、かなり長い間物思いにふけっていた。

「おい」

すぐ耳元でジュード様の低い声がして、飛び跳ねるほどびっくりした。

「っきゃぁぁぁ！」

目を瞠り隣を見れば、学院から帰ってきたばかりのジュード様が立っている。

私が叫び声を上げたから、彼は目を眇めて不快感を露わにしていた。

「ノックもしたし、何度か呼びかけたけれど無反応だったから」

足元には、さっきまで抱えていたクッションが転がっている。

「ご、ごめんなさい。考え事をしていて」

私はまだドキドキしている胸を手で押さえ、一息ついてからクッションを拾った。

ジュード様は呆れた目で私を見ると、無言で正面の椅子に腰を下ろす。

何か用事でもあったのかしら？　義弟が私の部屋を訪れるのはめずらしい。

私はポットにあったお茶をカップに注ぎ、彼の前にそろそろと差し出した。

小さな声で「ありがとう」と言ったジュード様は、優雅な所作でカップに口をつける。長い睫毛がとてもきれいで、つい見惚れそうになる。

きっと学院では、たくさんのご令嬢にモテているんだろうなぁと漠然と思った。侍従のロアンさんから、学院に通うご令嬢から義弟はたびたび恋文をもらっていると聞いている。そして、誰からも好意を受け入れず、一つ一つ丁寧に返事を書いてお断りしているとも。

もしかすると、ジュード様は恋する気持ちや失恋について詳しく知っているかも？　こうして一人で悩んでいるよりも、おもいきって相談した方がいい？

私は勇気を振り絞り、お茶を飲んでいる義弟に向かって質問をする。

「…………ジュード様は、恋をしたことがありますか？　あと、失恋も」

「ごふっ！」

「ジュード様!?　あぁ、これで拭いてください！」

ハンカチを差し出すと、彼はひったくるようにしてそれを受け取り口元や手を拭う。

「ごほっ、げほっ、恋⁉　恋って何だよ⁉」

私が突然おかしなことを口走ったから、ジュード様は咽せ込んだらしい。すみません、と一言謝ってから私は説明し始める。

「今日、エリアス様とおでかけして色々お話をしたんです。そこで『正式に婚約を申し込む前に話しておかないといけないことがある』って、そう言われまして」

早く続きを話せ、とジュード様の目が言っていた。

私は今日あった出来事を、順を追って話していく。

「エリアス様は、私との結婚を前向きに考えてくださっているそうです。でも、過去に恋人がいらしたそうで……」

彼が私に告げたのは、留学前にあったご自身のことだった。

「エリアス様が留学したのは、一年前にお付き合いしていた恋人と別れるためだったそうです。子爵令嬢との仲を、ご両親であるベルン侯爵ご夫妻に強く反対されて、それで意に添わぬ留学をきっかけに引き裂かれるようにして彼女とは別れたのだと聞きました」

貴族の中でも栄華を誇るベルン侯爵家からすれば、お相手の子爵家は明らかに格下。いくらお相手の女性が学院きっての才女であっても、ご両親は猛反対だったらしい。

しかも、エリアス様もご令嬢も当時まだ十八歳。「もっといい相手がいる」とご両親は頑なに結婚を認めず、二人を別れさせるため、ご子息を隣国へ留学する学生の一人として加えてもらえるよう申請したのだという。

「貴族令息の留学は国家間での契約ですから、辞退することはできなかったそうです」

恋人と無理やり引き裂かれるなんてかわいそう。縁談相手のことではあるけれど、私はエリアス様のお話を聞いてそう思った。

「留学を断れないのはわかるよ。こっちだけじゃなく、隣国からも決まった人数を受け入れるから。でも、なぜその話をわざわざルーシーに？」

ジュード様は、納得がいかないという風に眉根を寄せ、その声は険しくなっていた。私は宥めるような口調で答える。

「私に本当のことを話したのは、隠して縁談を進めるのは不誠実だと思ったからだそうです」

それに、ウェストウィック公爵家が自分を本格的に調査するとすぐにわかることだから……とも言っていた。

「エリアス様は『家を継ぐからには彼女と結婚できない』ということがわかっているので、今さら復縁する気はないそうなのですが、恋心を完全に忘れられたかというとそうではないらしくて……。結婚したら妻を大切にすると決意はしているものの、事実としてまだその女性のことが好きな気持ちは残っているそうです」

正直な人なんだと思う。もう完全に吹っ切れましたと嘘を吐くこともできたのに、わざわざ本心を告げるなんて。

エリアス様の口調や態度からは、私への誠意が感じられた。

でもジュード様は、苦い顔で反論する。

「それって、自分から告白することで罪悪感を減らしたいってことじゃないか。婚約前にそんな不安要素を聞かされたら、女性側にとってはいい迷惑だよ。だいたいなんでルーシーなの？　パーティーでほとんど話もしなかったのに」

「私がエリアス様に熱を上げていなかったから、だそうです。控えめなところが好ましいとも言われました」

「それって、出しゃばらない都合のいい女ってことだろう？　ルーシーは単純だから、丸め込まれそうになってるんだよ」

そう言われると、ちょっとショックだった。人を見る目がないって、そういうことよね？

私は少しだけ俯き、視線を落として嘆く。

「エリアス様は、優しい方だと思ったんですが……。彼女のことはまだ完全に吹っ切れたわけじゃないけれど、それでも私を愛せるように努力するとおっしゃっていましたし」

「はぁ!?　愛せるように努力するって、愛せなかったらどうするんだよ。その子爵令嬢を愛人にでもするつもり？　ルーシーを悩ませるヤツのどこが優しいんだよ」

全否定され、私はすっかり意気消沈する。

やはり私は見る目がないのかも……。こんなことで、ウェストウィック公爵家のためになる結婚なんてできるの？

悲しくて情けなくて、小さくため息が漏れた。

「だいたい、ルーシーはエリアスと本気で婚約したいの？　ウェストウィック公爵家のためにって、表面的な条件だけで結婚相手を選ぼうとしてない？」

責められるようにそう言われ、私はぐっと言葉に詰まる。

私が公爵家のためにって思うのは当然で、でもジュード様はそれがいけないみたいに言う。どうして？　なぜ責められているのかまったくわからない。

黙り込んでいる私を見て、ジュード様は少し苛立ったように尋ねる。

「ルーシーは、あいつが好きなの？」

「え？」

突然の質問に、私は驚いた。私が、エリアス様を好き？　そんなこと、考えたこともなかった。

だって彼は縁談相手で、公爵家のためになるいいお相手で……。そこに私の気持ちは関係ない。

ジュード様はなぜそんなことを聞くのだろう？　私はきょとんとした顔つきでジュード様を見つめる。

考えるほどに混乱し、でも何か答えなければと思って質問とは関係のないことを言ってしまった。

「マダム・イザベラからは、淑女ならしたたかになって広い心で嫁ぎなさいと習いました。恋や愛というものが夫婦間になくても、信頼関係があれば結婚は成り立つと。だから」

「だからエリアスとでも結婚できるって？」

私の言葉を途中で奪うと、ジュード様は少し悲しそうに表情を歪ませる。それから、吐き捨てるように呟いた。

「そんなの、ルーシーの幸せはどうなるんだ」

「私の、幸せ？」

思いがけない言葉に、思考が停止する。

じっと見つめ、ジュード様が何を考えているのか理解しようとするが、彼は次第に苦悶の表情に変わっていった。

「なんでそんなことまったく考えていないっていう顔するんだ。公爵家のため？　もっと繁栄をって望むなら、そんなことは俺がなんとかしてやる。ルーシーが無理して嫁ぐ必要なんてないんだよ」

その口ぶりは怒っているけれど、目はどこか悲しそうで、私は胸が締めつけられる。

私が無理して嫁ごうとしているって、そこまで無謀な縁談ではないのに誤解しているのかも。

「あの、無理しているわけじゃ……。ただ、恩返しがしたくて」

私が慌てて否定すると、ジュード様はぎゅっと目を瞑って叫んだ。

「だからそんなの二の次でいいって言ってる！　このバカ！」

「⁉」

しんと静まり返る部屋。なぜそんなに叱られているのかわからず、私は言葉を失った。

しばらくすると、ジュード様は突然立ち上がって私を見下ろす。

「ルーシーは幸せになりたいって思わないの？　もっとちゃんと、自分のことを大事にしろ」

ジュード様は、それだけ言うと足早に部屋を出ていった。

一人残された私は、無機質な扉に向かい茫然とする。

「ジュード様」

いつものツンデレとは違い、真正面から叱られて私はかなり落ち込んでいた。

私の幸せって、恩返しのために結婚して、ウェストウィック公爵家の皆に喜んでもらうことじゃいけないの？　家族が幸せになることが、私の幸せなのに……。

ジュード様は、私が好きな人と結婚するのが幸せだって、そう思っているのかしら。でも私は、その「好き」がわからないのにどうすればいいの？

置いてあったクッションを再び抱え、そこへぼすんと顔を埋めてひたすら頭を悩ませる。

「あの、お嬢様？　大丈夫ですか？」

開いた扉から、リンが不安げに顔を覗かせていた。

心配して、様子を見に来てくれたらしい。

「大丈夫。ちょっと姉弟喧嘩みたいになっただけ」

「なら、よろしいのですが……」

結局、ジュード様は夕食の席には現れず、これ以上の話はできなかった。翌朝も早朝にお邸を出て、学院へ向かってしまって会えないまま。

——明らかに避けられている。

おじさまとおばさまは、私たちが喧嘩したことを察し、わざと明るく振る舞ってくれる。二人にエリアス様とのことを報告すると、ジュード様と同じくいい顔はしなかった。

「ルーシーには幸せになってもらいたいの。エリアス様のことが好きなら応援するけれど、私たちのためにっていう気持ちでお相手を選んでいるならそれはダメよ」

おばさまは優しく諭してくれて、私は小さく頷く。

一生懸命考えたけれど、やっぱりまだ「好き」とか「幸せ」とかはわからない。ただ、家族が喜んでくれる結婚がしたい、それだけは確かなことだと思えてきた。

「ベルン侯爵家には、断りの手紙を出しておこうか？」

おじさまは私を気遣い、そう提案する。けれど、手紙だけでお断りして逃げるように消えるのは、せっかく打ち明けてくれたエリアス様に悪いような気がしたので、直接お会いして自分の口から答えを告げたいとお願いした。

ジュード様はああ言ったけれど、やはり彼はいい人だと思うから。私も、きちんと気持ちを伝えたい。


数日後、エリアス様にお会いするため、貴族子女の御用達（ごようたし）といわれるカフェを訪れた。真白いクロスがかけられたテーブルの上には、かわいらしいアネモネの花が飾られている。

まもなく、エリアス様も到着するはず。

少し早めに着いた私は、うまく返事ができるだろうかとドキドキする胸を右手で押さえて深呼吸をする。

十分ほど一人で座って待っていると、エリアス様が颯爽と登場した。

「待たせてしまってすみません」

「いいえ、今来たところですので」

エリアス様の前髪が少しだけ乱れているのは、急いで来てくれたからだろう。その優しさに、申し訳なさが込み上げる。

彼は向かい側の席につくと、私と同じクリーム添えの紅茶を注文した。なんとなく気まずい空気が漂っていて、私はそれを振り払うようにわざと明るい声で話題を切り出す。

「先日は、お土産のパイをありがとうございました。家族と一緒にいただいて、とてもおいしかったです」

「それはよかった。うちの妹は、あれはちょっと甘すぎると言っていましたからね。気に入ってくれたならうれしいです」

笑顔で話しているとすぐに温かい紅茶が運ばれてきて、私たちはさっそくそれをいただく。口に入れると甘いクリームがほどけるように消えてなくなり、心が安らぐ味わいだった。

カップをソーサーに戻すと、少し緊張した面持ちでエリアス様が口を開く。

「……連絡をもらって、驚きました。もう会ってもらえないかも、と思っていましたから」

彼は、私が手紙で断ってくると思っていたらしい。

こうしてまた会って話がしたいというのは、私のわがままなのかもしれない。

「会ってもらえない、だなんて……。あの、今日はお返事をしたくてお時間を頂戴しました」

話を切り出した瞬間、彼は残念そうに目を伏せる。これから私が何を言おうとしているのか、わかっているみたいだった。申し訳ないなと思いつつ、私は覚悟を決めて気持ちを告げる。

「ごめんなさい。あなたと婚約することはできません」

おじさまやおばさまは、私に決定権を委ねてくれたけれど、皆が喜んでくれない結婚は私にはできない。自分の幸せが何かはまだわからないし、やっぱり私には家族が一番大切なのだ。

彼の目をまっすぐに見て、婚約できないことを告げた。

「そうですか……」

私の胸のうちを正しく理解してくれたようで、エリアス様は自嘲ぎみにくすりと笑う。

「そうなるような気はしていました。私もウェストウィック公爵家の立場なら、不安のある結婚は娘に勧められないと思うので」

ご自分でそれを言っちゃいますか？　と思ってしまい、私は困り顔になる。

エリアス様はゆっくりと瞬きをして、残念そうに言う。

「ルーシー嬢のことは、本当に素敵な女性だと思っていました。共に過ごすうちに、大切な存在になるのではと思えるほどに」

「まぁ、ありがとうございます」

「残念ですが、過去のことを黙っていることはできなかったので、それで断られたなら致し方ありません。どうかこれから先、あなたが良縁に恵まれることを祈っています」

笑顔でそう告げたエリアス様は、私に負担をかけないよう明るく振る舞ってくれているのだと感じた。私もなるべく平静を装い、笑顔で言った。

「はい。エリアス様にもどうかよいご縁がありますように……」

違う出会い方をしていたら、お友だちにはなれたかもしれない。微笑み合うと、とても和やかな空気が流れる。

無事に断ることができホッと胸を撫でおろしたそのとき、店の入り口で何やら慌ただしい音が聞こえてきた。

「お客様、ご予約は……」

「問題ない。迎えに来ただけだ」

聞き覚えのある声。私はまさかと思いつつも、半個室になっている仕切りから顔を覗かせる。

そこには、ここ数日まったく顔を合わせていなかったジュード様の姿があった。

彼は少し焦ったような顔つきで、足早にこちらへ向かってきた。

「ジュード様!?　どうして」

驚いて立ち上がった途端、ジュード様はいきなり私の手首を掴む。

「えっ」

突然、どうしたの!?　私は目を瞬かせた。

ジュード様は私を引き寄せると、エリアス様から隠すようにして私たちの間に立つ。そして静かに用件を告げた。

「義姉はあなたとは結婚できません」

「ジュード様!?」

それ、もう私から伝えましたよ!?

エリアス様も呆気に取られている。

ジュード様は、私たちが何か言う前に、上着のポケットから公爵家の印の入った封筒を取り出し、それを素早くテーブルに置いた。

「こちらに、当家からお断りを記した手紙があります。ご確認ください。では、失礼いたします」

「ジュード様!?　手紙って一体……」

私がそう言い終わる前に、ジュード様は強引に私の手を引いて踵を返す。

エリアス様にご挨拶もできず、私は何がなんだかわからないうちに店の外へ連れ出されていた。

まだ陽の高い時間。行き交う人々は皆忙しそうで、私たちのことを気にも留めない。ジュード様は人の間をすり抜けるように歩き続け、振り返ることはなかった。

なぜ義弟がここへ？　そもそもエリアス様には私が自分で断ったのだから、あの手紙は後日ベル

ン侯爵家に送るだけでよかったのでは?

ジュード様は、今日は学院のご友人と遠乗りに行く予定だったはず。

友人同士の情報交換も、公爵家嫡男としての大切な仕事だ。今ここにいるということは、遠乗りには行かず私を迎えに来てくれたということで、なぜそんな意味のないことを……?

わけがわからないまま、いつもの黒い馬車が見えてきてようやくジュード様は歩く速度を緩めた。


馬車に乗り込むと、ジュード様は私の隣に座る。

「あの、逃げませんよ?」

私がそう声をかけると、彼は渋々といった雰囲気で私の手を解放した。

一体、何がどうなってこうなったのか。

「もしかして、心配して来てくれたのですか?」

避けられていると思っていたのに、こうして迎えに来てくれるなんて。自然に頬が緩む。

ジュード様は、にやにやする私を横目に、そっけなく返事をする。

「ルーシーがおかしなことしないか気になっただけだ。ぼんやりしていて、そそっかしいところがあるから」

「そんなぁ……」

うれしかったのに。

ちょっと落ち込んでいると、ジュード様は慌てて補足し始めた。

「いや、その、そこも含めてルーシーだから俺は別にいいんだけれど……」

「――っ！」

久しぶりのツンデレが出た！　かわいい！

きつい言葉を投げかけた後に入る、フォローが堪らない。

エリアス様のことが一段落ついた解放感もあり、そこへツンデレが見られたとなれば一層喜びが増していく。

私はジュード様のかわいさにときめき、両手で顔を覆い身をよじって悶える。

「あぁ……！　かわいい～！」

「ルーシー？」

「これ以上はもう無理です」

「何が」

冷めた目を向けられるけれど、今だけはちょっと待ってもらいたい。私は深呼吸を数回繰り返し、ようやく理性を取り戻してから言った。

「エリアス様には、私の口からきっぱりお断りしましたよ？　それなのにジュード様がいらっしゃるから、とてもびっくりしました」

「は……？」

あらら、なぜかしら。ジュード様の顔がみるみるうちに引き攣っていく。

私がこてんと首を傾げる隣で、彼は絶望したように悲愴感たっぷりの表情になっていた。

「もしかして、今朝の時点でそのことを父上と母上は……？」

「もちろん、ご存じです。それに、お二人からもお断りした方がいいって言われました」

「なっ⁉」

ジュード様は、がっくりと項垂れ頭を抱えたと思ったら、今度は急に怒り出す。

「騙された……！　母上は『ルーシーが家のために結婚を承諾するつもりだ』って！」

「え？　そうなんですか？」

「どうりで手際よく手紙が用意してあったわけだ……。俺が頼まなくても、用意してあったってことじゃないか……」

おばさまは、もしかしなくても私のことをジュード様に迎えに行かせたかったんだな。喧嘩して顔を合わせない状態になっていたから、心配してくれた？

まんまと騙されたジュード様は、予定を取りやめてまで来てくれたんだ。申し訳ない気持ちと同時に、うれしさが込み上げてくる。

ふふっと笑みを零す私とは対照的に、ジュード様はご立腹な様子で投げやりに言う。

「あぁ、もう！　なんで断ろうと思ったわけ！　エリアスのこといい人だって言ってたのに」

「なんで怒ってるんですか……。ジュード様が私の幸せがどうとか言うから、考えてやめたんです」

「それで断ったの⁉　素直か！」

助言をしっかり受け止めたのに、どうして怒られているんだろう。

今度は呆気に取られる彼を見て、なんだかかわいらしく思えて私はクスクス笑ってしまう。

「ちゃんと考えたんですよ？　やっぱり私には家族が一番大切なので、皆が喜んでくれる結婚がしたいって思いました」

それに、おじさまやおばさま、ジュード様ともうちょっと一緒にいたいとも思った。いずれは他家に嫁ぐとしても、もうしばらくの間は家族と一緒にいたい。

このかわいらしい義弟を、できる限り眺めていたい。それこそが私の幸せなのだ。

「私、もう少しジュード様のそばにいたいです。結婚は、もっとよく考えてからにします」

ニコニコと笑っていると、顔を上げたジュード様が何か言いたげに見つめてくる。「何か？」と目で問いかけると、はぁと深いため息を吐かれた。

「勝手にしろ」

「はい。これからもよろしくお願いしますね」

どちらからともなく笑い合うと、和やかな雰囲気に包まれる。ジュード様は満足げに口角を上げ、私たちはすっかり仲直りできたように思えた。

結婚は、家族が喜んでくれるお相手と。漠然とした結婚観には変わりないものの、前よりは一歩前へ進めたような気がした。

＊＊＊

その年の暮れ、ジュード様の通う学院で音楽祭が開かれた。

私はおばさまと一緒に、バイオリンを披露するというジュード様をこっそり見学するべく学院へ向かう。

「ふふふ、ジュードったら『来なくていい』の一点張りでね？　家族用の招待状をずっと隠していたのよ。かわいいわよね」

薄紫色のドレスに帽子を合わせたおばさまは、息子の晴れ舞台を見るために全力で着飾っている。

私はラベンダーピンクの華やかなワンピースにショート丈のボレロを合わせ、お茶会に出かけるような装いだ。

銀色の髪は二つに分けてゆるく編み込み、水晶がついた髪留めをつけている。

「こっそり見に行ってもいいんでしょうか？」

怒られるのでは、と心配する私におばさまは優雅に笑いかけた。

「大丈夫よ。こうなることはあの子だってわかっているはずよ。それにこれまでは私が領地にいるタイミングで音楽祭が開催されていたから行けなかったけれど、今年はようやく王都にいる間に開かれるのよ？　これは私のために開催日をここに合わせたんだって思うくらいよ」

おばさま、強し。

しかも、ジュード様の侍従であるロアンさんに根回しして、特等席を用意させていた。

学院の正面口まで出迎えに来てくれたロアンさんは、私たちを見ていたずらが成功したような笑みを浮かべる。

「よくぞお越しくださいました。ジュード様はさぞ驚くでしょうね」

「本当に楽しみだわ！」

おばさまに続き、私も馬車を降りて学院の中へ入っていく。

「ここが学院……。立派な建物ですね」

三階建ての建物は、教会みたいに白い壁と金色の建具で統一されていて、とても優雅な雰囲気だった。

ここには、十二歳から十八歳まで貴族子女を中心に豪商の子女らも通っているらしい。

ジュード様からは「危険だから」と言って入学を認められなかったけれど、見た目にはおかしなところは感じられなかった。

「こちらへ。まもなく始まります」

ロアンさんはそう言うと、学院の廊下を先導して歩いていく。

アッシュグレーの髪が風に揺れ、その逞しい体軀は女性たちの目を引きつけていた。ジュード様は中性的な顔立ちだけれど、ロアンさんはまた違ったタイプの美形である。

ケイトリンはロアンさんみたいな人がタイプだって言っていたから、今日一緒に来られなくて残念だわ。二十二歳の既婚者だから、あくまで目の保養的な意味で見るだけなんだけれど。

「どうかなさいました?」

「いえ、何も」

じっと見すぎて、ロアンさんに気づかれてしまった。

私は笑顔でごまかし、二人の後をついていく。

音楽祭が開かれるホールに到着すると、そこは舞台と観客席が分かれていて歌劇場のような構造だった。

幕の下りた舞台は、厳かな雰囲気を醸し出している。

私たちはロアンさんに案内され、前から三列目の座席に座った。赤いベルベット張りの椅子はふかふかで、ゆったりと観覧できるようになっている。

それにしても舞台との距離が近すぎて、これでは見つけてくださいと言っているようなものだわ。

ジュード様の姿がよく見えるのはうれしいけれど。

「こんなに目の前にいては、ジュード様に気づかれてしまいますね」

いけないことをしているみたいで、少しだけドキドキする。

「ははっ、ルーシー様はおかわいらしいですね。でも大丈夫です、壇上からは照明がきつくて観客席ははっきり見えないと思いますよ」

「そうなんですか？」

「ええ、それに満席になれば一人一人の顔はさすがにわからないかと」

それなら安心できそうだ。

私は前を向き、ジュード様の登場を待った。


バイオリンの演奏をする生徒は、ジュード様を含めて十人。プログラム通りなら、ジュード様は真ん中の五番目に出てくるはずだ。まるで自分のことのように緊張してきた私は、ハンカチを握りしめながら四人の演奏を聴き終えた。

そしていよいよジュード様の出番が来ると、その堂々とした姿に感動で胸がいっぱいになる。

黒の光沢ある正装に、ダークブラウンの革靴。立ち姿は堂々としていて、ちょっと冷たい眼差しが神秘的に思える。

一つに結んだ栗色の髪は艶やかで、舞台の上で照明の中央に立つジュード様は凛々しくて本当に素敵だった。

多くの観客が息を呑み、うっとりと彼に見入っている。

しかも、ジュード様が奏でる音色はこれまでのどの生徒よりもなめらかで、曲のことなんてまったくわからないのになぜか切なくて涙が滲んでくる。

楽器演奏は貴族子女の嗜みではあるけれど、ジュード様のレベルは教養の域を超えていて、誰よりも素晴らしかった。

「――っ！」

けれど演奏中、ジュード様が一瞬だけ眉根を寄せたように見えた。

こちらを見た瞬間、少し彼が目を眇めたように感じたのだ。

今、もしかして目が合った……？　いやいや、まさかね。

歌劇場でも、贔屓(ひいき)の歌手の人を前にすると「私を見て微笑んだ！」って言っている奥様方はたくさんいるもの。きっと私もジュード様が好きすぎて、自分のことを見てくれたんだと思っただけ。

自分にそう言い聞かせて、演奏を最後まで楽しむ。

――パチパチパチパチ……。

演奏が終わり、ホールに拍手の音が響き渡った。

ジュード様は一礼し、舞台袖へと下がる。

あぁ、本当に素敵だったわ。そう思って私も拍手をしていると、袖の際で立ち止まったジュード様がこちらを睨んでいるように見えた。

どきりとして、思わず私は彼から目を逸らす。

「あら、バレちゃったみたいね」

隣に座わるおばさまが、さらりとそう言った。

奥に座っているロアンさんも、苦笑いで頷いている。

「ちょうどいいわ、ルーシー。十人目までが終わったら、控室に行ってきなさい。いっそ、堂々と見学に来たって告げた方が叱られずに済むわ」

「えええ、それって叱られるのが控室か邸かの違いなだけでは……」

狼狽えている間に、次の生徒の番がやってきた。

そしてすぐに十人目の演奏も終わってしまい、私は仕方なくジュード様のもとへ向かうことに。ついてきてくれたロアンさんは、控室に着くまで「大丈夫ですよ」と慰めてくれた。

「ほら、何かと家族に見られるのが恥ずかしい年頃ですから。きっと、いずれはいい思い出になりますって」

「私にとっては素敵な思い出になったけれど、ジュード様は嫌がるわよね……。もっと後ろの席なら気づかれずに済んだかしら？」

「どうでしょう。奥様とお嬢様は目立ちますから……」

ロアンさんがちらりと周囲に視線を向ける。そこには、遠巻きにこちらを見ている男子生徒の姿があった。

「あちらの方々は、ジュード様のご友人？」

「はい、あのお三方はジュード様とよく一緒にいらっしゃるご友人です」

「まぁ！　それはご挨拶をした方がいいかしら？」

私がパァッと表情を変えると、ロアンさんが焦ってそれを否定した。

「いけません！　ジュード様がお怒りになります！」

「どうして？」

「どうしてもです。どうか思いとどまってください。お嬢様とご友人が笑顔で言葉を交わしたなんてことになれば、私は侍従を首になります」

「首⁉」

そこまで言われては、引き下がるしかなかった。

ジュード様のご学友の方々には、会釈だけしてその場を去る。

彼らは何か話しかけようとしてくれたけれど、ロアンさんの「絶対に話しかけるなよ」という緊迫した空気を察して一様に停止していた。

「そんなに私をご友人に会わせたくないなんて。やっぱりまだ義姉として認めてもらえないのね」

今日だって、見に来てほしくなかったっていうのはそういうことだろう。

しょんぼりしていると、ロアンさんが困ったように言った。

「いえ、あの……これには深いような浅いような事情がございまして。いずれおわかりになるかと」

ロアンさんは言葉を濁し、気まずそうに目を伏せる。

いずれおわかりになる、というのは「それ以上追及しないで」ということで……。ちょっと不満げに唇をとがらせる私だったけれど、苦笑いのロアンさんに促されて先を急いだ。

二階の回廊を抜け、アイボリーに茶色の葉模様があしらわれた絨毯が敷かれた廊下を歩いていくと、その先に黒の重厚な扉がいくつもあった。

ここが、控室のあるフロアらしい。

ロアンさんが笑顔で私に告げる。

「一番奥が、ジュード様の控室です」

演奏を終えてゆっくりしているのかしら？　そう思って扉に近づいていくと、廊下の先にある曲がり角から切羽詰まったような女の子の声が聞こえてきた。

「ジュード様、ずっとお話ししたいと思っておりました」

思わずそちらに意識を取られ、次の瞬間にロアンさんと二人で顔を見合わせる。

壁に隠れてこっそりそちらを覗いてみれば、そこにはハニーブラウンの髪が美しい女の子と、彼女と向かい合っているジュード様がいた。

「ずっとお慕いしておりました」

これはどう見ても告白の最中だ。こんな場面を目撃してしまうなんて、とても気まずい。

あぁ、どうしよう。ここは見なかったふりをして立ち去るべき？

しかし迷っているうちに、どんどん会話は進んでいく。

「あなたのことを想うと、夜も眠れないんです。胸が苦しくて、本当に本当に好きなんです」

前のめりで縋るように訴えかける彼女に対し、ジュード様は冷静に答えた。

「ありがとう。でも、僕はあなたの想いを受け入れることはできません」

声色は優しいけれど、とても端的なお断りだった。一瞬にして、女の子の顔つきに悲愴感が滲む。

今にも泣きそうな彼女は、諦めきれない様子で懸命に訴えかけた。

「そんなはずは……！　ジュード様も私のことを好きでいてくれたんですよね？　さきほど、壇上から私のことを見つめてくださったではないですか！　あの音色を聞いて、私は確信したんです。ジュード様も私のことを好きだって」

私とロアンさんは、ほぼ同時に「え？」と耳を疑った。音色を聞いて、自分のことを好きだと確信した？　そんなことがあるのかしら……？

ジュード様は、彼女の言い分に対し呆れたような声になる。

「言っている意味がわかりません。君とは初対面で、名前すら知らないんだが……？」

どうやら彼女の思い込みだったらしい。ジュード様にその気はまったくなく、名前も知らない女の子に一方的に恋心を持たれて困っている様子が窺えた。

後ずさり、距離を置こうとするジュード様。彼女は追い縋るようにしてじりじりと前へ進む。

私は見ていてハラハラしてしまい、ロアンさんの上着をぎゅうっと握りしめて固唾（かたず）を飲む。

「リアナ・ハワードと申します。あなたの運命の相手です！」

この時点での自己紹介に、ますます二人の意識の違いが浮き彫りになった。

とはいえ、女子生徒に冷たくするのは紳士らしくないからなのか、ジュード様は穏便にこの場を収めようとする。

「残念ですが、あなたの運命のお相手は僕ではありませんので、お気持ちに応えることはできません」

「そんな」

リアナ嬢は、顔を歪めて泣きそうになる。

「あなたが幸せになることを祈っています。それでは」

くるりと踵を返したジュード様は、彼女を置いて立ち去ろうとした。

まずいわ。このままでは、私たちが覗き見していたことがバレる。そう思ったとき、彼女が悲痛な面持ちでポケットから何かを取り出すのが見えた。

「どうして……！　運命の人なのに！」

彼女の手には、鈍く光るナイフが握られている。そしてそれは、背を向けたジュード様に向けられていた。

「ダメッ！」

私は思わず声を上げる。

ジュード様が刺されてしまう！　それだけは嫌だと思い、気づいたら飛び出していた。

「ルーシー!?　どうして」

ジュード様は私の姿を見て、ぎょっと目を見開く。

私はとにかく必死で、ナイフを握るリアナ嬢とジュード様の間に立ちはだかった。

「やめて！　そんなことをしても気持ちは報われないわ！」

突然現れた私を見て、彼女は一瞬だけ怯んだ。けれど、すぐに狙いを私に定め、殺気のこもった目で睨みつける。

初めて刃物を向けられ、私の心臓は激しく鳴っていた。

「おいっ、ルーシー何を」

背後で、ジュード様の慌てる声がする。

私はそれに構わず、リアナ嬢にどうにか思いとどまってもらおうと語りかけた。

「ジュード様の美しさは確かに罪よ。勘違いするのもわかる……！　でも実は、かっこいいところよりもかわいいところの方が破壊力がすごいの！　あぁ、何の話をしているのかしら!?　そうよ、ジュード様への恋が叶わなくてつらいのはわかるけれど、憎しみに駆られて傷つけようなんて絶対に間違っています！」

「ルーシー、ちょっと黙って」

「きゃ……」

いきなり後ろから肩を抱かれ、くるりと半回転させられてリアナ嬢から遠ざけられる。長い腕で囲われて、私がジュード様を守るはずが守られる体勢になってしまった。

これじゃ、何もできないじゃない！　懸命に彼の腕力に抗い、自分が前へ出ようとする。

「ダメです！　ジュード様は私が守るの！」

「こら、勝手なことするな！」

目の前には、憎しみに駆られたリアナ嬢。さっきよりも、顔つきが狂気に満ちている。

「あなたは誰？　まさかジュード様の婚約者？　あぁ、そうなのね、あなたがいるから……！」

ナイフを持つ手に、ぐっと力がこもる。明確な殺意を宿したその目に、私は背筋がぞくりとした。

ところがその瞬間、ロアンさんが現れて彼女の両手をあっさりと拘束する。

「きゃあ！」

ナイフはからんと音を立てて床に転がり、リアナ嬢はその手を後ろに回された。

「そこまでです。こんなものをジュード様に向けるとは、学院内のこととはいえ許されません」

抑揚のない声は、ロアンさんが本気で怒っているのが伝わってくる。

いくら暴れても普通のご令嬢が屈強な男性に敵うわけがなく、駆けつけた警備兵にその身柄を引き渡された。

そして私は、ロアンさんとジュード様にダブルで叱られる。

「お嬢様。私がいることを忘れていましたね？」

「は、はい……」

ロアンさんは侍従兼護衛だから、訓練されたプロに襲われても撃退できる。

私が無意味に駆け出したせいで、ロアンさんはジュード様と私の二人を守らなきゃいけなくなり、リアナ嬢を拘束しようにもタイミングを見計らわなければならなかったのだ。

それにジュード様だって自衛できるから、この場では私が一番非力であり、完全に邪魔者だったと今さら気づく。

「ごめんなさい。ジュード様が襲われるって思ったら、飛び出してしまいました」

もう金輪際、こんなことはしないと固く約束した。

ジュード様は究極のしかめっ面で、腕組みをして私をじろりと睨む。

怖い。怖すぎる……！

「ルーシー。何もできないのに無謀なことはするな。迷惑だ！」

「申し訳ありません」

俯いて反省するも、さらにお叱りは続いた。

「俺があんなのを避けられないとでも？　不意打ちで襲われても対処できるよ。勝手なことをされたら、余計に身動きとりにくいんだよね。ルーシーはおとなしく隠れていればいいんだ」

「ごもっともです」

ホッとしたら涙まで出てきたわ。

情けない……！　でもジュード様が無事でよかった。本当によかった……！

目元がじわじわと熱くなり、喉が痛くなってくる。

ついに涙腺が崩壊し、それを見たジュード様がはっと息を呑んだのがわかった。

「何も泣くことないだろう⁉」

「すみません……！　ホッとしたのと、自分の無謀さを実感して」

ほぅ、と吐息を漏らすと同時に、長い腕にそっと包み込まれて目を瞠る。

何が起こっているのかわかるまで数秒を要したけれど、ジュード様が私を抱き締めてくれていた。

腕の中が温かくて、ますます涙が止まらなくなる。

「ううっ……、ごめんなさい」

「反省したならいい。だから、その、泣くな。俺も言いすぎた」

優しい。ぎゅうっときつく抱き締め返すと、労るように背中を撫でられる。いつの間にかすっかり成長した義弟は、私を包み込めるくらいに大きくなっていた。

ぬくもりを堪能していると、ゆっくりとジュード様が離れていき、心配そうに顔を覗き込まれる。

「泣きやんだ？」

空色の瞳が不安げに揺れていて、私はつい見入ってしまいそうになった。

「あぁ、もう。泣いたからブスになってるよ」

ジュード様はそう言ってからかいつつも、私の目元を人差し指の背で優しく拭う。

「ごめんなさい」

「わかったから。もういいよ」

自分の空回りがバカバカしくなってきて、ジュード様と一緒に私も小さく笑い始める。

「本当にバカなんだから、ルーシーは」

「そうですね」

顔を近づけ額を合わせ、私たちはしばらくその場で笑い合っていた。

ロアンさんがいることを忘れて……。

「あの〜、いい感じのところ申し訳ないんですがそろそろ戻りませんか？」

「!?」

急に存在を思い出した私は、慌てて自分の身を後ろに引く。

「きゃっ……！」

「お嬢様！」

勢いよく一歩下がった私は、転びかけて右足首が鈍い音を立てた。

――グキッ……。

「うっ！」

鋭い痛みが走り、私は顔を歪めてしゃがみ込む。

「お嬢様！　どうなさいました!?」

「ルーシー！」

二人は私のそばに屈み、状況を確認しようとする。

ズキンズキンと痛みは次第に酷くなり、見なくても腫れているのが予想できた。

「あ、足が……」

名誉の負傷、という言葉の反対って何かある？

絶対にいらぬケガをしてしまった私は、自分の残念さを思い知る。

「お嬢様、そのままでは歩けませんね。私に摑まってください」

「えっ、きゃぁっ！」

身体がふわりと浮き上がり、気づいたらロアンさんに横抱きにされて持ち上げられていた。

すごいわ、こんなに軽々と持ち上げられるなんて！　恋愛小説の王子様みたい！

逞しいのは知っていたけれど、その力を目の当たりにすると想像以上に頼もしい。

恥ずかしいけれどうれしくもあり、初めてのことにちょっと感動した。

「待て！　ルーシーは俺が運ぶ」

ジュード様が突然そう言ったので、私は驚いて目を丸くする。そして「さすがにそれは無理なのでは」と思った。

ロアンさんも私と同じ意見だったみたいで、ジュード様を冷静に諭す。

「無理ですよ。馬車までは距離がありますし。もっと鍛えてからじゃないと」

「ぐっ……！」

「十五歳ならそれが普通です。ジュード様がひ弱なわけじゃありませんよ」

私を抱えたまま歩き続けるロアンさん。

隣を歩くジュード様は、こぶしを握りしめて悔しそうに見えた。

プライドが傷ついた？　私がもっと軽ければ……！　後悔がよぎる。

「あの、ジュード様。お気持ちだけありがたく頂戴いたします。でも、ジュード様に運んでもらうなんて申し訳なさすぎて失神してしまいます」

「そこは喜ぶとか恥ずかしがるとか、もっと何かあるだろう」

喜ぶ？　ロアンさんはこれも仕事のうちだからお願いしているけれど、さすがにジュード様に自分を運ばせて喜ぶなんてことはできない。困惑していると、ロアンさんが苦笑いで言った。

「お嬢様、男心は複雑なのです。女性には頼られたいものなのです」

するとジュード様は、慌ててそれを否定する。

「べっ、別に！　頼られたいとかそういうわけじゃない！　ルーシーに守られるなんてカッコ悪いとか、子ども扱いされたくないとかそういうんじゃないからな！」

「――っ！」

あぁ、思春期のツンデレがかわいい……！　大人として扱われたい、背伸びしたいお年頃なんだわ。指摘されると反抗したくなるなんて、本当にかわいい。

ジュード様がロアンさんくらい逞しくなるのは想像できないけれど、だんだんと大人になっていく姿を見ていられるのは本当に幸せなことなんだと改めて感じる。

ロアンさんに運ばれながら、私は胸の前で手を組み、目を閉じて祈りを捧げた。

「ありがとう……！　ありがとうございます、ジュード様」

「俺は何もしていない！」

「いえ、いるだけで十分なのです」

「うん、まったく喜べない」

拗ねたように目を逸らすジュード様。なぜかロアンさんが同情の目を向けている。

馬車を停めてある裏口付近までやってきたとき、それまでしばらく無言だったジュード様は小さな声で言った。

「俺、ルーシーを守れるようになるから」

その声があまりに真剣で、私の胸はどきんと高く鳴る。

同時に、なんだか胸が締めつけられるように苦しくなった。うれしいような恥ずかしいような、この気持ちが何なのかわからず落ち着かない。

口の中でもごもごと「ありがとうございます」と呟くのが精いっぱいで、この日はふわふわした気持ちのまま邸へ戻っていくのだった。

第四章　突然ですが、義姉ができました

「ジュード様、おかえりなさいませ」

学院から邸に戻ってきたある日のこと。

ルーシーが何やら楽しそうにジュードを出迎えた。その手には、衣装サロンから届いた生地の見本誌を持っている。

それは今朝、ロアンに手渡したはずだった。十五歳になり数カ月、そろそろ来年の成人祝いに向けて本格的に衣装づくりを始めなければならない時期だ。ジュードにはどれも同じに見えて興味が湧かず、「どれでもいい」と言って侍従に任せたのだが――

「ふふっ、大事な義弟のためですもの！　義姉として最高に似合う生地を選んでみせます！」

はりきっているルーシーを前に、ジュードは複雑な心境になる。

（義姉ね……）

ジュードは無言のまま私室へ向かい、その後ろからルーシーがついてくる。

二人でソファーに座ると、ルーシーはテーブルの上にデザイン画と生地の見本誌を並べ、そしてジュードの顔とそれらを見比べては真剣に悩み始めた。

ぼんやりとルーシーを眺めるジュードは、何気なく昔のことを思い出す。

ウェストウィック公爵家の子は一人だけ。幼少期のジュードは、この先もずっとそうだと思っていた。ところが八歳のある日、母から予想外の報告を受ける。

「ルーシーという十歳の女の子を、我が家で引き取ることに決めたの」

当主不在の領主邸。昼下がりのサロンで、お気に入りのティーセットを用意させて優雅に紅茶を飲む母は、満面の笑みでそう告げた。

母は当時まだ三十歳で、そのときすでに父と共に広大な領地を治める頼もしい淑女だった。

その日は濃茶色の柔らかな髪を上品に結い上げ、レース編みの青ワンピースを着ていた。

ジュードとよく似た空色の瞳は、いたずらを仕掛けるようにキラキラと輝いていてとても楽しそうだったことを彼は覚えている。

対するジュードは、ティーカップを持ったまましきょとんとした顔で答えた。

「そうですか……。それで？」

突然、女の子を引き取ると言われても困惑するが、もう決まったことならそれでいいのでは？

ジュードは、そんな風に思っていた。

「あら、反応が薄いわねジュード」

自分は一体どんな反応を期待されていたのだろう。公爵家の跡継ぎとして『感情を表に出してはいけない』と教育されてきたのだから、これくらいのことで取り乱すわけがないのに……と、苦笑いするだけのジュードに対し、母は首を右に傾ける。

「もっと何かない？　どんな子ですか、とか興味を持つ感じで。喜びとか悲しみとか、何かあるでしょう？」

「そう言われても……。『わーい、お義姉様ができるんだ〜』とでも喜べばよかったですか？　あいにく突然のことで、まずは理解するので精一杯です」

八歳とは思えないほど冷静に自分の状況を述べるジュードを見て、母は困ったように笑う。

「そうよね、いきなりだから仕方ないわよねぇ」

「はい」

母は、ここでようやく養女を迎えることになった経緯を説明し始めた。

「グレイフォード伯爵家は知っているわね？　お父様のお従弟が当主の」

「はい。パーティーで何度かお話ししたのは覚えています」

「あの家には、お嬢さんもいたのよ。十年以上前に駆け落ちして、ずっと行方不明だったんだけれど……。今度うちで引き取ることになったルーシーは、グレイフォード伯爵家のお嬢さんが使用人と駆け落ちして秘かに産んだ娘なの。両親を亡くして、三年前から孤児院にいてね……。自分の母が伯爵令嬢だったということも、何も知らなかったのよ」

ジュードはじっと話に聞き入り、心の中ではルーシーに同情していた。

両親と死に別れた後、孤児院で暮らしていたという境遇にも、そして突然に迎えがやってきてがらりと変わった環境で貴族令嬢として暮らしていく今後のことにも。

衣食住に困らない生活は、孤児院で育つよりははるかに魅力的だろう。けれど、十歳という年齢で突然貴族らしい生活に馴染むのは容易ではない。

他家で稀に愛人の子どもを引き取ったという話を聞くことはあるが、生活様式の違いをはじめ周囲の目や噂話は容赦がないと八歳でも感じていた。

（嫌な思いをしなければいいけれど）

父は、身内にはとことん優しい。それはわかっていても、血統を重んじる貴族社会で心ない者たちに傷つけられることは避けられない。

「私は、ルーシーの母のアンジェラと仲が良かったの。だから、駆け落ちしたと聞いたときはショックが大きかったわ。しかも苦労して亡くなって……、まさかこんな風に娘だけを引き取ることになるなんて思いもしなかった」

「そうだったんですね」

「だからね？　これからは、私たちでルーシーの居場所を作ってあげたいの。アンジェラの分まで、大切に育てていくつもりよ」

母の想いを知り、その上でジュードは反対しようなんて気にはならなかった。

しょせん、自分は十二歳まで王都へ渡ることはないし、一緒に暮らすわけじゃない。どこか他人事のような、そんな気もしていた。

「いいと思いますよ。父上と母上がそのつもりなら」

「そう？　いきなり義姉ができるって戸惑わない？」

「別に」

さらりとそう言うと、ジュードは紅茶のカップに口をつける。姿勢を正し、優雅にお茶を飲む様はすでに名家の跡取りの風格があった。

「兄や弟ができるというなら大事（おおごと）ですが、義姉ができたところで跡目争いにはならないから、特に反対する理由はないですね」

「もう、そういう冷静なところはお父様にそっくりね。ちょっと複雑よ」

「そうですか。でももう決定事項でしょう？　父上も母上も、俺が反対するなんて最初から思っていなかったくせに」

「そうなんだけれどね？　ふふっ、ちょっとくらいは驚くかなって」

どこか残念そうな母を見て、ジュードはじとりとした目を向ける。

（驚いたかどうかと言われると、驚いたんだけれどな……）

息子の許可を得られ上機嫌の母は、安堵の笑みを浮かべてあるお願い事をした。

「ありがとう、優しい息子を持って幸せだわ。じゃ、ルーシーに手紙を書いてね」

「は？　なぜこの話の流れでそうなるのです？」

嫌そうに眉根を寄せるジュード。だが、母は笑顔で説得する。

「なぜってルーシーにご挨拶しておかないと。養女といっても赤の他人じゃなくてハトコなんだし、手紙のやりとりくらいしてもおかしくないでしょう？　ね？　ね？」

「それはまぁ、そうかもしれないけれど」

「きっと今、大変だと思うの。令嬢としての勉強を始めたばかりで、不安がっているような気がするわ。そんなときに、新しく家族になった義弟から手紙をもらえたら心が明るくなると思わない？」

「……なりますか？」

「なるわよ!!」

結局、母に押し切られて手紙を書くことに。

ジュードはお決まりの定型文で済ませようとも考えたが、母監修のもと何度か書き直しをさせられ、ルーシーのことをかなり歓迎している内容になってしまった。

（まぁいいか。喜んでくれるならそれで）

割り切った考え方をするタイプなので、母が上機嫌であるならば多少の脚色も許容範囲だと思った。ところがこの手紙のやりとりが、いつしかジュードにとっても楽しみの一つになっていく。

『お手紙をいただき、とてもうれしいです。まだ字があまりきれいではないですが、ジュード様のようになりたいのでがんばりますね』

『礼儀作法の先生に厳しく叱られてしまいましたが、これもすべてはジュード様にお会いしたときに快く過ごしてもらうためだと言われたらやる気が出ました』

『今年は特別に寒いそうです。馬で領内を回るのは大変だと思いますが、どうか風邪など召さずにお元気でいてくださいね』

まだ見ぬ義姉からの手紙は、拙い字ではあるものの、いつだって自分のことを想ってくれているのが伝わってきた。

それはまるで、自分のことを大切な存在だと言っているようで、読むといつも心が弾んだ。

（会ったこともない義弟を、どうしてここまで気にかけるんだろう）

最初は、家族というより友人と連絡を取り合っているような気分だった。

けれど次第に、ルーシーの素直なところや優しいところに心を許し始めていく。

ルーシーに会いたい、どんな声をしていて、どんな風に笑うのだろうかと想像を巡らせるようにもなっていた。

「ふふふ、手紙を待つ様子がまるで恋をしているみたいね」

ある日、母がそんな風に笑った。

ジュードは驚いて目を丸くし、柄にもなく大きな声で反論する。

「そんなわけないでしょう⁉　会ったこともないのに！　こ、恋とかあり得ない！」

息子の狼狽ぶりに、母は生温かい目を向けた。

（恋⁉　そんなわけ、ないだろう……）

ジュードには、五歳の頃から決まっていた婚約者がいる。

広大な領地を持つベルナール侯爵家の三女・エマは、家の繋がりを重視した政略結婚相手だ。

当人同士が会うのは一年に一度程度だが、十二歳で王都の学院に入学すれば毎日のように顔を合わせることになる。

受け取ったばかりの手紙を握りしめ、自室に駆け込むジュード。閉めた扉に背を預け、何度も心の中で同じ言葉を繰り返す。

（ルーシーは義姉だ。家族として受け入れる。手紙のやりとりは当然のことなんだ）

それでもなお、かわいらしい薄紅色のリボンがかかった手紙を見ると胸が躍る。

今回はどんなことが書かれているだろう？

どんな楽しいことがあった？　好きなものは増えただろうか？

淡い恋心に気づかないふりをして、やりとりは続いていく。

緩やかに月日は流れ、ジュードは十一歳になった。

王都へ行くまで、あと半年。ルーシーからの手紙はどれも大切に保管してある。

今月の手紙は出したばかり。それなのに、今度はいつ返事があるのかとすでに楽しみに待っている自分に気づく。

ところがわずか二日後。寄宿学校の寮にいたジュードのもとに一通の手紙が届けられた。

父・オズワルドからの手紙である。

予定にない連絡に、「何かあったのだろうか?」と訝しげに思う。

薄茶色の便箋を開くと、そこに書かれていた言葉に啞然とした。

『ベルナール侯爵家に脱税と収賄の疑いがかかり、ジュードとご令嬢の婚約を解消することになった。しばらくは見合い話が山ほどくると思うから、がんばって聞き流してくれ。大丈夫、にっこり笑ってごまかせばなんとかなるよ。父より』

突然の婚約解消。理由が理由だけに、どうしようもない。父の立場上、たとえ疑惑が真実でなくともこのまま婚約を継続することはできないのはわかる。

(婚約解消か。面倒なことになるな)

手紙にあったように、ウェストウィック公爵家と縁づきたい家が見合い話を持ちかけてくるだろう。寄宿学校にいる同級生や後輩は男ばかりだが、家から「ジュードと親しくなって姉妹を紹介しろ」と言われて近づいてくる者が増えることも予想できる。

しかし、いずれもそう邪険にはできず、角が立たないよう笑顔でスマートに躱す必要があった。

(先が思いやられる)

笑ってごまかせばなんとかなる、と父は手紙で言ってのけたが、むやみに微笑むといらぬ争いが生まれることは経験済みだ。

男ばかりが籠の中に入れられると、中性的な顔立ちのジュードは殊の外かわいらしく見えるらしい。告白されたことは数知れず。ウェストウィック公爵家の嫡男という最上級の身分があり、しかも婚約者がいたからこれまでは問題なく過ごしてこられた。

そこで婚約者という防壁がなくなれば……。

(よし、逃げよう!)

ジュードはその日のうちに修了試験を特別に受けさせてもらい、早々に寮を引き払ってウェストウィック公爵家へと戻っていった。

少々早いが無事に卒業を果たした彼は、王都の学院へ入学するための準備に取りかかる。

そして、渡航制限がなくなる十二歳になりわずか一週間。

迎えに来た父と共に船に乗り込み、王都のタウンハウスへと向かうのだった。


半年ぶりに会った父は、相変わらず義姉を溺愛していて自慢話は尽きない。

「ルーシーがとても楽しみにしているんだ。ジュードが来ると聞いてから、ますます明るくなってもうかわいくてかわいくて。このタイはわざわざルーシーが刺繍をしてくれてね。ジュードの分もあるからぜひ一緒につけてタウンハウスへ戻ろう」

息子が船酔いしていても、子守歌のように娘自慢を繰り出してくるから困惑した。

だがジュード自身も、ルーシーとの初対面を楽しみにしていた。

(ようやく会える)

何を話そう、何をして遊ぼう。持ってきた土産は喜んでもらえるだろうか。

十日間の道のりは、どうやってルーシーを楽しませようかとずっと考えていた。

まさか、出会った瞬間にジュードの中のツンデレが覚醒してしまうとは思いもせず……。

「はじめまして、ルーシーでございます。お目にかかれて光栄ですわ」

「………」

玄関に入って目に飛び込んできたのは、さらさらの長い髪の美少女。

紫色の瞳に、ぽかんとする自分の顔が映っている。

白い頬をかすかに朱に染め、恥じらうように笑みを浮かべたその姿は、妖精かと思うほどの愛らしさだった。

(かわいい……‼)

心臓がバクバクと激しく鳴り始め、息を呑んだまま何も言えなくなった。

(この子が、あのルーシーなんだ)

穏やかでまじめな性格だということは手紙で十分に知っていた。すでにほのかに好意を抱いていたところに、理想的ともいえる美しい姿で現れては、淡い恋心が急激に膨らんでも仕方がない。

そして何より、澄んだ瞳がまっすぐに自分に向けられている。

名家の嫡男と仲良くなりたい、利益を得たいという疚(やま)しさなど一片たりとも持っていない純真な瞳。ただ、会えてうれしいと思ってくれているのがわかるその目に惹かれた。

(義姉だなんて、思えない)

突然浮かんだのは、自分たちが戸籍上は義理の姉弟だという現実。

猛烈に拒絶する気持ちを自覚したそのタイミングで、ジュードの態度を不審に思ったルーシーがこてんと小首を傾げた。

そのあまりの愛らしさに、これまで築いてきた物分かりのいい立派な息子の仮面が木っ端みじんに砕け散る。

「こんな女が義姉だなんて、絶対に認めない‼」

「「⁉」」

彼女の大きな目が、さらに大きく開かれる。

父も使用人たちも、同様に息を呑んで凍りついている。

しかし、叫んだ瞬間にジュードは気づいていた。自分は大きな間違いを犯した、と……。


初めて二人が対面したその夜。ジュードは父と二人きりになったタイミングで、ルーシーとのことを願い出てみた。

「父上、俺が十八になったらルーシーと結婚させてください」

息子からの突然の申し出に、父は目を丸くして驚く。

「へぇ……」

喜び半分、困惑も半分。かすかに口角を上げる父。

「ルーシーの見た目が気に入ったの？　ひと目惚れ？」

からかうようにそう尋ねられ、ジュードは慌てて否定する。

「ちがっ……！　見た目はもちろんかわいらしいですが、それだけじゃなくて……」

手紙をもらうたびに、心惹かれていったこと。淑女教育にもめげずに、まっすぐにがんばろうとする性格に好意を持っていたことを、ジュードは初めて父に告白した。

「義姉だってことはわかっています。ルーシーが、俺のことを義弟だから仲良くしたいって思っていることも。でも俺は、ルーシーを義姉だなんて思いたくありません」

「そうだなぁ。二人が結婚ね……」

真剣な目でじっと父を見つめるジュードは、きゅっと固く唇を引き結んだまま返答を待っていた。

血縁だけでいえば、二人はハトコにあたる。今は義姉弟でも、結婚する際にグレイフォード伯爵家の籍にルーシーを移してから婚姻の届け出をすれば、何の問題もない。

現在、ベルナール侯爵家の失権により、ジュードの結婚相手は席が空いている。婚約解消からまだそれほど時間は経っていないものの、すでに噂を聞きつけた貴族家から縁組の申し込みは入っていた。だが、すぐに有力な貴族家と縁組をしなくてはいけないような力のない家ではない。

「次の婚約者は一、二年経ってから決めればいいと考えていたんだけれど、ジュードがお願いらしいお願いをするのはめずらしいからなぁ」

目を閉じてあれこれと思案する父だったが、しばらくの沈黙の後あっけなく返答を寄越す。

「いいよ。ただし条件がある」

どんな無茶ぶりをされるのか、とジュードは固唾を飲んで続きを待つ。

「今日出会ったばかりだからね。ルーシーにはまだ結婚の話はしない」

「はい。それはわかります」

養女という弱い立場の彼女に、無理強いはしたくないと父は強調する。

「それから、権力で無理やり従わせるのもダメだ。ルーシーの気持ちがジュードに向いたら、という条件をつけさせてもらうよ。ほかにも、ルーシーの交友関係や社交に制限はしない。ほかの男たちと競った上で、ジュードと結婚したいと思わせないといけないということだ。わかったね？」

ニコニコと柔和な笑みを浮かべる父に対し、ジュードは真顔で深く頷く。

「努力します。ルーシーに好きになってもらえるように」

しかしツンデレが覚醒してしまった一部始終を見ていた父は、からかうように笑う。

「かなりがんばらないとね～？　今日みたいな態度を取っていたら、好きになってもらえるどころか避けられるかもよ？」

「うっ！」

「いや～、父としては息子のかわいいところを目の当たりにできてちょっとうれしいけれど、女性はやはり優しい言葉をかけられてこそときめくものだって言うからね。大切に想われているんだっていうことが伝わらなければ、義弟以上にはなれないと思うなぁ」

クックッと笑いを漏らす父。

ジュードは何も言えず、ただ苦い顔をしていた。

「私にも覚えがあるよ。クラリスと初めて出会ったとき、なんて美しい人だろうって思ってね」

「あ、その話はもう聞き飽きたのでけっこうです」

「え！　聞いて!?　聞いてほしいなぁ!?」

ジュードは心底うんざりだという顔をして、会話を終わらせようとする。

父は困ったように笑い、思い出話を語るのを諦めた。

「まぁ、がんばりなよ。大事な息子とかわいい娘の二人の父親として応援するよ」

「ありがとうございます」

まずは第一関門を突破した、そんな風に思えたジュードはここでようやく安堵の笑みを浮かべた。

ところがこのタイミングで、書斎の扉が激しい音を立てて開く。

――バァン‼

「私も応援するわよ！」

「母上⁉」

現れたのは、領地にいるはずの母だった。

風邪で体調が悪い中、ジュードより一つ後の船に乗ってやってきたのだ。まだ旅支度を解いていない姿で、ツカツカとジュードのもとへ歩み寄る。

「ジュード！　絶対にルーシーの心を射止めるのです！　お母様はかわいいあなたとかわいいルーシーが大好きよ！」

「はぁ……」

「そして恋愛小説も大好き！　義理の姉弟で運命の恋に落ちる……なんて素敵なの⁉」

盛り上がる母に力強く両肩を摑まれ、ジュードは顔を引き攣らせる。

「興味本位で応援されても」

「あぁ、懐かしいわ。まだオズワルドと出会って間もない頃のこと……。この人ったら『劇場のチケットがたまたま余ったから』って、三度も連続で誘ってきたのよねぇ。たまたま余るって何？

正直に言えばいいのに、君のために席を取ったんだって。その方が大事にされているってわかるのに。素直じゃなくて困った人だったわ～」

さきほど父からの惚気話を回避したのに、母の乱入で結局同じ話を聞かされてしまった。

「会うたびに『たまたま手に入ったから』とか『偶然いいものが手に入って』とか、そんな言い訳をしつつ贈り物をくれて。政略結婚だからどうせ一緒になるのに、それでも私の気を引こうとあれこれ手を尽くすオズワルドはかわいかったわ。普段は冷静で頼もしいのに、そのギャップに惚れたというか」

両親の恋の話なんて聞きたくない、とジュードは遠い目をする。

「君みたいに素敵な人を前にすると、本心が口にできなくてね。誰にも取られたくないから、週末ごとに君を誘ってしまったんだよ。チケットを口実にして。贈り物だって、いきなり渡すと断られるかもって思ったから言い訳をしてしまってね」

「やだ～、オズワルドったら子どもの前で愛してるなんて」

「母上、愛してるなんて一言も聞こえませんでしたけれど？」

うっとりと頬を染める母。そんな彼女を優しい眼差しで見つめる父。

政略結婚でも互いだけを愛している夫婦は、口を揃えてジュードに言った。

「「本当に好きなら、ルーシーを絶対に逃したらダメだからね！」」

両親という最大の味方を手に入れたジュードは、ルーシーに意識してもらえるように努力しよう、と固く誓った。

あれから、三年の月日が経つ。

今、目の前にいる彼女は十七歳になり、ジュードは十五歳になった。貴族子女の結婚は早く、すでにルーシーへの縁談話はいくつも舞い込んでいる。

義弟の成人祝いのために衣装や装飾品のことで頭を悩ませるルーシーは、あくまで義姉としてこうしてジュードにかまっていた。ティーセットの用意をしたリンが下がり、いつの間にか部屋に二人きりになっているのに警戒心なく衣装選びに没頭している。

（いつまでも子どもと思ってもらったら困るんだけれど）

小さな不満を抱きつつ、ジュードはルーシーの横顔を眺めていた。

「ジュード様？　この赤い色はどうでしょう？」

「どれでもいいよ。ルーシーが好きにすれば？」

ルーシーに話しかけられたことで、彼はふと我に返る。

ルーシーが選んだのなら、どれでも喜べる。そんな気持ちは、当然ながら伝わらない。

「どれも似合うから困っているのです！　同じ赤といっても濃淡や光沢の有無も異なりますし……」

投げやりな態度に見えるジュード。ルーシーはいかにこれが大事なことかを熱弁しようとするが、会話の途中でジュードがふいにルーシーの手を掴んだ。

「ジュード様？　この色が気に入ったのですか？」

「………別に」

少しくらいは男として意識してもらいたい。ときおりこうしてアプローチはしてみるものの、残念ながらすべて不発に終わっていた。

（学院を首席で卒業したらプロポーズを、なんて思っていたけれどそれじゃ遅いかもしれないな）

そっと手を離したジュードは、ほのかにミントの香りのする紅茶を一口だけ飲んだ。

その瞬間、視界に入った生地の色に目を留める。

「これとそれ、コサージュとブローチにしてもらう」

「え？」

ジュードが突然に決めた生地を見て、ルーシーは目を輝かせた。

「わぁ！　素敵ですね！」

淡い紫と銀のそれらを見ても、ルーシーは自分の色彩であることに気づかない。

「どちらも衣装の紺色によく合います。色彩センスもあるなんてさすがジュード様！」

デザイン画を手に生地を見比べ、彼女は満面の笑みを浮かべる。

「ここまで気づかれないとは……」

ジュードは、ぽつりと呟くように嘆く。

顔を顰めていると、その様子に気づいたルーシーが窺うように尋ねた。

「あの、すみません、長居しすぎましたよね？　最近お忙しそうだったから、一緒にいられるのがうれしくてつい時間を忘れてしまいました」

自分の余裕のなさが、ルーシーを悲しませている。そう感じたジュードは慌てて否定した。

「別に長居しすぎだとか言ってないだろう!?　ここにいたければ好きにすれば？」

咄嗟（とっさ）に出た言葉はいつも通り残念なものだったが、それでもルーシーは声に明るさを取り戻して言った。

「いいのですか⁉　では、お茶とお菓子がなくなるまではここにいさせていただきますね！」

「……あぁ」

ちらりと視線を落とすと、皿に盛られた焼き菓子はほとんど手つかずで、紅茶はポットの半分ほどがまだ残っている。

「どうぞ？」

差し出された丸いクッキーを、ジュードは無言で受け取った。

なるべく長く二人でいたい。そう思った矢先に彼女が不思議そうに尋ねる。

「どうかしました？　甘いものお好きでしょう？」

まさか引き留めておきたいから食べる気が進まないなど、口が裂けても言えない。

（子どもみたいなのは、俺も変わらないな……）

ため息を堪え、仕方なくクッキーを口にする。

「食べ盛りの育ちざかりですから、いっぱい召し上がってくださいね？」

「……子ども扱いするな」

こんなやりとりをもう何度繰り返したか。そのたびに、十代の二歳差は大きいと感じさせられる。

だからといって、やはりこのままではいけない。ジュードはいつになく真剣に今後の動きを練り始めていた。

第五章　ツンデレは成人までの期限つき？

時は流れ、私は十八歳に、ジュード様は十六歳になった。

義弟の栗色の髪は、成人の儀を済ませたことですっきりと整えられ、その姿はさらに凜々しく精悍な青年に成長している。

ただ、ちょっと残念にも思うの。髪を後ろで一つに結んでいたときは妖精のようにかわいらしかったから……。

夜会へ向かう馬車の中、隣に座るジュード様の襟足を私はじぃっと見つめていた。

「もう一度、髪を伸ばしません？」

「何をバカなことを。成人したら切るのは当然だろう」

ジュード様には、あっさりと断られてしまった。しかも、その声は美しくそして低い。

妖精は成長したら美の化身になるのですね、とケイトリンも言っていたくらいだ。今のジュード様はどこからどう見ても立派な青年。神々しさはそのままに、完全に大人になってしまった。

「ルーシーは俺をいつまで子ども扱いするんだよ」

ジュード様の身長は、今や長身のフェルナン様やおじさまとも並んでいる。真正面に立つと、かなり見上げないと顔が見えないくらい。

しかも、身体を鍛えているものだからその体軀にはほどよく筋肉がついていて、ご令嬢方から「抱き締められたい」と熱い視線を集めていた。

学院を歩けば黄色い悲鳴が上がる、とフェルナン様からの報告もある。

かわいいが服を着て歩いていたジュード様が……、と成長がうれしいような淋しいような。義姉の胸中は複雑だ。

しかも今日の夜会は、ジュード様が成人して初めて家族で参加する特別な日。ただでさえ息を呑むほど美しい義弟は、上質な黒のベルベットにシルバーのラインが入った盛装を着ていてさらに輝きに磨きがかかっている。

「本当にきれいですね、ジュード様は」

何時間でも見ていられる。うっとりとした表情で見つめれば、彼は不満げに目を眇めた。

「あのさ、かわいいとかきれいだとかそういうのはご令嬢に使う言葉だからね？　俺にそんな言葉は似合わないから」

どう見てもきれいなのに、ジュード様は頑なに認めない。このやりとりに決着がつかないのはこれまでの経験からわかりきっているので、私はさらりと話題を移した。

「今夜は、きっとたくさんのご令嬢に囲まれるんでしょうね。ちょっと心配です」

成人前なら、顔見知りや親戚でもない限りダンスに誘うことはできない。ジュード様は群を抜いて美男子だったけれど、公爵家の跡取りという最上級の身分があるので、なおさら不躾に声をかけてくるご令嬢はいなかった。

けれど、今日は違う。今日からは、ご令嬢が列をなしてジュード様にダンスを申し込むことが予想される。

一昔前までは、女性からダンスに誘うなんてはしたないと思われていたのに、昨今では積極的な女性も多く、そんな常識はもはや廃れている。ダンスだけではなく、「テラスでお話を」なんてもう一段階上のお誘いもたくさんありそうだ。

ただし、ジュード様はあっさりと言い放った。

「囲まれても相手にしなければいいだけだ」

こういう気高さは健在で、ふいっと目を逸らした彼は窓の外を眺める。

「俺のことはいいんだよ。ルーシーの方こそ気をつけなよ」

そっけないふりをしつつも、心配してくれるところは相変わらず優しい。

私は社交界デビューしてもう二年の月日が経ち、ケイトリンのほかにもお友だちができて、いわゆる恋の話もちらほら……聞く側になった。

具体的な見合い話は、エリアス様の一件以来まだない。

令嬢としての私の評判はまずまずだけれど、養女とはいえ最高位の公爵家の娘に軽い気持ちで近づいてくる人なんてそんなにはいないし、そして気安く声をかけてくる人は、おじさまやおばさまによってことごとく排除されていった。

よって、私は品行方正な令嬢生活を続けられている。

「そろそろお相手を見つけないと、とは思っています」

十八歳は貴族令嬢の結婚適齢期真っ只中(ただなか)だから、そろそろ本気でお相手を探さなければいけない。

家族が喜んでくれる結婚を、という目標は変わっておらず、とはいえそれがなかなか難しい。実のところ、どんな人と結婚すれば皆が喜んでくれるのかも明確になっていないので、お相手探しは暗礁に乗り上げていた。

　私はおじさまたちから政略結婚を強いられていない。二人からは、私の意志を尊重すると何度も伝えられた。

　ジュード様は、私に結婚はそもそも無理そうだって思っている。そんな空気を感じる。

　となると、導き出した答えは「私が、身分の釣り合う優しい人を好きになって結婚する」ということになる。

　でも、そんなに都合のいいことが起こるもの⁉　誰かを好きになるということ自体が、まったくわからないのに！

　どうしよう、このまま一生誰ともご縁がなかったら……。

　悪い方に考えそうになり、私は慌てて嫌なイメージを振り払おうとする。

　そのとき、正面に座っているおばさまが笑顔で私たちに話しかけた。

「うちの子たちは本当にかわいいわ。二人とも美男美女で立派に育ったから、お相手の心配なんてしなくていいのよ。幸せになれるに決まっているんだから」

　前向きなおばさまは、いつも私たちを絶賛してくれる。

　励まされると、なんだかうまくいくような気になってくるから不思議だわ。

「ルーシーはもうすっかり社交界の華ね。誰があなたを妻にするか当てようって、よく話題になるのよ～。この一年だけでもたくさん縁談が来ていて、私に直接ご子息を売り込んでくる夫人方も多いの」

「そうなんですか？」

ありがたい言葉に、私はパァッと表情を輝かせる。

すると反対に、ジュード様が一瞬にして不機嫌な顔つきに変わった。

「またおかしな男に騙されそうになったらどうするんだよ」

ジュード様は、エリアス様のことをよほど嫌っているらしい。彼は悪い人ではなかったし、そもそも騙されたという表現はおかしいと思う。

私は視線を落とし、拗ねた口調で言った。

「騙されてなんていません。私だって、あのとき色々と考えて反省もしたんです」

まだ、自分の幸せとか人を好きになる気持ちはわからないけれど、それでも前には進めたはず。

心の中で反論すると、それを目だけで察したジュード様はふんと鼻で笑う。

「本当にわかってるの？　家族が幸せなら自分のことはいいやって、そのうちまた元に戻らない？」

痛いところを突かれ、私は狼狽えた。けれど、それだけじゃないってことは伝えたくて必死で訴えかける。

「大丈夫です！　私はおじさまやおばさま、それにジュード様に幸せになってもらいたくて役に立ちたいと思ってるのは事実ですが、その上で自分も幸せになれそうな人を見つけたいなって、きちんと考えています！」

むきになっても仕方がないとわかっていても、何も進歩していないと思われるのは嫌だった。

「ちゃんとがんばってお相手を見つけますから！　私、ジュード様が結婚するまでには、絶対に嫁いで幸せになってみせます」

「なんで俺の話が出てくるんだよ⁉」

だって、ジュード様が結婚するときに義姉が未婚だったら、相手の女性が遠慮してしまうかもしれないもの。義弟大好きな私だからこそ、絶対に迷惑はかけたくない。

私だってそれくらいはわかっている。

ところが、私の絶対に嫁ぐ宣言を聞いたジュード様は、あからさまに嫌そうな顔をした。

「いいよ、俺のことは気にしないで……」

露骨に目を逸らされて、私はそんなにいけないことを言ったかしらと不思議に思う。

おじさまはなぜか口元に手を当て、おかしくて堪らないという風に顔を背けた。

「確かにジュードのことは気にしなくていい、けれど、ふはっ……！」

とうとう噴き出したおじさまは、おばさまに窘められる。

「あなた、笑っちゃいけないわ。そっとしておきましょう」

「そ、そうだね。でも、あまりにジュードが不甲斐ないからおかしくて……」

おじさまにそう言われ、ジュード様は苦い顔になる。

不甲斐ないとは？　と尋ねようとしたら、私が何か言う前におじさまが口を開いた。

「えっと、ルーシー。まぁ、結婚適齢期なのは確かなんだけれど、毎日かわいい声を聞かせてくれて笑顔を向けてくれるだけで私は十分だからね」

どこの王子様かと思う言葉も、年齢をまったく感じさせない見目麗しいおじさまが言うなら自然に感じてしまう。

娘をとことん甘やかす発言に、私はくすりと笑ってしまった。

「結婚相手はのんびり探せばいいと思っているし、ずっとうちにいてくれてもいいんだよ？」

おじさまが本気でそんなことを言っているように思えるから、これにはさすがに驚く。

「そんなわけにはいきません！　よほどの事情がない限り、公爵家の娘がどこへも嫁がないなんて普通はあり得ないですよね？」

身体が弱いとか、大病をして子どもが産めないかもしれないとか、そういった事情がない限り、普通は皆どこかへ嫁ぐ。

いくら私がこの家にいたいと思ってそれを選んだとしても、ウェストウィック公爵家は娘の嫁ぎ先一つ見つけられない力のない家だと評判を落とすことになるだろう。

そんなことになったら困る。

「私、これまで以上に社交をがんばります……！」

悲壮感すら漂わせて決意表明する私。

それを見たおじさまは、やけに含み笑いで言った。

「だって、ジュード。どうする？　ルーシーがお嫁にいっちゃうなぁ。淋しいからどうにかならないかなぁ」

「……」

ジュード様は言い返すこともせず、ただただぎりっと歯を食いしばっておじさまを睨んでいる。

私は二人を交互に見て、一体なぜジュード様はこんなに悔しそうにしているのかと思った。

おばさまは父子（おやこ）のやりとりを、呆れた顔で傍観している。

「ようやくジュードが成人したから思うんだけれど、そろそろ私たちも子離れしたいというか、孫がほしいよね。別に急げって言っているわけじゃないけれど、見ている方はけっこうじれったいなぁって思うよ。あぁ、学院を卒業するまであと二年か～。長いな～」

なぜいきなり孫の話を？　おじさまは、私じゃなくてジュード様の結婚を急かしている？

ジュード様は父の催促を躱そうと、さらりと答える。

「二年なんてすぐですよ、父上。卒業したら、なんとかします」

「うん、それはまぁジュードの自由だからいいと思うんだけれどね。せめて気持ちくらい伝えておかないと、後悔することになるよ」

おじさまの言葉に、私はぎょっと目を見開く。

気持ちを伝える？　後悔する？　それってまさか……！

「ジュード様、お好きなご令嬢がおられるのですか⁉　まさか学院に……！」

これまで、義弟を好きな女の子の話はフェルナン様から聞いたことがあったけれど、その逆は一度もない。家族には恋の話をしないだけかもしれないけれど、まさか卒業後に結婚することまで視野に入れているなんて、予想外のことに愕然とした。

そうか、そうよね……。ジュード様、もう十六歳だもんね……。いつの間にか、体格だけでなく中身もすっかり大人になっていたのね。

「どうした？　顔色が悪いぞ」

「え？」

ジュード様の口調は咎めるように聞こえるけれど、その瞳は反対にとても心配してくれているように見える。

私は慌てて「大丈夫です」と答える。

ジュード様の目をじっと見つめると、不思議そうに見つめ返された。

あぁ、今日も完璧でかっこいい。こんなに素敵に成長したんだもの、ジュードが望めばどんなご令嬢も恋に落ちるはず。

すぐに婚約、結婚という流れになるんだろうなぁ……。

私ったら自分が結婚して家を出ることは漠然とわかっていたけれど、ジュード様だって結婚したら新居を構えるのよね。今の邸に住むとしても、義姉の私がいつまでも居座っていたら、お相手のご令嬢が気を遣ってしまうだろう。

どちらにせよ、私は早く結婚した方がいい。義姉がまだ結婚していないからって、ジュード様の婚期が延びるのも困るし……！

考え込んでいると、おじさまが私を心配して声をかけてきた。

「会場に着いたけれど、降りられるかい？」

はたと気づけば、馬車はもう止まっている。

扉が外から開けられると、ひんやりした空気が入ってきた。おじさまたちが先に降り、続いてジュード様が降りていく。

私もそれに続くと、すっかり紳士のそれになった大きな手が無言で差し出された。

「ありがとうございます、ジュード様」

そっと手を乗せると、やけに丁寧に握り込まれてどきりとする。

少し前までは強引に手を取られることもあったのに……。それにもし婚約者ができたら、この手はそのご令嬢に差し出されるのね。少し淋しく思っていると、ふいに耳元で声がした。

「あのさ」

「はい、何でしょう？」

おじさまたちはすでに少し先を歩いていっている。

馬車は私たちを残して邸の裏手に向かったので、ここにいるのは二人だけだ。重ねた手からジュード様に視線を移すと、彼は妙に真剣な顔つきで私を見つめていた。

「俺、成人したから」

「はい、存じております」

成人祝いのパーティーを、先月開いたから知っている。

「だから、ジュードと呼んでほしい」

「はい？」

なぜ呼び捨てなの？　意味がわからず、つい眉に力を入れてじっと見つめ返してしまった。

すると彼は、頬を紅潮させて目を逸らす。

「だから！　様とかおかしいから！　義弟なんだから様づけなのは変だろう。別に前から思っていただけで、きっかけとしてどうかって思ったから……」

確かに、社交の場ではジュード様だって私のことをルーシーとは呼ばず、義姉と呼んできた。

私だって本人のいないところでは「義弟が～」とか秘かに呼んでいた。

けれど、呼び捨てにするなんていいのかしら。

「お嫌ではないのでしょうか？」

義姉だなんて認めない、今は。そんなことを初対面の日に言われたけれど、もういいのかな？

疑り深い私は、確認のため尋ねる。

「好きに呼べばいい」

握った手にぎゅっと力を込めるジュード様は、私を連れて歩き始めた。

沈黙が流れ、なんとなく気まずいのは気のせい？

好きに呼べばいいと言ったにもかかわらず、ちらちら視線を私に向けては逸らし、向けては逸らし……。かわいさはまだ十分に残っている。

それにしても、どういうつもりなんだろう？　呼び捨てを許すっていうことは、もしかしなくても私のことを義姉だって認めてくれたってこと？

あぁ、ついにこの日がきたんだわ……！　成人をきっかけに、これからもっと姉弟らしくなろうってことね？

ここで私はぴんときた。

そうだわ、恋は人を大人にするっていうもの。きっと恋をしたことで、自分や家族のことを見つめ直す機会になったんだ。

私のことを、義姉として認めてあげようかという心境の変化があったのかも。

感動した私は、胸に熱いものが込み上げる。涙までが目尻に浮かんできた。

ジュードって、呼んでいいんだ。すごく姉弟っぽいわ……！

大きな扉が開かれ、私たちは入る前に一度そこで立ち止まる。

「ジュード」

満を持してそう呼ぶと、義弟はいつものように反抗的な態度ではなく、ふわりと柔らかい笑みを浮かべて満足げだ。

ただその顔があまりに幸せそうで、蕩けるような甘い雰囲気を漂わせている。

おかしい。きれいでかっこよくて、かわいいけれど、なんだかおかしいわ。違和感を抱きつつも、胸がどきりとする。

しかも、ジュードは私の髪にそっと触れて愛おしげに目を細めた。

「ルーシー」

ん？　ここは、義姉上とかお義姉様とか言ってもらえる流れじゃないの？

どうしよう、義弟が全然わからない。もしかしてまだ何段階かのステップがあるの？

戸惑っていると、ジュードも私の反応が思っていたのと違うと感じたのか、お互いに目を瞬かせて見つめ合う。

「「…………」」

何かしら、この微妙な空気。

しばらく沈黙していた私たちは、先に進んでいたおじさまたちがわざわざ戻ってきてくれたことで、ようやく前を向いて歩き出すのだった。

今日の夜会は、ゼイゲル伯爵家のタウンハウスで行われる。私が月に一度は訪れている、ケイトリンのお邸だ。

ジュードが成人して初めての夜会ということで、私もジュードも慣れている場所がいいだろうという、おじさまの判断だった。

私の隣を歩くジュードは、今日もたくさんのご令嬢の目を引きつける。

十六歳とは思えない大人びた面差しに、洗練された佇まい。所作の一つ一つが美しく、かすかに口角を上げた笑みは男女問わず見惚れる色香を放っていた。

ただし本人は衆目を集めるのも慣れっこで、ご令嬢方の熱い視線を気にも留めずに歩いていく。

「きゃっ……！」

ジュードに見惚れてドレスの裾をうっかり踏んでしまったご令嬢が、すれ違う寸前に倒れそうになった。

彼は反射的にそのご令嬢の手を取って支え、スマートに対応する。

「大丈夫ですか？」

「はい……！」

魂を抜かれたように、息を呑んで固まるご令嬢。

ジュードはさりげなく足元を確認し、呆けている彼女を気遣う。

「あなたも衣装もご無事なようですね。どうか楽しんで」

隣で見ていた私は、義弟の見事な振る舞いに感心した。まるで物語に登場する貴公子さながら、ジュードは完璧だった。

口には出さないけれど、「私の義弟はすごいでしょう？」と得意げになる。

「ルーシー？」

満足げな顔で頷く私を、ジュードが不思議そうに見る。

「ふふっ、本当に素敵だと思って見惚れちゃいました」

そう言って微笑みかけると、彼はなぜかため息を吐いた。

「見惚れてなんていないくせに。ルーシーには外面が通用しないって知ってる」

通用しないもなにも、義姉弟なんだからそういうものなのでは？

きょとんとしていると、逞しい腕が私の腰に回された。

「ほら、もう行くよ」

こんな風に密着して歩くなんて仲睦まじい恋人同士みたいだ。もしかして、周囲には成人したのにべったりな姉弟に見える？

私は頬を緩ませ、照れ笑いになる。

「もう、いつまで経っても姉離れができないって噂がたったらどうするんですか」

そう言いつつも、実はうれしくて仕方がない。ジュードと仲良くなりたいって、ずっと思っていたから。

これまではあまり露骨な態度で示されることはなかったのに、成人が近づくにつれ、義弟は私と仲がいいのだと周囲に少しずつアピールするようになっている。

困っているような口ぶりは一応してみるけれど、本当はうれしくてうれしくて堪らなかった。

本心が隠しきれていない私を見て、ジュードは呆れ顔だ。

「ほんっとうに、ルーシーは……!!」

ジュードは不満げな声を上げたが、その手を離すことはなく、私たちは寄り添った状態でゼイゲル伯爵家の人たちのもとへ到着した。

「やぁ！　ジュード、ルーシー、よく来てくれたね」

「お久しぶりですわ。ジュード様、ルーシー」

フェルナン様はケイトリンと一緒にホールの最奥にいて、笑顔で私たちを迎えてくれる。

「お待ちしておりましたわ。今宵は当家にお越しくださり、ありがとうございます」

ケイトリンは桃色のドレスがよく似合っていて、眩い金髪を大人っぽく結い上げていた。十八歳になった彼女は、夜会のたびに貴族令息に告白されるほど人気がある。

「お久しぶりです。フェルナン様、ケイトリン嬢。今宵はお招きいただき、光栄です」

ジュードは爽やかな笑顔で挨拶をする。

周囲にいたご令嬢が、その笑顔に頬を染めて「きゃぁ」という悲鳴がかすかに響いた。

フェルナン様はその反応を横目に見て、からかうように言う。

「君もようやく成人か。ご令嬢方が待ちかねていたんじゃないか？」

「まさか。私のような若輩者は、フェルナン様の足元にも及びませんよ」

「世辞だとわかっていてもうれしいね。ジュードほどの美男子にそう言われると、今日こそ僕にも恋人が見つかりそうな気がするよ」

何年経ってもフェルナン様の惚れっぽさは変わらず、フラれた回数は本人ですら把握できていないらしい。

背も高く容姿も整っているのに軽い感じが隠しきれず、未だ恋人や婚約者は見つからず。

それほど焦るような年齢でもないけれど、そろそろゼイゲル伯爵家が本腰を入れて見合いをさせようとしているとケイトリンからは聞いている。

ジュードとしばらく談笑していたフェルナン様は、私に向かって兄のような眼差しを向けた。

「ルーシー、ついに義弟が成人したね。義姉として気分はどう？」

「とてもうれしいです。ですが、私はいつもジュードに色々と教えてもらう側なので実はもうとっくに成人していると思っていました。まだ十六歳なんて、ちょっと驚いております」

しっかりしなくては、と思うけれど何かとジュードが先回りして対処してくれる。

今だって、不躾な視線を送ってくる男性から私のことを隠すように、さりげなく立ち位置を変えていた。

フェルナン様もそれに気づき、苦笑いになる。

「まぁ、ジュードは過保護だからね。とはいえ、そろそろ姉離れしないと。お互い婚約者も見つけないといけないだろう？」

婚約者を見つけないと。そのフレーズに、ジュードがぴくりと反応した。

「決まった相手がいる、っていうなら話は別だけれどね？」

からかうような言い方は、フェルナン様がジュードの恋愛事情を知っているようだった。

やはり学院に想い人が？　聞きたいような聞きたくないような、私は複雑な気持ちになる。

ケイトリンは興味津々で、じぃっとジュードに注目していた。

「いえ、まだ婚約はないですね。強いて言うなら、ルーシー次第でしょうか」

にっこりと笑ったジュードは、今度は私の肩を抱き寄せる。

「私次第？」

どういうこと？　まさか、義姉である私の婚約が決まっていないから、自分が先にっていうのは躊躇うってこと？

私の存在がジュードの幸せの邪魔になってしまうかも、そう思ったら平常心ではいられなかった。

「もうジュードったら、私のことを心配しなくても大丈夫ですよ。嫁ぎ遅れてジュードに迷惑をかけるようなことはしません。だから、自分のことだけ考えてください。好きな人がいるなら、誰かに取られないうちに婚約しないと」

私は必死で弁解するも、笑顔がぎこちない。大丈夫かどうかなんて、私が一番心配だもの。

姉っぽいことを偉そうに言われたことが不満だったのか、ジュードは笑顔をキープしつつもその瞳に怒りをかすかに滲ませる。

「へぇ、自分のことだけ考えていいんだ。義姉上は心が広いね」

わざわざ義姉上と呼ぶなんて、よほど機嫌を損ねたみたい。でも大事なことなので、私も笑顔で言い返す。

「ふふふふふ……。あなたのことが一番よ、当たり前でしょう？」

「そうかぁ、それはありがたいね」

微笑み合っているはずなのに、空気がピリッとしているような気がする。

ケイトリンに視線だけで助けを求めるも、小さな声で「無理」と匙（さじ）を投げられた。

一体、ジュードは何が気に障ったんだろう。周囲には、私たちが談笑しているようにしか見えないからまだいいとしても、フェルナン様が引き攣った笑いになっていて少しかわいそうだ。

なんとかこの空気を変えたくて、私はジュードにダンスを踊ろうと提案した。

「ねぇ、早くファーストダンスを踊りましょう。ご令嬢たちが待っているわ」

最初のダンスは家族か恋人、婚約者の相手をすると決まっている。

私と踊ってしまわなければ、ジュードと踊りたくて待っているご令嬢方に順番が回ってこない。

さっきから数多の視線を感じていて気になっていたのだ。

私は自分の相手を見つけることも大事だけれど、ジュードの邪魔だけはしたくない。

「わかった。踊ろう」

ジュードは私の手を取ると、曲が変わったタイミングでホールの中心へと移動する。いつも一緒に踊っているけれど、今日も義弟は流れるような足運びで私をリードしてくれた。

身長差が開き始めてから、私が義弟に負担をかけているのがわかるのでいつも一曲しか踊らなかったが、本当なら何曲でも踊っていたいくらい楽しい。

ドレスの裾が花のようにふわりふわりと舞い、まるでお姫様になったような気分だ。

自然に口元が弧を描く。

ふと見上げると、じっとこちらを見下ろすジュードとぱちりと目が合った。

「ルーシー」

「何ですか？」

二人にしか聞こえない声量。義弟はやはり私を名前で呼んだ。

真剣な顔つきに、思わずどきりとする。

「しばらく踊っていないうちに、ダンスがヘタになっている」

「えっ」

私は狼狽え、ジュードの足を踏みそうになるも、彼はさっとそれを躱して踊り続ける。

近頃は夜会に出ても歓談ばかりで踊っていなかったから……と思い当たる節はあった。

でもレッスンはまじめにしているのに急にヘタになるなんて、もしかして私は太ったのだろうかと嫌な予感が頭をよぎる。

ジュードはスマートにリードしながら、さりげなく耳元で囁いた。

「こんな状態で踊っても、婚約者候補にいい印象を持ってもらえないと思う。だから今日はルーシーが勘を取り戻すまで、何曲でも踊るから」

「えっ、そんなの悪いです。私はともかくジュードと踊りたがっているご令嬢方はどうするの!?

それに、ジュードの出会いを奪ってしまいます」

けれど義弟はこだわりが強いタイプなのか、言い出したら引くことはあまりない。真剣な眼差しで、きっぱりと宣言した。

「いらない、出会いなんて。唯一の人ならもう出会っているから」

見つめ合うと、その意志の強さが伝わってくる。

ジュードはツンデレが発動していないときでも麗しく、そして尊い。

「必要ないんだ、これ以上の出会いなんて」

何かを懇願するような声音に、かすかに力のこもる大きな手。

見つめ合ったままダンスをすれば、次第にジュードの考えがわかってきた。

「ジュード、あなた」

「……」

「学院に好きな子がいるから、私のダンスの練習を口実にして誰とも踊らない気ですね？」

「なんで伝わらないかな⁉　あぁ、もう……」

まったく伝わってなかったらしい。以心伝心だと思っていたのは私だけだった。

けれど、私は結局のところ義弟に甘い。理由は何であっても、ご令嬢方と踊りたくないと思っているジュードに無理やり踊れとは言えなかった。

もうそろそろ曲が終わるという頃になり、くるっとターンをした私は諦めに似た笑いを漏らす。

「ふふっ、わかりました。ご令嬢方と踊りたくないのなら、協力します」

そう告げて微笑むと、ジュードは驚いた顔になった。

「そうか」

「ええ」

「でも協力するのはこっちだからな？　練習するからには今より多少マシになるまで解放できないからな？」

妙に饒舌になるジュードは、まだ一曲目なのに頬がかすかに染まっているように見える。

「今日は他の誰とも踊れないかもしれないから、それは覚悟しろよ？　テンポの速いワルツも一緒に踊るんだぞ？」

私の苦手とする種類を持ち出され、本当に全曲踊るつもりなんだなと驚いた。

テンポの速いワルツは、密着状態のままターンしたり移動したり動きが激しいため、婚約者や夫婦でなければ踊らない。結婚したら踊ることになるかも、とダンスレッスンの先生から教わってはいたけれど、夜会で踊ったことはなかった。

私が結婚した後、夫にヘタだと思われたら……と心配してくれているのだろう。

「がんばってジュードについていきます。ヘタなままでは、公爵家の恥になりますものね」

すべてわかっています。がんばります。

安心させたくて笑顔を向けると、ジュードはぐっと何かを堪えるように苦しげな表情になった。

「恥だなんて……思っていない。思うわけがない」

あれ、ツンデレがない。ツンの部分が行方不明ですよ!?

唖然としていると、ジュードは真剣な目で訴えかけた。

「ルーシーを誰にも見せたくない」

「ものすごく恥だと思っているじゃないですか！」

衝撃的なお知らせだった。人様に見せたくないと思われていたなんて。

「誰もそんなこと言っていないだろう!?　どうしてそう……！」

嘆かれても困る。

一体ジュードはどうしたんだろう。今日はほとんどツンが出ていない。成人をきっかけに、声変わりならぬ性質変わりをしてしまったの？

次の曲が始まってしまい、悩んでいる暇もなく私は慌ててジュードと共にステップを踏む。

「ルーシー、君が何を考えているか……、いや、俺のことを何も考えていないことはわかった」

「えええ、私だってジュードの将来のことを真剣に案じていますよ？」

この想いが伝わっていないとすれば、それはいくら何でも悲しい。

「卒業するまでは、って思っていたけれど、父上の言ったようにそんな悠長に構えている暇はないようだ。ルーシーは予想以上にぼんやりしていて、色恋に疎すぎて、これで十八歳かと思うと嘆かわしい」

「嘆かわしい⁉」

義弟に呆れられたのかと思った私は、思わずぎょっと目を見開く。

すると「言いすぎた！」と気づいたジュードが、目を逸らしながら言った。

「違う、その……。全部こっちの力不足だから。ルーシーががんばっているのは、ずっと見てきたから」

あぁ、神様。成人しても、どうかこのままでお願いします。

年齢を重ねるごとに、確実に減りつつあるツンデレ。私はそれを堪能するように、彼の一挙一動、その照れた頬の色も記憶の中に焼きつける。

「ルーシー？」

真剣な顔で凝視する私を見て、ジュードが不安げに声をかけた。

まだワルツの途中なのに、私は半ば脱力して義弟のリードに身を任せてしまっている。

「はぁ…………好き」

「⁉」

「ジュードは本当にかわいいわ」

今すぐ抱きついて頬ずりしたいくらい、本当にうちの義弟はかわいい。

ジュードは顔をさらに赤くして、何か言いたげだったけれど結局何も言わなかった。

ただ、散々に踊って疲れ果てた頃、ようやく休憩室へと向かった途中で「見てろよ……！」と何やらぼそぼそと呟いていた。

＊＊＊

ジュードが成人して初めての夜会から約十日。

今日は友人のフィオーネ嬢のお誕生日で、お邸でのガーデンパーティーに招待されていた。

「お誕生日おめでとうございます」

「ありがとうございます、ルーシー様！」

フィオーネ嬢は私より一つ年下で、おっとりした性格の伯爵令嬢。

社交界デビューした後に仲良くなったご令嬢で、緩やかな巻き毛が美しく、守ってあげたくなるような小柄な女の子だ。

ウェストウィック公爵家とはそれほど深いお付き合いではないけれど、いわゆる派閥というものに属していない新興貴族なので、おじさまからは仲良くしてもいいとお墨つきをもらっている。

今日はお誕生日のお祝いということで、上流階級の貴族子女が三十人ほど招待されていた。

その中には、数々のご令嬢を夢中にさせていると噂の男性もいて、「絶対に近寄るな」というジュードの忠告を思い出す。

本当に心配性なんだから、と私は秘かに微笑む。

「ルーシー様、楽しんでくださいね」

「ありがとうございます」

フィオーネ嬢としばらくお話をした後、私は親しい友人たちと同じテーブルを囲み、楽しい時間を過ごしていた。

花びらの浮かぶ紅茶はとてもおしゃれで、ほのかな苦みと蜂蜜の甘さがよく合う。

「まぁ、これは隣国でしか手に入らない黒ザクロではなくて？　さすがはフィオーネ嬢のお誕生日パーティーね。どれも希少なものばかりだわ」

お茶もお菓子も、贅を尽くしためずらしいものが並んでいて、友人たちは口々に褒めた。私もめずらしいお菓子に興味津々で、周囲の目を気にしながらも一つずつ食べ進めていく。

「そういえば、フィオーネ嬢はもうすぐ幼馴染みの伯爵令息とご婚約なさるそうよ。お相手は、学院でジュード様のクラスメイトなんだとか」

情報通のレーナ嬢が私を見てそう言った。

ジュードは相変わらず学院の話をあまりしてくれないので、私はもっと聞きたいと身を乗り出す。

ところがその話をきっかけに、友人たちから私が質問攻めにあうことになってしまった。

「ねぇ、ルーシーはいつジュード様と結婚するのです？」

想定外の質問に、私は驚いて反応が遅れたほどだった。

「もう、教えてくだされぱよかったのに！　いつから恋人になっていたんですか？」

「プロポーズの言葉はなんと？　揃いの指輪はもうデザインなさいました？」

「婚約式は略式ですの？　私の両親が『いつ頃に婚約祝いを贈ればいいか』と聞いてきまして、ぜひ教えてくださいな」

何のことだかまったくわからない私は、皆の勢いに呑まれてオロオロするばかりだ。

「け、結婚？　結婚って何のこと……？」

私とジュードが結婚⁉

まったく話についていけない。私が戸惑う様子を見て、皆はきょとんとした顔になる。

「え？　だって先日、お二人で仲睦まじく何曲も踊っておられたではないですか。ジュード様はずっとルーシーだけを愛おしそうに見つめておられましたし、てっきりもう婚約が調ったのかと思ったのですが違うのですか？」

「えええ⁉」

なんでそんな風に思われているの⁉

義弟が私のダンスレッスンなんかを夜会でしてしまったがために、大いなる勘違いをさせてしまっていた。

「違うんです、あれはジュードが踊りたくない事情があったらしくて、それで」

必死で事情を説明するも、誰一人それを信じてくれなかった。

何か訳ありなのね、と生温かい目で見られてしまい、これでは必死に否定すればするほど勘違いが進んでしまうと早々に気づく。

「本当に違うんですよ？」

困った顔で、再度否定するが今度は何か事情があって言えないのだと勘繰られる始末で……。もう黙ってお茶を飲んでやり過ごすしかなかった。

「そうですか？　まぁ、手続きやら親戚への根回しやらが済んでいなくて、今はまだ何も言えないということですわね。わかっております。わたくしたちだって貴族令嬢ですもの」

「はぁぁぁぁぁ、本当に素敵でしたわ！　お二人が踊っておられる姿……！　わたくし、こういうお話大好きですのよ、禁断の愛とか真実の愛とか、秘めた恋とか」

いいえ、まったく秘めていません。私とジュードの間には、姉弟愛しかないと思うの。

私の言葉なんて誰の耳にも届かず、話はどんどん飛躍していく。

「でもジュード様って、クールに見えて実はおかわいらしいところがありますのね！　ご自身が成人なさったらすぐにルーシーを独り占めなさるなんて……！」

ジュードがかわいい、という部分に、私はぴくりと反応する。

それを一番知ってるのは私であり、皆にももっと知ってほしいと思っていたのだ。ティーカップを置いた手をそのままぐっと握りしめ、やや興奮ぎみに会話を奪う。

「そうなの！　ジュードのかわいさは幅広いんですが、実は辛辣な言動の後に繰り出される優しさが漏れ出したときが最高にかわいくて、さらに言えば、照れて顔を背けたときの右斜め四十五度からのはにかみ顔が特にかわいらしいの。それからほかにもあって、動物が苦手なのに猫に触れたくてこっそり視線を送ってては興味ないそぶりをしつつ、お菓子で釣ろうとしている横顔なんて最高にかわいいわよ！」

あぁ、猫とジュードの組み合わせは本当に愛おしい。うっとりと思い出に浸っていると、皆がふふと含み笑いで私を見た。

「もう、ルーシーったらやっぱりジュード様が好きなんじゃないですか〜。いいのですよ？　幸せなら、今みたいに存分に惚気てくださいませ」

しまった、惚気だと思われた！

皆が頬を緩ませ、からかうような目を向けてくる。

結局のところ、友人たちの間ではジュードと私は結婚するということで決まってしまっていた。

お茶会は流行りのファッションや観劇の感想、お勧めの本などの情報交換の場でもあるけれど、会話の多くが恋バナや社交界を賑わしている噂で占めるので、私とジュードのありもしない恋バナでも十分に皆は楽しめるらしい。

「結婚式は長いヴェールを仕立てるのが流行りですけれど、ルーシー様は銀の髪がとてもきれいだから、最高級の真珠がたくさんついた薄青のショートヴェールが似合いそうね」

「ドレスはもちろん、マダム・シルフィーヌのデザインでしょう？　早く見たいわ〜」

話はどんどん進んでいって、最終的には私たちの間に子どもが二人生まれるところまで続いた。

「私たちは義姉弟なのよ？」

私は、眉根を寄せてそう訴える。が、一瞬にして正論で返された。

「本当はハトコでしょう？　結婚できるじゃない」

「いや、あの気持ちの問題が……」

皆はそれからも大いに盛り上がり、噂話を払しょくすることはまったくできなかった。しかも、噂は妄想を呼び、私がいつも持っている母の形見の指輪にまで及ぶ。

「ルーシー様が大事にしていらっしゃるおもちゃの指輪って、ジュード様が幼少期に贈ったものなのでしょう？　お二人はそのときから、互いに恋心を抱いて結婚を誓っていたと聞きましたわ」

「素敵です〜！」

ごめんなさい、お父さん。お母さんに贈った結婚指輪を、子どものおもちゃ扱いされました。

確かにイミテーションで価値がないから、誰にも取られずに孤児院にも持っていけたんだけれど、娘としてはちょっと複雑な気分になる。

けれど、些細なことも恋バナの前では妄想の材料になるようで、友人たちは大盛り上がりだった。

「はぁ～！　私も早く素敵な方に巡り合いたいです！　ジュード様ほどの美形は望みませんから、私だけを愛してくれる人がいいわ」

「やだ、重すぎる愛は受け止めるのが大変って聞くわよ？」

「それでもいいではないですか！　ルーシーのように、情熱的な目で見つめられてダンスを踊ってみたいです」

うん、これはもう今日中に誤解を解くのは無理ね⁉

私は諦めておとなしくケーキを食べて聞き役に徹し、「いずれ私かジュードに婚約者が決まれば誤解は解けるだろう」と来るべき日を待つことにした。


あっという間に三時間が経ち、そろそろお迎えの馬車が各家から到着し始める。

「楽しい時間は早いですわね～。今夜は、婚約者と会食ですの。皆さん、また集まりましょうね」

颯爽とドレスの裾を翻すレーナ嬢。私たちは笑顔で手を振り、帰りを見送った。

「またね、ごきげんよう」

一人、また一人と友人が帰っていく。

そして残りは四人となったとき、まさかの人物が私を迎えにやってきた。

「お久しぶりです、皆さん。義姉を迎えに参りました」

爽やかな笑み、理想的な公爵令息モードのジュードが颯爽と登場したのだ。その笑顔があまりにキラキラと輝いているように見え、私は思わず「うっ」と目を瞑る。

「きゃあっ！　ジュード様、ようこそいらっしゃいました！」

「ルーシーのお迎えにわざわざいらっしゃるなんて、やはりご結婚の噂は本当ですのね！」

はしゃぐ友人らを見て、私は困ってしまった。

その誇張された妄想を、ジュードにまで言わないで？

すぐに否定しようとすると、座っている私の肩にそっと手を置いたジュードがにこやかに告げた。

「噂は噂ですよ。ただし、本当であればいいと思うことも世の中にはございますが」

「!?」

驚きのあまり、私はパッと振り返ってジュードを見上げた。

何も間違ったことは言っていないけれど、こんな言い方をしたら私たちの噂が本当であればいいという風に聞こえてしまう。しかもそれを、ジュードが望んでいると。

友人らはものの見事にそう受け取り、頬を赤らめて「やっぱり」とうれしそうに微笑んだ。

絶句する私の手をさらりと握ったジュードは、麗しい笑顔を向けてくる。

「さぁ、ルーシー。遅くなる前に帰りますよ。それでは皆様、どうか義姉をまたお誘いください」

「「「はい!!」」」

何がどうなってこうなったの？　どうしてジュードは誤解をさせるようなことをするの？

わけがわからず戸惑っているうちに、停めてあった馬車に乗せられ、バタンと扉が閉まる音がした。

「「…………」」

気づいたら隣にいたジュードは、私の手を握ったまま足を組んで座っている。

ゆっくりと動き出した馬車の中、ジュードの真意がわからずじっと横顔を窺っていると、彼はぽつりと呟くように言った。

「ここ意外に遠いよね」

「え……？　遠いって、ジュードはどこから迎えに来てくれたのです？」

私は首を傾ける。

「どこからって、学院から直接だよ」

王都の端と端ではないか。

私が驚いた顔をしたせいか、ジュードは気まずそうに目を伏せた。

「別に、ついでだから。ついで！　わざわざ来たわけじゃないからな！」

「――っ！」

何それ、出かけたついでってこと⁉　そんなのあり得ないから！

ついでの距離じゃないし、私を迎えに来るはずの馬車に連絡をしてそれを帰らせてまで迎えに来たってことでしょう？

「もしかして、心配してくれたんですか？　何かあったらって」

優しい。私は胸がじんとなる。

「…………悪いの？」

じろりと睨んだ顔はやや朱に染まっていて、きゅんとしすぎて心臓が握り潰されるかと思った。

「誕生日パーティーなら、知らない顔も来ているだろう？　ぼぉっとしているルーシーに声をかける男がいるかもしれないし、迎えに来た方がいいと思っただけだ」

さっきは「ついでだから」って主張したくせに、その後すぐに心配で迎えに来たってバレるようなことを自分から言うなんて……！

しかも私のことを「ぼぉっとしている」って貶しておきながら、結果的に自分がフォローしてあげようって思ってくれていたとは、気遣いも完璧だわ。

久しぶりのツンデレ、ありがとうございます。そっと目を閉じると、幸せすぎて天国の扉が見えかける。

「ちょっと、話聞いてる？」

「はっ!?　すみません、旅立っていました」

いけない。平常心を心がけないと。背筋を正してキリッとした表情を作ろうとするも、恨めしそうにこちらを見るジュードの前では彼がかわいすぎて頬がふにゃりと緩んでしまう。

「で、何か聞くことはないの？」

しばらく馬車に揺られていると、ふいにジュードがそんなことを尋ねる。

聞くこと？　そうね、そういえば何かあったはず。

義弟のツンデレにやられてすっかり自分を見失っていた私は、その言葉でさきほどの珍事をようやく思い出した。

「そうだわ！　さっきはどうしてあんなことを？　皆が誤解してしまいました」

「誤解ねぇ」

「はっ、それに噂をどうにかしないと！　私とジュードが結婚するなんて、早く否定しないと大変なことになるわ」

オロオロする私を横目に見ると、彼はいつも通りの冷静な口調で言った。

「大変なことって？」

「それは、その、ジュードの想い人が勘違いしてしまったり、私に縁談が来なくなって嫁ぎ先がなくなったり、えーっと色々問題があるでしょう!?」

この際、私のことは置いておこう。ジュードの恋だけは邪魔したくない。

どうしたら噂を消せるかしら？　俯いて真剣に考えていると、おもむろに左手が持ち上がる。

「？」

なんだろう、とその手の行方を見ていると、ジュードは繋いだ私の手を口元へ持っていき、その甲にチュッと軽いキスをした。

「ふえっ!?」

驚きすぎて、肩はビクリと跳ね、悲鳴を上げてしまう。

何かの間違いとも思ったけれど、しっかり瞼を閉じて明らかに意図的にキスをしていた。しかも指を絡めて握り直し、愛おしいという感情を込めた目で私を見つめてくる。

ドクンと心臓が激しく打ちつけた私は、猛烈に逃げ出したい衝動に駆られて慌てて手を引いた。

こんなのおかしい。

義姉弟でこんな風にするのは、絶対に間違ってる……！

「ルーシー」

「!?」

甘い声で名前を呼ばれるともう限界で。奪い返した左手を右手で押さえ、顔を真っ赤にして「なっ」とか「あっ」とか意味を持たない擬音を口にすることしかできなかった。

私がこんなにドキドキして困っているのに、ジュードは意地悪い笑みを浮かべて高圧的に言う。

「わざわざ迎えに来てあげたんだから、これくらいご褒美があってもいいんじゃない？」

「なっ！」

私は眉に力を入れて訴えかける。

「わざわざ迎えに来たって、今認めましたね⁉」

「そこ⁉　拾うのそこ⁉」

いや、だって。さっきはついでって言っていたから、気になってしまった。

「えーっと、あとはそうですね。え？　え？　ご褒美って？」

ご褒美ってそれは誰に対する？

どこかのお姫様じゃあるまいし、「私の手にキスをさせてあげましてよ、おほほほ」なんて思える私ではない。

「何を言っているのです？　ジュード、今日はちょっとおかしいわ」

ますます混乱する私。顔から熱が引かなくて、心臓が激しく鳴るのも止められない。

ジュードは私が動揺していることに気づき、その上でからかうような目を向けて、きっぱりと宣言した。

「もう隠さないって決めただけ。ルーシーは放っておけないって、改めて思ったからね。噂のことも、こうなるってわかってたから予想の範囲内」

どういうこと？　夜会のときから、全部わかっていたってこと？

速くなる鼓動と必死で格闘しつつ、私は目で疑問を訴える。

するとジュードは、意地悪い顔で笑って言った。

「実の姉弟であっても、ほかの誰とも踊らずに二人だけで何度も踊ることは絶対にないよ。特に、成人して最初の夜会ではね」

「でも、ジュードは私のための練習だって」

「言ったよ？　ルーシーをどこにも行かせたくなかったから……って、そんなうれしそうな顔しないでくれる⁉　どうせ『そんなにお義姉様のことが好きだったの？』みたいに思ってるんだろう⁉　違うからな！」

ちょっと期待した私は、残念な気持ちになった。やはりまだ義姉とは認めてくれていないみたい。

コホン、と咳払い（せきばら）をして仕切り直したジュードは、話の続きを始めた。

「成人して最初の夜会は、男にとっては運試しみたいな面があるんだ。想い人をダンスに誘って、一曲目は社交辞令、二曲目は求婚。三曲目はそれを受け入れてくれた証になる」

「何それ……！」

そんなこと、まったく頭になかったんですけれど⁉

頭の中で、これまで習った礼儀作法や貴族社会のルールがぐるぐると駆け巡る。はくはくと口を開けては何も言えずに黙り込む、それを繰り返す私をジュードは嗤（わら）う。

「ルーシーのことだからすっかり忘れていたんだろう？　もしくは『一曲しか踊っちゃいけない』って思い込んでいたとか」

正解だった。マナーの講義で色々覚えることが多すぎて、とにかく踊るのは一人に対し一曲だけという覚え方をしていた。

それに、今まで私に対して二曲目を誘ってくる人はいなかった。相手がジュードなら身構えることもないわけで。

「どうしてそんなことを……？」

混乱しつつも、一つの疑問が浮かぶ。

周囲に勘違いさせることで、ジュードに何のメリットもない。そんなことをする理由がない。

瞬きすら忘れて、私はジュードを見つめる。

「どうしてって、ルーシーが好きだから」

答えは簡潔だった。それなのに、私は「好き」の意味を理解するのにたっぷりと時間を要してしまう。ジュードが私を好きだなんてあり得ない。そう思いつつも、指先まで真っ赤になっていく。

ジュードが私を恋愛的な意味で「好き」だなんて、本当に？

唇が震え始め、何か言わなくてはと思うほどに言葉が出ない。

彼は私の反応に満足そうな顔をして、同時に淡々と告げた。

「義姉だなんて認めないって、最初に言ったよね」

初めて会ったあの日、十二歳だったジュードはそう叫んだ。

あれは今でもはっきり覚えている。

「義姉だと思ってしまったら、ルーシーと結婚できないじゃないか。だから絶対に認められないってあのとき思ったんだ」

「そんな」

これまでずっと一緒にいたけれど、ジュードのことをそういう風に考えたことはなかった。ただかわいい義弟に好かれたいって、そればっかりで。

私がこれまで築き上げてきたものが、ガラガラと音を立てて崩れるような気がした。愕然とする私の隣で、ジュードは懐かしむように語る。

「君に会うまでは、孤児院から公爵家に来てうまくやっていけるかって心配していたんだ。義姉だっていう認識はなかったよ、事実としてハトコなんだし……。手紙をもらううちに、一生懸命がんばってるんだってどんどん惹かれていった。会ったこともないのに」

「でも！　お義姉様ができてうれしいですって、手紙には書いてあったわ」

あれは最初に交わした手紙の一文。

うれしくて堪らなくて、「あぁ、しっかりした義姉になろう。立派な令嬢になろう」って思った。

「あれは社交辞令だよ。いきなり『義姉とは思えませんがよろしく』とは書けないだろう？」

「うっ！」

それはそうだわ！　そんな手紙をもらったら絶対にショックを受けるし、そんな内容ならばおじさまが私に見せないとも思う。

それに私が養女になった当時、ジュードはまだ八歳だった。少年なりに気を遣ってくれたのが想像できる。

「四年間、手紙のやりとりをしていて、どんどん君に会いたくなった。やっと会えたあの日、目の前に現れたルーシーは笑顔で迎えてくれて……、想像以上にかわいくて、何よりも公爵家の嫡男としてしか見られていなかった俺のことを打算なしでまっすぐに見てくれたその目が気に入ったんだ」

唖然とする私は、今にも卒倒しそうなほど衝撃を受けていた。

初めて会ったときから、ずっと前から私のことを……？

「あの、このことは……おじさまたちは」

「知ってるよ？　もちろん。初めて会った日の夜、父上には『ルーシーと結婚してもいいか』って聞いたからね。まぁ、婚約は『ルーシーの気持ちがジュードに向いたら』って返事だったけれど、今のところ両親共に応援してくれているよ」

ジュードは私の耳元に顔を寄せ、くすりと笑って囁く。

こんな風に触れてくるジュードも初めてだけれど、いちいちその仕草にドキドキしてしまう自分の反応も予想外で……。

「だから、噂なんていちいち否定しなくてもいいんだ。俺が卒業するまであと二年、その間にルーシーを口説き落とせれば問題ない」

いえ、問題しかないんですが!?

「私は……」

仲のいい義姉弟でいたい。正直な気持ちを告げようとすると、ジュードが途中でそれを遮る。

「言わせない」

「っ!?」

頬にチュッと軽くキスをされ、私は飛び上がるほど慌てふためいた。

座席の端まで逃げると、ジュードはあははと軽い笑い声を上げる。

「義弟としか思っていない、なんて言わないで。これから先、まだ時間はあるんだから」

かわいい義弟が、なんだか知らない人に見える。

体格や声が男らしくなったことはもう随分前からなんだけれど、今目の前にいるジュードは知らない男の人に思えた。

かわいいジュード。たった一人の愛すべき義弟。

ちょっとそっけなくて、でも私のことをいつも気遣ってくれる優しいところもあって、冷めた目で睨む顔も、照れて目を伏せる仕草も、私は全部大好きなのに。

これから一体、私たちの関係はどうなってしまうのか。何より、私はどうしたらいいの？

不安に駆られた私は、ぎゅっとスカートを握りしめて呟く。

「………です」

「え？」

涙がぼろぼろと零れ落ちる。私はきつく目を閉じ、思いきり叫んだ。

「私はツンデレのジュードが大好きなんです‼　こんなの私のジュードじゃないぃぃぃぃ‼」

「はぁぁぁ⁉」

さようなら、平穏な日々。

かわいい義弟としてのジュードに未練たらたらの私は、邸に着くまでずっと大号泣で彼を困らせるのだった。

＊＊＊

「はい、ルーシー。あ〜ん」

「…………自分で食べられ……んぐ、ん…………おいしい、です」

衝撃の告白から一カ月。

ジュードの態度は驚くほど軟化し、ツンデレのツンが行方不明になってしまった。デレだけが残り、彼は私を甘やかすことに全力を尽くしている。

毎朝一緒にいただく朝食も、向かい側の席から隣に移動し、ハムや野菜を食べやすく切り分けては私に食べさせてくるのだ。

学院が長期休暇に入ったこともあり、ジュードが邸にいる時間は格段に増えた結果、私と過ごす時間も長くなるわけで……。義弟の猛攻に、私はなすすべなく翻弄されている。

現在、おじさまとおばさまは領地へ帰っているので、今この邸の主人はジュードだ。使用人たちは誰一人として異議を唱えず、「まぁ仲良しですね」と温かい目を向けてくる。

リンによると、ツンデレがデレだけになることはままある展開だそうで、「恋愛小説では溜まった愛情が爆発してデレだけ残るんですよ！」と熱弁されたが現実には到底受け入れられない……。

しかも、今日はおじさまたちの代理で、義姉弟揃って教会のセレモニーと茶会に参加する予定だ。大聖堂が新しくなったのでそのお披露目と、さらなる寄付金を募るイベントを兼ねているそうで、国内の有力貴族が一堂に会する場という。

半日かかる催しのため、当主が高齢ならば代理を立てることはよくあると言われたけれど、おじさまはどう考えても高齢じゃない……。

セルジュからおじさまに代理参加を提案したのはジュードだと聞き、なんだか外堀を埋められているような気がしてならない。

「ルーシー、用意できた？」

ちょうど準備ができた頃に声をかけられ、私はくるりと振り返る。

わざわざ私室まで迎えに来た義弟は、紺色の盛装がまたよく似合っていた。

それなのに、私を見て開口一番「きれいだ」と言って微笑むのだから恥ずかしくて堪らない。

「その柔らかな水色は涼しげでいいね。白い肌によく映える」

「あ、ありがとうございます……」

こんな風に褒められるのは、これまで一度だってなかった。私は目を合わせることができなくて、そっけない態度になってしまう。

ジュードはそんな私に呆れもせず、平然とした様子で出発を促した。

「行こう。もう時間だ」

さりげなく手を引かれ、私の心臓がどきりと跳ねる。

つい最近まで手を繋いでも何にも思わなかったのに、なぜか胸がざわめくから困る。

馬車の中でも自然とは言い難い態度を取ってしまい、これまで自分がどんな風にジュードと話をしていたのかまったく思い出せなくなっていた。

ジュードはこんな私といて、嫌にならないのかしら？

正面に座る義弟をじっと見つめると、にこりと微笑まれてさらに私は動揺する。

「かわいい」

「⁉」

誰なの⁉　ねぇ、この人は誰なの⁉

私がよく知るツンデレ義弟は、あの日以来いなくなってしまった。

そして、ジュードの言葉や仕草にいちいちどきりとしてしまう自分はもっと意味がわからない。

私こそどうしてしまったんだろう？

流れる景色を見て意識を必死で逸らしつつ、大聖堂に早く着いてほしいと願った。


大聖堂に到着すると、そこにはおじさまの知り合いや同じく代理で来ているフェルナン様がいて、ジュードと共に挨拶回りに勤（いそ）しんだ。

それから二時間に及ぶセレモニーに参加し、聖職者と同じテーブルについて食事をする。

教会の食事は質素だと聞いていたけれど、今日ばかりはセレモニーのために一流の料理人が腕を振るっているそうで、肉や魚など幅広い料理が提供された。

「食事の後に讃美歌って、寝てくれって言うようなものだよね」

「ふふっ」

ジュードが突然そんなことを言うものだから、私はつい笑ってしまった。

隣に座る義弟は、長い脚を組んで前を向いたまま小声で話す。

「帰りに街へ寄ろうかと思っていたけれど、この調子なら随分遅くなりそうだね。今日はちょっと無理か」

「そうですね」

「デートはまた今度かな」

「⁉」

驚いた私は、ひゅうっと息を呑んだ。

ジュードは不満げにこちらを見て「そんなに驚かなくても」と呟く。

しばらく無言でいると、膝の上で握っていた手にジュードの大きな手がそっと重なった。飛び跳ねなかっただけ、自分で自分を褒めたい。

眠ってしまうかもと思った讃美歌なんてまったく耳に入ってこなくて、恥ずかしさや戸惑いに翻弄されている間にすべてのセレモニーは終わっていた。

そして、見知った顔ぶれが続々と退出していく中、もう限界だと思った私は弾かれたように席を立つ。

「私っ、ちょっとお化粧を直してきます！」

「ルーシー⁉」

彼の手を振りほどき、慌てて人々の間をすり抜ける。

二重に生地を重ねたドレープを両手で摑み、必死で化粧室まで走った。

ジュードのことで頭がいっぱいで、私はここ最近ずっとおかしい。いや、以前からジュードのことで頭はいっぱいだったけれど、昔の気持ちとは明らかに違っていて。

化粧室に飛び込むと、バクバクと激しくなる心音が治まるまで、扉を背にして閉じこもる。

「ジュードは、義弟なのに……！」

とても、よくない予感がする。

触れられると胸がドキドキして、そばにいると気が落ち着かずについ目で追ってしまう。微笑まれると恥ずかしいやら胸が苦しいやら、顔が熱くて堪らなくなる。

これまで普通にできていたことができなくなって、戸惑ってばかりいる。

これは、恋愛小説でよくある症状だわ。

「嘘……」

あり得ない。

気づきたくなんてない。ジュードはずっと義弟で、これからも変わらないと思っていたのに。

なんでいきなりこんな風になってしまったのか。もしかして、ジュードが私に必要以上に接触し始めたから？

私は無意識のうちに、首から下げていた母の形見の指輪をぎゅっと右手で握りしめる。

心の中で冷静になるように言い聞かせ、どうにか平常心を取り戻そうと必死だった。

そうよ、私がジュードを恋愛的な意味で好きかどうかなんてまだわからないわ！　もしかすると、ほかの人に触れられたとしても同じようにドキドキするかもしれないし。

私はこの感情を認めたくなくて、無理やり自分を納得させようとする。

きっと異性に慣れていないせいだ、と。

「戻らなきゃ」

急に冷静になって自分の状況を思い出す。ジュードを置いてきてしまったから早く戻らないと。

化粧室の扉を開けると廊下には誰もおらず、私は急いでセレモニー会場へ向かって歩いた。

「あら……？」

しまった。どこもかしこもアイボリーの壁で、扉はすべて重厚なダークブラウン。どっちから来たのかわからなくなってしまった。

この廊下を進んでいけば、本当に元の場所に戻れる？

キョロキョロとあたりを見回していると、見知らぬ男性に声をかけられた。

「これはこれは、ウェストウィック公爵令嬢ではありませんか。どちらへ行かれるのです？」

振り返ると、そこには薄茶色の髪の青年がいた。二十代前半の貴族令息だと思われる。

私のことを知っているということは、どこかの夜会で会った人かしら？

「ごきげんよう。セレモニーの会場へ戻りたいのですが、迷ってしまって……」

正直に話すと、彼はなぜかパァッと表情を輝かせた。

「そうですか。ならば、会場とはいわず、私が公爵家までお送りいたしましょう。さぁ、こちらへ」

「え？　いえ、それはさすがに」

断ろうとした瞬間、彼は強引に私の腕を摑んで身を寄せてきた。

背筋に冷たいものがゾクッと走り、恐怖のあまり声が出ない。

「――っ！」

「おや？　顔色が優れないようだ。やはりお送りいたしましょう」

腕を摑まれただけでなく、背後から肩を抱かれるようにして押さえつけられ逃げることができない。ジュードに同じようにされるのとは、全然違う。

密着する身体に、気持ち悪いと思った。

知らない男性と二人きりになっちゃいけないって、夜会では常に警戒していた。でも今は、日中だからと油断していたと後悔する。

「何が、目的ですか……？」

かろうじて出た声は、震えている。

彼はそれがよほどうれしいのか、声色にははっきりとそれが感じられた。

「大丈夫、おとなしくしていれば優しくしますから」

答えになっていない。怖くて力が入らず、どうすることもできないまま引きずられるようにして廊下を移動する。

私が抵抗しないと思ったのか、彼は歩きながらうれしそうに話し始めた。

「あなたには私と関係を持ってもらい、妻になっていただきます。そうすれば、我が家は再興できる」

意味がわからない。強引な手段に出ればおじさまの怒りを買うだけで、結婚なんて絶対に認められない。ウェストウィック公爵家を利用することはできないのでは⁉

どうする？　叫ぶ？　そんなことをしたら公爵家の娘が乱暴されそうになったって噂になってしまう。おじさまたちに迷惑が……！

私が世間体を気にして助けを求められない、それすらもこの男の計算なのか、彼は愉悦に満ちた目で私を見た。

「かわいそうですね……。恨むならご当主と義弟君を恨んでください。我が妹と一方的に婚約を解消したからこんなことになるんですよ」

「妹さん？　婚約、解消？」

ジュード様には、かつて婚約者がいたことは知っている。お相手は、どこかの侯爵令嬢だったはず。でもあれは、五年くらい前のことだ。ジュード様は「色々あって、父上の判断で婚約はなくなった」って言っていたような。

妹さんの恨みを晴らそうとして、私にこんなことを……？

でも、一方的に婚約を解消ってどういうこと？　私が聞いていた話とは違う。

「こ、こんなことしても、意味は」

今は考えるよりも、この人に思いとどまってもらわなければ。はっと気づいて、必死で声を振り絞る。ただ、彼は聞く耳なんて持たなかった。

「意味？　はっ、ジュードのあの澄ました顔が歪むところが見られればそれでいい」

「そんな」

「エマがどんな思いで、婚約解消を受け入れたか……！　俺が家の再興に駆けずり回っている間に、妹は年老いた商人の男の後妻になっていたんだ。それなのにジュードはエマのことなんてすっかり忘れ、今では呑気に義姉に夢中だと……？　噂を聞いたとき、愕然としたよ。妹があまりに哀れで、恨みを晴らしてやらないと気が済まない！」

憎悪を孕(はら)んだその声に、私は息を呑む。

「ジュード……！」

私に何かあったらジュードが悲しむ。それだけは嫌だ。

それに、迷惑をかけることも嫌だけれど、このままこの人に連れ去られたらもう二度とジュードに会えないかもしれない。

逃げなきゃ。抵抗しなきゃ。

私は両腕を必死でばたつかせ、男から逃れようとする。

「離して‼」

「っ⁉」

力では敵わないけれど、抵抗して時間稼ぎをしていれば誰かが来てくれるはずだ。

――ガッ！

私の拳が、男の目元にぶつかる。

それと同時に、首から下げていた母の形見の指輪がヒュンと音を立てて飛んでいく。けれどそれに構っている余裕はなく、私は必死で抵抗を続けた。

しかしそれが男の怒りに火をつけ、右手が大きく振り上げられる。

「このっ！　おとなしくしろ！」

叩かれる。

そう思ってぎゅっと目を瞑った瞬間、私の前に暗い影が差した。

「何をやっている……！」

地を這うような声がして、ぱっと目を開けるとそこにはジュードがいた。

彼は男の手を掴み、今もなおギリギリと力を込めている。

「うぐぅっ！」

「ルーシーに何をした！」

相手が苦悶の表情に変わり、私は慌ててジュードの背中に縋りつく。

「ダメです！　それ以上は……！」

ジュードは投げ捨てるように相手の手を放し、私を左腕で抱き込んだ。

「ジェルダン、一体どういうことだこれは！」

男を睨むジュードの目は、今まで見たことがないくらい鋭く恐ろしい。

でも、床に倒れた彼がジュードに怯むことはなかった。

「どういうことも何も、全部おまえが悪いんだ！　エマはおまえと結婚できることを夢見ていたんだ……！　それなのに、たかがあの程度の噂で婚約を解消するなど非情すぎるだろう！」

悲痛な叫び声が廊下に響く。

私はジュードの上着を摑んで、身を強張らせていた。

「大丈夫だ」

耳元でそう囁かれ、背中を撫でて宥められる。助かったのだと思うと、安堵で目頭が熱くなった。

ジュードは私をしっかりと抱き締め、そして険しい顔つきで言い放つ。

「婚約解消は必然だった。事実として、ベルナール侯爵家は王家から処分を受けているだろう。ウエストウィック公爵家に非はない」

そうだ、ベルナール侯爵家だ。脱税と収賄の罪で裁かれ、子爵位までその地位は下がり、領地を半分に減らしたんだ。私は頭の中で、おじさまやジュード、それにセルジュから聞いた話を繫ぎ合わせていく。

床に拳を叩きつけ苛立ちを露わにするその男は、この期に及んでも嘆いていた。

「だとしても妹は……！　妹は何も、知らなかったんだ！　エマはおまえを……」

ジュードはその言葉を受け、納得いかないという風に眉根を寄せた。

「エマは納得してくれた。なぜそれを今さら」

「今さらだと？　エマがどうなったか知らないからそんなことが言えるんだ⁉　エマは爵位も持たない豪商の後妻になったんだ！　十五で、三十の男の後妻だぞ！　そもそもウェストウィック家が口添えしてくれれば、あの程度のことはもみ消せたんだ！　それなのに、あっさり手を引くなんて薄情だと思わないのか！」

身勝手な言い分に、ジュードは呆れていた。

「何をふざけたことを。父の判断は正しかった。不正をしたベルナールに手を貸すなどできるわけがないだろう。今、おまえの家が取り潰しになっていないだけありがたいと思え」

二人の言い分でどちらが正しいかなんて明白で。エマさんのことを思うと胸が痛いけれど、だからといってジェルダン様がやろうとしたことは絶対に間違っている。

「うわぁぁぁ！」

やけを起こしたジェルダン様が、ジュード様に殴りかかる。しかしあっさりと躱され、脇腹に蹴りを食らって吹き飛んだ。

無様に床に倒れ込んだ彼は、それでも悔しげに呻いている。

「おまえの……おまえのせいで」

ジュードは冷酷な目で彼を見下ろしている。そして、驚きの事実を告げた。

「エマのことは知っている。おまえより、な」

「……は？」

「後妻になったのは、豪商の男に買われたんじゃない。家が没落して落ち込んでるときに、何かと融通してくれて励ましてくれた商人の男を好きになったそうだ。去年、エマ本人から手紙をもらったから間違いない」

ジェルダン様は愕然としていた。

そんな彼に軽蔑の眼差しを向けたジュードは、さらに話を続ける。

「おまえは今まで何をやっていたんだ？　ベルナール再興のために勉学に励むと言って他領へ逃げ、ようやく困窮を脱したところで弟から奪うように領地の仕事を引き継いだらしいじゃないか？　自分では努力しているつもりだったんだろうが、そんなおまえだからエマは距離を置き、結婚のことも知らせなかったんじゃないのか？」

酷い……。自分では再興のために奔走していたように言っていたのに、ジュードの話とは全然違う。しかも、彼はぐっと押し黙っていて、反論できなくなっている。

なんて勝手な人なの⁉　私は心から軽蔑した。

だいたい、エマさんが結婚したことすら今の今まで教えなかったって、相当に嫌われているのでは？　彼女はもしかしたら、自分の夫の商売を兄に利用されたくなかったのかも。

残念な兄にもほどがある……。

「この件については、正式に抗議させてもらう。ベルナール子爵家の処分は決して軽くないと思え」

茫然自失といった雰囲気のジェルダン様に、ジュードは厳しい声でそう告げた。

そして私に向き直ると、心配そうに肩や手に触れる。

「ルーシー、ケガは？」

今のところ、痛いところはない。私は静かに首を振った。

「間に合ってよかった」

ジュードは安堵の息を漏らし、愛おしげに私の頬を撫でる。

「あ、指輪……」

廊下の端に目をやると、形見の指輪は新緑色のガラス玉が砕け散っていた。イミテーションで、なおかつ古いものだから、壁にぶつかった拍子に壊れてしまったらしい。

「宝石商に修繕できるか聞いてみよう」

ジュードはそれを拾うと、自分の上着のポケットに入れる。無理だということはわかっていても、そう言ってくれることがうれしかった。

「行こうか」

目が合うと、胸がぎゅっと締めつけられるようで苦しい。

思わず俯いたそのとき、突然ぐっと横抱きにされ私は思わず悲鳴を上げた。

「えっ、きゃぁ！」

慌ててジュードの首に手を回すと、彼のきれいな顔が近くにあって急激にドキドキし始める。

ロアンさんにもこうして運ばれたことはあるけれど、あのときジュードは私を運ぶどころかその場で抱き上げることすら難しかったはず……。

それが今では、しっかりとした足取りで歩いていっている。

――俺、ルーシーを守れるようになるから。

ふいに思い出した言葉。ジュードの顔を直視できなくなった私は恥ずかしさが込み上げ目を瞑る。

セレモニー終了から随分と時間が経っていたので、すでに人影はまばら。ほとんど誰にも見られることなく馬車まで行くことができたのは救いだった。

ただし、ジュードが私を抱きかかえて歩いてくるのを見た御者だけは呆気に取られていた。

驚くよね。わかる、私も驚いています！

私たちが乗り込むとすぐに扉は閉まり、ゆっくりとした速度で出発する。

ジュードは隣に座り、再び私の肩や手に触れ、ケガがないか改めて確認し始めた。

「大丈夫です、本当に……！」

「きちんと確認しないとわからないだろう」

「いえ、でも大丈夫なんです」

言い終わるよりも早く、ジュードの腕が私を絡め取る。ぎゅうっと抱き締められて、また一段と心臓が高く跳ねた。

「ごめん、ずっとそばにいればよかった」

勝手に走っていったのは私なのに、あまりにその声が切なくて申し訳なく思う。

私はおそるおそる彼の背中に手を回し、同じように抱き締めてみた。

「本当に、ケガなんてしていません。だから嘆かないで」

ほんの少し顔を上げたジュードは、苦しげな声で尋ねる。

「怖い思いをさせてすまなかった。……守れなくて情けない」

「そんな！　助けてくれたじゃないですか！」

今こうして無事でいられるのは、ジュードのおかげだ。来てくれたときは本当にうれしかった。

私はぎゅっと腕に力を込めて、そのぬくもりを享受しながら呟く。

「とてもかっこよかったです」

馬車の中に、静寂が流れる。

目を閉じてぬくもりに浸っていると、ジュードが突然弾かれたように離れて私を凝視する。

「…………は？」

「え？」

何かおかしなことでも言った？

見つめ合うこと数秒、ジュードは確認するように言った。

「かわいい、じゃなくて？」

「え」

私はさっき何を？　ジュードのことをかっこよかったと、そんな風に見えた？

「えーっと、かっこいいというかかわいいのは昔からで、だからなんというか」

だんだんと、顔が真っ赤になっていっているのがわかる。

狼狽える私。にやりと意地の悪い笑みを浮かべるジュード。

あ、これはたぶんダメだ。

そっと離れようとしたら、すぐそばにあった壁に追い詰められる。向かい側の席に移動しようとすると、顔の両サイドにトンッと手をつかれて閉じ込められた。

「ねぇ、さっきどう思ったの？」

「ひぃ！」

背後には壁、前にはジュードの顔。囁くように尋ねられ、私は卒倒しそうになる。

「ちょっとは意識してくれたってこと？　それともまだ義弟だって思ってる？」

「――っ！」

ドキドキして息がしにくい。迫られている状況は同じでも、さっきの人に連れ去られそうになったときとは全然違う。

もっと声が聞きたい、見つめられたい。そんな風に思ってしまう。

でも！　この距離はダメ！　キスでもしそうな距離にジュードがいるのが耐えられない……！

お願いだからもう許してください！　心の中でそう願うと、あまりに切羽詰まった私の様子を察知したジュードがゆっくりと身体を引いてくれた。

圧迫感がなくなり、私は無意識に安堵の息を吐く。

そんな私を見て、尊大な笑みを浮かべたジュードは言った。

「今日は許してあげる。でも、次はないから」

「つ、次……？」

じりじりと追い詰められる獲物みたい。

すっかり大人の男性に変貌を遂げてしまった義弟を見て、私はそんなことを思っていた。

第六章　人は恋をするとツンデレになるらしい

学院の長期休暇が終わり、今日からまたジュードは学院に通う毎日が始まった。

「なるべく早く帰るから」

「はい。いってらっしゃいませ」

玄関前ホールで、使用人と共にジュードを見送る。

彼の休みがこれ以上続いて一緒にいる時間が増えたら、私はスキンシップの多さに羞恥心が爆発して死んでしまうかもしれないと本気で心配だったから、心の底から安堵した。

「うれしそうだね、ルーシー」

心の中を見透かされているようで、ジュードの一言にどきりとした。

「そ、そんなことは」

「そう？　ならいいけれど」

余裕の笑みを浮かべる義弟は、ちょっといじわるでもやっぱりかっこいい。

ドキドキしすぎて見ていられないから、私は追い立てるように言ってしまう。

「遅れますよ？　今日もご無事のお戻りをお祈りしています」

「そうだね」

お願いだから早く行ってほしい。

けれど、いつもならすぐに出かけていく彼がなかなか出発しようとしない。

正面に立つ私を見下ろし、何か言いたげな視線を送っている。

「どうかしました？」

見つめられると落ち着かないわ。

気まずさに耐えかねた私がそう尋ねると、ジュードはにっこり笑って言った。

「見送りのキスをしてもらおうかと思って」

「えっ⁉」

昔、おばさまの真似をして頬にキスをしようとしたら全力で拒否したくせに！

なぜ今になってそんなことを、と私は動揺する。

「いらないって、言ってたじゃないですか」

「うん、今日からいる」

「なっ……⁉　俺は絶対に毎日帰ってくるからいらないって言ったのはジュードですよ？」

「え、ルーシーは俺に何かあってもいいの？」

いや、おまじないみたいなものだから。それに今日まで一度もしていなくても、無事に帰ってきましたよね？

でも「何かあってもいいの？」と言われると、頑なにキスをしないのも不安になる。

「「……………」」

あぁ、ジュードの勝ち誇ったような笑みが憎たらしい……！　かわいい義弟に対して、こんな気持ちを抱くのはこれが初めてだわ。

意地を張っても仕方がないので、私は深呼吸をして覚悟を決めた。

「ちょっとだけ、屈んでください」

「はい」

ジュードは素直に従い、少しだけ屈んでみせた。

私は勢いに任せて彼に近づき、その右の頬に一瞬だけチュッと軽く唇を触れさせる。

「いってらっしゃいませ」

挨拶よ、これは挨拶なの！　家族でもする挨拶だから！

必死で自分に言い聞かせていると、ジュードが突然私をぎゅっと抱き締めてきた。

「ひゃぁ！」

心臓が破裂しそうなほどにバクバクと鳴っている。

息が詰まって気絶するかと思った。

「じゃ、いってきます」

にっと意地悪く笑ったジュードは、颯爽と出ていってしまう。

残された私はへろへろとその場に膝をつき、リンやカロルに「大丈夫ですか？」と声をかけられて支えられながら立ち上がった。

もうダメ。こんな毎日は心臓がもたない。

私はふらふらとした足取りで二階へ向かい、自分の部屋へ逃げ込んだ。

きっと真っ赤になっていると思うから、鏡が見えないように顔を背けつつ寝室へと飛び込む。

「もう、どうしたらいいの……？」

ベッドに倒れ込み、枕に顔を埋めて毎日同じことを考える。ジュードのことを思うと、そわそわして落ち着かない。

かわいい純度百パーセントだったはずなのに、急に男の人になってしまった感じが出てきてどうにもこれまで通りの態度で過ごせないのだ。

しかも私自身、ジュードとの触れ合いを嫌だとは思えないし拒めない。

では何が問題なのかって……。自分で自分の気持ちがわからなくて困っていた。

「はぁ……」

寝返りを打つと、胸元でシャラリとネックレスが擦れる音がする。

ジュードが最近くれたエメラルドのネックレスは、普段身につけるような気軽なものではない。けれど「毎日つけて」とご要望があったのでおとなしく身につけている。

『別に、わざわざ作ったわけじゃないから。いつでも捨てられるくらいのものだから。失くしたって問題ない』

あぁっ、たまに出てくるツンにやられてネックレスを受け取ってしまったわけじゃないのよ⁉

いや、ちょっと、ものすごくかわいかったから反射的に受け取ったとかじゃないのよ⁉

「はぁ〰〰」

突然の告白からジュードも変わったけれど、一番変わったのは私自身だ。

歩くときに歩幅を合わせてくれることも、エスコートしてくれる手の優しさも、何をするにも労るように見守ってくれる穏やかな顔つきも、これまでだってあったこと全部が「私を好きだから」

に繋がっていると実感してしまう。

おかしい。絶対におかしい。

「あああぁー！　ダメよ、義弟は義弟なのよ～！」

足をバタバタさせて悶えていると、扉の方からひょこっとリンが顔を出した。

「ダメじゃないですよ～。背徳的な感じがして素敵です～」

恋愛小説大好きっ子は、私たちの状況を楽しんでいた。

「背徳的って、他人事だと思って」

恨みがましい目を向ける私に対し、リンはにっこり笑った。

「いいじゃないですか！　本当の姉弟なら大問題になりますが、誰も反対していないんですからここはもうジュード様の胸に飛び込んでしまえば……ってさきほど抱き締められていましたね」

「思い出させないで！」

抱き締められた感触やジュードの匂いまで蘇ってしまって、せっかく引いた熱が戻ってきた。

顔が燃えるように熱い。焼け死んだらもうツンデレが見られないじゃない！

「あぁ、自分が情けないわ。公爵家の娘ならば、毅然とした態度を取らないといけないのに」

「お部屋の中でどんな風であろうと、誰かに叱られることはありませんよ。外でしっかりしていらっしゃるんですから、大丈夫です。それに、ジュード様だって外と内では随分違いますよ？」

「そうだけれど」

困り果てた私は、大きなため息を吐く。

「ねぇ、リン。恋する『好き』と姉弟の『好き』ってどう違うの？　皆は何を基準に、それが恋だと判断しているの？」

ゆっくりと身を起こしてベッドに座り、お茶を淹れてくれるリンに向かって問いかけた。

リンは、少し前から料理人のフレッドと交際している。だから彼女なら、恋する気持ちを知っていると思ったのだ。

「恋の基準ですか。その人と一緒にいたら胸がキュンとしたり、すぐに会いたくなったり、何でもないときに『今どうしているかな』って思ったりすることですかねぇ」

「でもそれって姉弟でもあり得ることじゃない？　私は昔からジュードにキュンとしていたし、会いたくなったし、どうしているかなって気になっていたわ」

「う〜ん。では、ジュード様がほかの方と手を繋いだりキスをしたりしたら嫌だって思いません？そういう触れ合いは、自分だけにしてほしいって思う感覚があれば恋ですね」

「…………」

「あ、ルーシー様、想像してみて嫌だって思ったでしょう？　ほら、やっぱり恋ですよ〜」

リンは湯気の立つ紅茶を、サイドテーブルに置いてニコニコと微笑む。

それを見ていたら、からかわれた仕返しをしたくなってきた。

「リンはもうフレッドと手を繋いでキスしたの？」

「へっ⁉」

慌て始めるその反応から、もうすでに経験したのだとわかる。

「そ、それはやっぱりお付き合いしている上でそれなりにいい感じの空気になったら発生する事案と申しますか」

「事案って」

「私のことはいいんです！　今はルーシー様がジュード様とどうなりたいかってお話ですよ！」

真っ赤になるリンは、恋する乙女の顔だった。

いいなぁ、楽しそうで。ほのぼのとした空気になり、私は自然に頬が緩んだ。

「ねぇ、リン。出かける準備をしてくれる？　ケイトリンに会いに行きたいの」

悩んだとき、持つべきものは友人である。

彼女なら、今日もお邸でのんびり刺繍をしているに違いない。花嫁修業もほとんど終えてしまい、毎日寛(くつろ)いで過ごしていると聞いているから、急に連絡しても大丈夫だろう。

「ゼイゲル伯爵家ですね。わかりました。お着替えと馬車の用意をいたします」

「ありがとう。よろしくね」

出かけるとなれば、装いを改めなくては。

寝室から衣装部屋へ移り、私は明るいターコイズブルーのワンピースを選ぶ。歩きやすいショートブーツを履き、髪をカロルに編み込んでもらえば準備は万端。

ケイトリンから返事をもらってすぐ、御者と護衛と一緒に馬車に乗り込んだ。

＊＊＊

お伺いを立ててから二時間後。

ケイトリンからは「ちょっと遅めのランチでも一緒にどうか」と快い返事をいただいたので、私はおみやげの菓子を手に伯爵家を訪れた。

「よく来てくれたわね……って、どうしたのですか？　そんなこの世の終わりみたいな顔して」

「ちょっと色々とあって」

日よけの設置されたテラスへ向かうと、そこにはおいしそうなパンや魚のムニエル、冷製スープなどが用意されていた。氷は貴重だから、冷たいスープを用意できるのは財力の証である。

席につくと、ケイトリンは不思議そうな顔をして尋ねた。

「本当にどうしたんです？　突然連絡を寄越すから、てっきり婚約が決まったのだとばかり」

そういう受け取り方があったのね!?

私は驚いて大きく目を見開く。

「婚約だなんて……！　違います、結婚話なんて」

顔を赤くして否定すると、ケイトリンはこてんと首を傾げて不思議そうな顔をした。

「え？　まったくないんですの？　先日、あれだけ仲睦まじく何曲も踊っておきながら？」

何かあるんでしょう？　とその目は言っている。

「………実はそのことで相談に」

親友相手に、中途半端に隠しても仕方がない。

食事を取りながら、私はこの二カ月間のうちにあったことをぽつりぽつりとケイトリンに伝えていった。

彼女は「あら」「まぁ」「なんてことでしょう」と驚き、けれどとても楽しそうに話を聞いていた。

「素敵！　ずっと義姉を想ってきたなんて、まるで恋物語のようだわ！」

ケイトリンは頬に手を添え、どこか遠くに想いを馳せるかのようにうっとりとしている。恋愛小説が大好きだから、最初から義理の姉弟で禁断の恋を……って言っていたものね。

奇しくも私は、親友の希望を叶えてしまったことになる。

「でも、困っているの。急に態度が変わってしまって、恋人にするような扱いを受けたら気持ちが落ち着かなくて」

話しているとジュードの態度や言葉を思い出し、恥ずかしくなって目を伏せた。

「あら、お嫌なの？」

嫌じゃないから困っている。

俯いた私を見て、ケイトリンはふふふと含み笑いになった。

「よいのでは？　嫌ならどうにかして逃げる方法を考えないといけないけれど、ルーシーだって憎からず想っているのでしょう？　ならば、何も問題はないと思います」

「それは、そうかもしれないけれど……」

膝の上にあるナプキンをぎゅっと握りしめ、私は苦悶の表情を浮かべた。

もやもやした気持ちになってしまうのはどうしてだろう？

義姉として認めてほしくてがんばってきたのに、それがもう叶わないから意地になっている？

それとも、実は私を好きだなんて嘘なんじゃないかって不安？

自問自答を繰り返すけれど、何も答えは見つからない。

「ジュードを好きになってはいけないような気がするの……」

結婚相手としては申し分ない。でも、なぜだかそんな気がしていた。

いきなりそんなことを言われたケイトリンはきょとんとした顔になったけれど、すぐに「あぁ」と何かに思い当たって口を開く。

「もしかして、お母様の一件を気にしているのですか？」

「え……？」

顔を上げると、ケイトリンがまっすぐにこちらを見つめていた。

「社交界デビューの日、おじいさまとおばあさまにお会いして『お母様のようになってはいけない』と言われたんですよね？」

ケイトリンは、遠慮がちにそう口にする。

私は彼女と目を見合わせたまま、「あ……」と声を漏らした。

「ルーシーは『ジュード様が励ましてくれたからもう忘れるわ』って言っていましたが、今でも気にしているのでは？」

今でもはっきり思い出せる。祖父から、「恋などするな」と言われたことを。「恩を仇で返すようなことはするな」とも言われた。

もうあれは過ぎたことで、なんとも思っていないつもりだった。

けれど、私は無意識にあの言葉に縛られていたのかも。気にしていないつもりが、私の中であの言葉が呪いのように巣くっている。

そうか……。だから、ジュード様の態度が変わったとき、自分の心の変化に怖くなったんだわ。

恋をしちゃダメだ。恋なんてしたら、周りを不幸にしてしまうって思い込んでいたんだ。

ケイトリンは、黙り込んだ私に向かって穏やかな声で諭す。

「ねぇ、ルーシー。ジュード様とだったら、誰からも反対なんてされないわ。公爵様だって許してくださるでしょう？」

「ええ、そうみたい」

「お二人が互いを好きになったとしても、誰にも迷惑なんてかからないでしょう？」

「そう、ね」

おじさまもおばさまも、むしろ私たちの結婚を望んでくれている。見事なまでに、誰からも反対されていない。私たちは、父と母とは状況がまったく違う。それはわかる。

私は自問自答し、何度も頷いた。

「なら、安心して好きになったらいいんじゃなくて？　しかもジュード様から告白してきたんですよ？　あとはルーシーが受け入れれば、万事丸く収まるのでは？」

ケイトリンの言うことは、もっともだった。一つ一つ事実を並べていくと、何も障害がないと改めてわかる。

けれど、いざ好きになってもいいと言われても、自分の心がうまく解放できない。

深いため息を吐き、私は沈んだ声で打ち明ける。

「ジュードを好きになってもいいって頭で理解できても、気持ちがまだ追いつかないみたい」

誰からも反対されていなくても、恋はよくないものだって無意識で恐れてしまう。

それに、今までの関係が変わるのも怖い。

彼を好きになって、いつか心が離れてしまったら？　そんなの耐えられそうにない。

姉弟ならば終わりも来ないし、万が一嫌われたとしても一方的にでも「かわいい」「好き」って思っていられる。

とにかく怖いものだらけで、身動きが取れなくなっていた。

「恋って複雑なんですね」

ケイトリンの言葉に、私は苦笑いで頷く。

「けれど、ジュード様はルーシーをずっと想ってきたんでしょう？　正直に気持ちを話して、待ってもらうのはいかがです？」

十二歳のときから私だけを想ってくれていた彼に、こんな中途半端な気持ちなんだと打ち明けても大丈夫？　これ以上待ってほしいなんて、言ってもいいのかしら？

私は、どうしたものかと眉根を寄せて真剣に悩む。

ジュードを傷つけたくない。それに、私も彼に嫌われたくない。

何もかもがどっちつかずで、自己嫌悪に陥っていく。

「待たせてもいいのかしら？　もう四年も想ってくれているのに」

「でも、お断りされるよりはマシでしょう？」

「それは、そうね……」

「あぁ、でも社交界でたくさんの方を知ってみてもいいかもしれませんね。ジュード様は容姿も身分も何もかも揃ったお相手ですけれど、ルーシーにもっと合う人がいる可能性はありますよね？決断できないのであれば、ほかの結婚相手を探すということを考えてみるのもいいと思いますよ？」

出会いの場を広げてみては、と提案するケイトリン。私は即座にそれを否定した。

「私にジュード以上の人はいないわ。だってジュードのかわいさは世界一よ？　もうすぐ秋が来るけれど、毎年私のために暖かいショールを買ってきてくれて、私に気づかれないようにメイドにそれを託すの。でも私はわかっているから『ありがとうございます』ってお礼を言ったら、『余りものをやっただけなのに礼をいちいち言うな！』って顔を赤くして怒るのよ。かわいすぎでしょう⁉　ショールが余るってどんな状況？　店でもやっているのかしら⁉　ってツッコミが止まらないわ」

この世で一番、義弟がかわいい。あの不器用な愛情表現が堪らない。

テーブルに身を乗り出して熱弁すると、ケイトリンにクスクスと笑われた。

「ふふっ、あなたがジュード様大好きなのはよくわかったわ」

「そんな……、その、大好きだなんてそれはその」

指摘されると急激に恥ずかしさが込み上げる。

けれど、そんな私を見てケイトリンはからかうように口角を上げた。

「ねぇ、気づいています？　前までは、同じことを言っても『そうなの大好きなの！』って全力で肯定していたのよ？　けれど今は、そうやって照れていてとてもかわいらしいわ」

「⁉」

「恋する乙女の顔ですよ。もう諦めて、ジュード様に好きだってお返事すればよろしいのに」

さすがに認めざるを得ない。

熱を持った頬を手で冷やしながら、私はうしろめたい気持ちと闘う。

「でも、告白されてからまだ二カ月しか経ってないの。これまで義弟と思ってきたのに、急に心変わりしたみたいに思われない？」

「時間は関係ないですわ。ね、今日お邸に戻ったらきちんと伝えてくださいね？」

語尾を強められ、私は観念してこくりと頷く。

ケイトリンは自分のことのようにうれしそうに微笑み、デザートのチェリーパイをぱくりと食べて言った。

「あ、そうだわ！　国立庭園のお花が見頃らしいの。せっかく来たんだから、悩んでいるよりきれいなお花を見て楽しく過ごしましょうよ。きっといい気分転換になりますわ！　お兄様も家にいるから、連れていってもらいましょう」

使用人がすぐにフェルナン様の部屋へ向かい、おでかけの準備が始まる。

この兄妹の力関係は、妹の方が圧倒的に強い。フェルナン様に拒否権はないようだった。

帰ったら、ジュードに気持ちを伝える。何度もそう胸の中で繰り返し、しばしの安らぎを求めて国立庭園へと出かけるのだった。

＊＊＊

国立庭園は海のそばにあり、小高い丘から見下ろす美しい水面（みなも）は絶景だった。

まだ養女になってすぐの頃、おじさまが私を連れてきてくれたことがある。そのときよりも花や草木の種類が豊富になっていて、アネモネやダリアが咲き乱れる様はいつまでも見ていたくなるほどきれいだった。

ただし、今隣にいるフェルナン様は不幸でもあったような顔つきで落ち込んでいる。

彼の全身からどんよりした空気が放たれていて、今にも海に飛び込みそうだと不安になった。

「あの、元気出してください」

「…………あぁ」

兄妹と私で、国立庭園までやってきたまではよかった。

しかし着いて早々、フェルナン様が恋心を抱いていたご令嬢が、仲睦まじい様子でデートしているところに遭遇してしまったのだ。

しかも、お相手がものすごく美男子だった。

数々のご令嬢と浮名を流しているという有名な方で、私も夜会で誘われたことがあるけれど、おじさまの「踊ったらいけない人リスト」にばっちり入っている方だった。

「夜会で話したときには、好感触だったんだけれどなぁ」

「切ないですね」

またもや、失恋記録を更新してしまったらしい。

「うちの方が格上だから、気を遣って話を合わせてくれたのかもしれない。私はそれを真に受けて、婚約を申し込んでもいいだろうかだなんて想像して浮かれていて……。消えたい」

「消えないでください！　女性はたくさんいます！　大丈夫です‼」

ベンチに座ったまま動かないフェルナン様を放置し、ケイトリンは護衛を連れて楽しそうに花々を見て回っている。

フェルナン様は惚れっぽいから、いちいち付き合っていられないというのがケイトリンの本音だろう。

フェルナン様がこれまでにも何度も失恋しているのは知っているけれど、ここまで落ち込んでいる姿は初めてで、どうしていいものかと黙り込んでしまった。

「父がね、そろそろ引退したいと言い出したんだ。だから爵位継承のために、妻帯していた方がいいのではと周囲も見合いを勧めてきてね。何度かがんばってみたものの、どうにも気位の高い女性は苦手なんだ」

どこのおうちも色々な事情があるんだなぁと、私はフェルナン様の話を黙って聞いていた。

彼もたぶん、ただ聞いてほしいだけだろうし……。

はぁ、と盛大にため息を吐いたフェルナン様は、遠い目をして自身の境遇を嘆く。

「私がどの家の娘と縁づくかで、ケイトリンの縁談にも影響が少なからず出るからね。少しでも良縁をと思っているんだが、なかなかうまくいかないよ」

「そうですか……」

私も前を見たまま、鳥たちが飛んでいるのをぼんやりと眺めて返事をする。

跡継ぎとして、兄としての立場や今後の懸念は想像以上に複雑なようだった。

「ウェストウィック公爵家は、跡取りがジュード一人だろう？　うちは弟が二人もいるから、私がいつまでも独り身でいたら彼らが身を持て余すことになってしまう。そろそろ婚約をと、昨日も父から急かされたばかりなのにこの有様。もういっそ、親戚から寄越された見合いを二つ返事で頷いてしまおうかとさえ思うよ」

フェルナン様は自嘲ぎみに笑い、投げやりに話を続ける。

「ジュードくらい顔がよければ、きっとこんなに悩むこともなかったかなぁ。学院でも数少ない女子生徒は皆ジュードのことが好きだって言われているくらいモテてるし、茶会をすればご令嬢方がこぞって話をしたがって頬を染めて……。羨ましいよ」

確かに義弟はあの美形で、しかも外面がいい。

これまでジュードにフラれたご令嬢はたくさんいる。

フェルナン様は学院でそれを見聞きしてきたから、私よりもジュードの周辺情報に詳しかった。

「あぁ～。私はなんて不幸なんだろう。顔も性格も家柄もそこそこで、忌避される要素はないのに。しかもうちって裕福だから、嫁いでくれたら優雅な暮らしを約束するのに。ジュードは何もしなくても女性が寄ってきて、本当に羨ましい。それに結局は、ルーシーにも振り向いてもらえるんだからなぁ」

まるでこの世で一番不幸な目に遭った、とでも言うように彼は頭を抱えて落ち込んでいる。

私は隣をちらりと横目に見て、苦笑いで言った。

「……フェルナン様。ちょっと失恋でおかしくなっていますよ？」

いつもはしっかり者なのに、恋愛面はまるでダメなフェルナン様。愚痴に付き合いきれずに逃げたケイトリンの気持ちがよくわかる。

フェルナン様はだんだんと話が逸れ始め、面倒な人になっていた。

「おかしくもなるよ。あぁ～やはり男は顔なのか？　顔だな⁉　ジュードの顔になりたい……」

「いい加減になさいませ！」

じめじめした空気に耐えられず、私はつい苦言を放った。

初めて私が声を荒らげたため、フェルナン様はぎょっと目を見開く。

「顔だけでどうにかなるなら、ジュードはすでに国を統べるくらいできておりますよ！　数多のご令嬢に言い寄られても決してなびかず、誠実な対応をしているからこそまたご令嬢方がジュードに恋をするのではないでしょうか⁉　それに名門公爵家の跡取りの勉強ってものすごく大変なんですよ⁉　フェルナン様もそれはそれは努力なさっているのでしょうけれど、物心ついたときから広大な領地を視察に回って、領民たちに少しでもいい暮らしをしてもらいたいと一生懸命がんばってきたジュードは本当に本当に素晴らしいんですから！　たとえ、かっこいいともてはやされる容姿でなくても、どんなジュードでもきっと素敵なんです！」

「ご、ごめんなさい……」

一気に言いたいことを言い放った私を見て、フェルナン様は茫然としていた。

私は私ですっきりして、満足げに笑みを浮かべる。ジュードのことを、顔がいいから全部うまくいくなんて言われては我慢ならない。私は彼がずっと努力する姿を見てきたのだから。

けれどここで、背後から消え入りそうな声がかかる。

「ちょっ……ルーシー」

「え？」

軽く振り返ってみれば、そこには真っ赤な顔で居心地悪そうにしたジュードが立っていた。

すぐそばには、ケイトリンと護衛の姿もある。

「なんでこんなところに⁉」

大慌てで立ち上がった私を見て、ジュードは苦悶の表情のまま呟いた。

「ケイトリンが連絡を……、学院に」

「それで迎えに来てくれたのですか⁉」

ジュードは、目を伏せた状態でコクンと小さく頷く。

もしかして、さっきの話を聞いていたんだろうか。いや、これは絶対に聞いていたはず……。

「「…………」」

沈黙する私たちの脇を、ケイトリンがささっと横切り、フェルナン様の腕を掴んで強引に立たせた。

「おほほほほほ、それではジュード様、ルーシー。またお会いいたしましょう。それでは！」

金髪を風になびかせたケイトリンは、転びそうになってあたふたするフェルナン様を引きずりながら遠ざかっていった。

色とりどりの花が咲き誇る庭園で、私たちは向かい合ったままお互いの顔が見られない。気まずさから、私はかわいげのないことを口走る。

「迎えに来てくださらなくても、きちんと帰れましたのに。そんなにお暇でしたか……？」

あれ、これじゃ私がジュードみたいじゃない⁉　言ってしまった後の後悔がすごい‼

焦ってしまい、頬にかかる銀髪を指で耳にかけるが、挽回（ばんかい）する言葉が見つからなかった。

フェルナン様と同じく、今すぐ消えたい……と心の中で嘆く。

そんな私に対し、ジュードは冷静に返事をした。

「暇じゃない。公爵家の嫡男は忙しい。ルーシーがさっき言ってくれたみたいに」

「⁉」

さきほどのことを持ち出され、私は全身の血が沸騰したかと思うほど顔も手足も熱くなる。

両手で顔を覆い、今すぐ私を消滅させてくれと神様に懇願した。

「ルーシー」

優しい声。視線の先には、一歩ずつ近づいてくる彼の靴が見える。

「来ないでください」

私は思わず拒絶した。泣きそうに顔を歪ませ見上げると、ジュードは困ったように笑っていた。

「暇じゃないけれど、使える時間は全部ルーシーのために使いたい。迎えに来たらいけなかった？」

心臓がドキンドキンと跳ね、呼吸がしにくくなって涙が眦に滲む。

こんな顔を見せたくなくて再び両手で顔を覆いたかったが、ジュードに両の手首を掴まれてそれを制されてしまった。

今、きっと私は真っ赤な顔をしているだろう。逃げたいけれど逃げられなくて、すぐ目の前にいるジュードと見つめ合って沈黙した。

彼は申し訳なさそうに眉尻を下げ、その胸のうちを告げる。

「心配した。急に出かけるなんてしたことないのに、今日に限ってケイトリンから連絡をもらったから……。今朝、キスを要求したり強引に抱き締めたりしたから嫌われたかと思った」

私がジュードを嫌いになる？　あり得ない！

驚いて、必死にそれを否定する。

「そんなわけないです！　私がジュードを嫌うなんて……！」

気持ちの種類は違うけれど、私はずっと義弟がかわいくてかわいくて大好きだった。きっと、ジュードを好きな気持ちは一生変わらないと思う。

ジュードはホッとした表情に変わり、二人の間に沈黙が落ちる。掴まれた手をそっと解放され、私たちは向かい合って互いの様子を探り合う。

そうだ、言わなきゃ……。今を逃すと、たぶん言えなくなってしまう。

私は覚悟を決め、ごくりと唾を飲み込んで言った。

「あの……、話したいことがあるんです」

彼は、黙って私のことを見つめている。

「私、人を好きになってはいけないと思っていて。恋は恐ろしいものだって、母のようになったらいけないと思っていたんです」

臆病な私にとって、政略結婚で恩返しというのは都合がよかった。

おじさまたちの役に立ちたいって思う気持ちは本物で、今もそれは変わっていないけれど、恋をせずに生きていたかった。その方が平穏に生きられると思ったから。

「恋をしたら、何もかもを失ってしまうんじゃないかって怖かったんです。恋愛小説の中の話は大好きでも、私には関係ないって……。ジュードの気持ちから、目を逸らそうとしました」

拙い言葉を紡ぐ私。ジュードは静かに受け入れてくれていた。

「今もまだ、不安はあります。けれど、ジュードに触れられるとドキドキするし、優しくしてもらえるとうれしいし、もっと一緒にいたいと思うから」

そこまで話したとき、ふいに距離を詰めたジュードにぎゅっと抱き締められた。

心臓の音が聞こえてしまうのでは？　急に不安になり離れようとするも、すっかり大人の体格になってしまった彼は私を包み込んだまま離さない。

「それはつまり、俺のことが好きってこと？」

「――っ！」

いきなり核心を突く質問に、私は息が止まりそうなほどびっくりした。

私はジュードが好き。たったそれだけの短い言葉を言うのに、どれほど時間がかかっただろう。

彼は辛抱強く待っていてくれた。

腕の中が温かくて、じわりと涙が込み上げる。

「好き、なんだと思います」

そう口にしたら、一気に涙が溢れて止まらなくなった。

言葉にすると、これまでの苦しさが嘘みたいに解放感でいっぱいになる。

そうか。私はジュードがこんなにも好きなんだ。胸の奥の方が温かくなり、ずっとつっかえていたものがなくなったような気がした。

満足していると、ジュードは耳元で囁くように優しい声で確認する。

「誰よりも好き？」

「は、はい……」

「義弟としてじゃなくて？」

「義弟としても、好きです」

これは譲れない。今まであった気持ちがゼロになるには、まだ時間が短すぎると思う。

ジュードはクッと笑いを漏らし、私を抱き締める腕に力を込めた。

「いいよ、それでも。俺のこと、ゆっくり好きになって」

「これ以上ですか⁉」

もう十分に好きなのに。

これまで認めたくないと足掻いていたのに、私はあっさりとそう思ってしまった。

ジュードは一瞬だけ目を瞠り、からかうような笑みに変わる。

「あぁ、そうくる？　そうか、そんなに俺のこと好きなんだ」

自分が今、いらぬことを口走ったのだと気づく。

なんという迂闊なことを……！　私が後悔していると、肩に顔を埋めたジュードが内側にこもった何かを吐き出すかのように長いため息を漏らした。

「はぁ〰〰〰〰」

「ジュード？」

私に呆れてしまった？　ふいに弱気が顔を出す。不安に駆られて恐る恐る見上げれば、彼は少しだけ離れてうれしそうに言った。

「愛してる」

今度こそ心臓が破裂して天に召されるかと思った。

確かに伝わってくる愛情がくすぐったくて、私はさらに真っ赤になって俯いてしまう。

今なら、リンの言ったことがよくわかる。自分以外の人がジュードと手を繋いだり、触れ合ったりするのは絶対に嫉妬してしまう。

何より、彼の心がほかの誰かに向いてしまうのは嫌だと思った。

ジュードは抱き込んだ私の頭に頬を擦り寄せ、ますます腕の力を強める。そして、これまでの想いを全部吐き出すかのようにして囁いた。

「ルーシー、結婚しよう」

ゆっくりと腕が離れていき、返事を求められているのだとわかった。

はっきり結婚しようと言われるとは思わなかったから、私は目を瞬かせる。

「……………」

しばらく無言のときが続いた。

え、結婚？　結婚って、私とジュードが？

私たちの立場上「気軽にお付き合いを……」という選択肢がないことは明らかなんだけれど、かといって今好きだと認めたばかりの私に結婚の話をするの⁉

しばらくの間、私は茫然としていた。

「ルーシー」

先に痺れを切らしたのはジュードだった。

「無言は承諾したと取るけれど？」

またもや追い詰められていっている気がする。

そうだ。『家族が喜んでくれて、私も好きになれる相手と結婚する』というのが、私の希望だったはず。

見事に条件に当てはまる人が、こんなにも身近にいたなんて。

「結婚、ですか。そうですよね、そうなるとは理解しています」

「うん。でも、ちゃんと返事をして？」

「………はい。結婚、します」

目を見て返事をすることはできず、そう口にするのがやっとだった。

ジュードは私の額に軽くキスをして、うれしそうに微笑む。その顔があまりに幸せそうで、私の胸にはむずがゆくて熱いものが込み上げてくる。

その瞬間、私の中の羞恥心のようなものが限界を振り切ってしまい、信じられない言葉が勝手に口から飛び出した。

「そんなに私と結婚できるのがうれしいの？　困った人だわ！」

いやー！　違う、私が言いたいのはこんなことじゃない!!

嫌われたらどうしよう、ドキドキする私に向かい、ジュードはおかしくて仕方がないという風に噴き出した。

「ははっ……！　そうだな、うれしいよルーシー」

「なっ⁉」

「そっかぁ。今までルーシーはこういう感じで楽しんでいたのか。うん、クセになりそうだね」

私は堪らず彼の腕を振りほどき、一歩下がってから叫ぶようにして言った。

「何なの⁉　私と結婚してもいいことなんてないんですからね！　どうしてもって言うなら一緒にいてあげてもいいですけれど！」

あぁ、神様。私は呪いにでもかかってしまったんでしょうか……。

自分の言動がショックすぎて、倒れそうになる。

「ははっ、そうだね。お願いするよ。一生一緒にいてくださいって、それだけが俺の願いだよ」

けれどジュードが楽しそうに笑うから、これもまぁいっかと思ってしまったのは、絶対に言えそうにない。

涙目になって自己嫌悪に陥っていると、大きな手がそっと差し出された。

「帰ろうか」

「………はい」

渋々その手を取ると、ジュードは何も言わずに優しく指を絡める。

「楽しみだなぁ、ルーシーの花嫁姿」

降り注ぐ陽の光を浴びて、栗色の髪がキラキラと輝く。

愛おしい人の甘やかな瞳には、泣きそうな顔で笑う私が映っていた。

＊＊＊

義弟が恋人になり、婚約者になり約半年。

私の左手の薬指には、母の形見の指輪と同じデザインの指輪が嵌(はま)っている。ただし、宝石はイミテーションのエメラルドっぽいガラス玉ではなく、鮮やかな空色のトルマリンだ。

これは婚約の記念にとジュードが贈ってくれたもの。私はひと目で気に入り、一生大切に持っていようと思っている。

今は、久しぶりの家族団らんのひととき。

公爵家のサロンで、家族が集まってドレスの意匠を相談していた。

国で一番人気があると言われているマダム・シルフィーヌのドレスサロンから、私の婚礼衣装のデザイン画が届いたのだ。

「どれも素敵だわ～！　見て、この刺繍の繊細さ！　さすがは王妃様御用達ね～」

おばさまは誰よりも楽しみにしてくれていて、あれもいいこれもいいと次々に案を出している。

ジュードは母親のそんな姿にちょっと引いていて、ついていけていない感じが伝わってくる。

「白地に紫が入ったこれと、黄色ならどっちが好き？　でも赤も捨てがたいわ～！　もう三着作って全部着ましょうか」

いくら名家の結婚式とはいえ、三着は作りすぎだと思う。

私は、おばさまにどうにか思いとどまってもらおうとした。

「おばさま、身体は一つなので」

「え？　聞こえないわ」

「お、お義母様」

実はこれまでずっとお義母様と呼んでほしかったそうで、ジュードと結婚すると報告したときにはすぐにそう呼ぶようにと言われた。

本当の母の記憶がある以上、無理にそう呼ばせるのは躊躇いがあったと告白されたときは思わず涙が出るほどうれしかった。

私は私で本当の娘じゃないからと遠慮していたので、自分がここまで思われていると今になってわかり、本当に幸せを感じられた。

「あぁ！　装飾品も選ばなくちゃ。大丈夫よ、ルーシー。お義母様が、絶対にいいものを揃えてみせるわ」

この勢いのお義母様を前にすると、ほどほどでいいですなんて言えない。

「お願いします、お義母様」

笑顔でそう言うと、お義母様は満足げに頷く。

男性二人は無言でお茶を飲み続け、ようやく興奮が収まったお義母様は夕方から観劇へ行くのだといそいそと部屋を出ていった。今日は私たちの婚約を、奥様仲間に報告するらしい。

「ジュード、手続きについては後で説明するから夕食後に執務室へ来なさい」

「わかりました」

おじさま、改めお義父様はそれだけ言ってサロンを出ていった。

あれ？　今日初めてしゃべったのでは？　と思うくらい、お義父様は黙ってお義母様の喜びようを観察する……というか気配を消していた。ドレス選びはお義母様に一任しているのだろう。勢いに負けて空気になっていた、とも思えるけれど。

ジュードと二人きりになると、私はデザイン画を見てどれにしようかと再び思い悩む。

隣に座るジュードは、そんな私をぼんやりと眺めていた。

「どうかしました？」

ぼんやりしていても、相変わらず彼は美しい。

ただしジュードがこんな姿を見せるのはめずらしく、何か心配事でもあるのかと気になった私はちらりと彼を見て尋ねた。

「いや、本当に結婚できるんだなと思って」

私にプロポーズしてくれたのはジュードなのに。おかしくなって、私は噴き出した。

「ふふっ、今さらそんなことを？」

クスクスと笑っていると、ジュードが何気なく私の腰に手を回し、一瞬にして持ち上げると自分の膝の上に座らせた。

「ちょっ……！　ダメです、ドレスを選んでいる最中なのに」

慌てふためく私に、彼はさらりと言う。

「大丈夫、こうしていても見られるよ」

「それはそうですが」

私の心臓がもちません。目でそう訴えるも、にやりと意地悪く口角を上げた彼は私を解放する気はなさそう。

仕方なく、恥ずかしいのを堪えてデザイン画に目を向ける。

「どれがいいと思います？　やはり白地に紫が伝統的な……」

続きの言葉は、唇を塞がれてかき消された。

この半年間、頬へのキスは毎日のようにしてきたけれど、唇へのキスはこれが初めてで……。想像以上に柔らかい感触に驚き、そして同時にうれしくもあった。

でも、驚きすぎて目を見開いたまま、私は呼吸も動きも止めていた。

「ルーシー？」

少しだけ顔を離したジュードが甘い声で尋ねる。

「はい……」

正気に戻った私は、一瞬にして顔が真っ赤に染まる。

さっきまで家族団らんだったのに、いきなりこんなことになるなんて……！　動揺で目が泳いでしまう。

そんな私を見て、ジュードはおもしろがっていた。

そっと頬に手を当て、試すように言う。

「結婚したらこれ以上のこともするけれど、わかってる？」

「!?」

今すぐ逃げたい。

これ以上のことなんて、考えただけで卒倒しそうだわ……！

「ねぇ、ちょっとだけ練習してみる？」

「練習？」

にやりと笑った彼は、もう一度、今度は長い口づけをした。

「んっ……！」

恥ずかしくて逃げたいけれど、逃げられない。

全身を駆け巡るこの蕩けそうな幸福感は、もう二度とジュードと離れたくないと思ってしまうほど甘美なものだった。

「はぁ……」

唇を離すと、熱を吐き出すかのような息が漏れる。

無意識に背を仰け反らせれば、逃がさないとばかりに腰に手を回された。

「逃げられるとでも？　本当なら今すぐにでもほしいのに」

熱のこもった目は、いつもの優しい雰囲気ではない。胸がキュンとなり、私ももっと彼に近づきたいと思っていることに気づく。

持っていたデザイン画が、はらりと絨毯の上に舞い落ちた。

啄むようなキスをされ、柔らかな唇は首筋や鎖骨にも降りてくる。

「かわいい。ルーシーは本当にかわいいよ」

致死量のときめきに、つい私の中のツンが暴発した。

「そんなに褒めても何もあげられませんからね⁉」

ただし、ジュードはまったく動じない。

私がキッと睨んでも、ジュードは余裕の笑みを見せる。

「いいよ。もともとルーシーの全部は俺のものだから」

「そっ、そんなわけないでしょう⁉　あなたなんかに、そんな、あれですよ！」

懸命に反抗するも、ジュードは余裕の笑みを崩さない。

あぁ、すっかり私はツンデレ婚約者になってしまった。言いたいことが全然言えない。

ここまで素直になれないと、ジュードを傷つけていないか心配になってくるわ。いつまでもこんな感じでは、愛想を尽かされるんじゃないかと怖くもなる。

「ルーシー？　どうしたの？」

異変を感じ取ったジュードは、優しく声をかけてくれる。彼はもう、ツンデレではない。私にツ

ンを譲り渡し、卒業してしまったみたいだ。

この優しさに甘えてはいけない。なんとか本心を伝えねば。

私は深呼吸して気持ちを落ち着かせると、伏し目がちに言った。

「全部はまだ無理ですけれど、ちょっとずつなら……検討します。私だって、その、あなたのことが好きだから」

服の中に侵入しようとしていたジュードの手が、ピタリと止まる。

ようやくキスをしたばかりだから、あと一年くらいは猶予がほしい。私の希望を察してくれたのかと思いきや、彼は私を仰向けに倒してソファーの上に横たわらせた。

「え？」

「参ったな。そんなかわいいことを言われたら我慢できそうにない」

「はぃ？」

いやいやいや、我慢してください。

私はこれ以上のときめきは耐えられそうにありません。

サーッと血の気が引くような思いで、覆いかぶさっているジュードを見つめる。

「これも花嫁修業の一環だと思って？　ね、ルーシー」

「早い早い早い！　落ち着いて！　落ち着いてください！」

「落ち着きがないのはそっちだけれど？」

「今はそんなこと言っている場合じゃありません！」

「言ってることがめちゃくちゃだなぁ」

ははっと乾いた笑いを漏らしたジュードは、諦めてその身を起こした。

私は仰向けに寝転がったまま、ホッと安堵の息を吐く。

「と、見せかけて」

「え⁉」

再び覆いかぶさってきたジュードは、あははと明るい笑い声を上げた。

両手をしっかり押さえられていて、今度はまったく抵抗できない。顔や首筋に次々とキスをされ、くすぐったいやら恥ずかしいやらで全身が緊張して強張っていく。

「ルーシーはどこも柔らかいね」

「——っ！」

もう私はここで息絶えるかもしれない。抵抗らしい抵抗になっていない状況で、それでも真剣に悩んだ結果、私はジュードに懇願した。

「抱かれるなら、ツンデレがいいです……！」

「え」

再び動きを止めるジュード。

明らかに困惑の色を浮かべている彼は、しばらく沈黙した後で言った。

「改めて言われると難しいな。もう何がどうなってルーシーにあんな態度だったのかわからない」

「そんなぁ〜」

うるっと涙を滲ませると、ジュードはちょっと狼狽え始める。

「そんなに大事なことなのか⁉　確かリンもツンデレがどうとか言っていたよな。どうしてもって言うならどうにかがんばってみるか……」

「お願いしますっ」

今度こそ本当に諦めたジュードは、ソファーに座り直して何やら思案を始めた。

「リンの持ってきた小説に出てくる男は、主人公に嫌みを言っているだけのような気がしたが、まさか俺はあれだったのか？　男がそっけなくて意地張っている話のどこがおもしろいんだ……？」

どうしよう。ジュードが深刻な顔で悩んでいる。でもこれは、再びツンデレを取り戻す好機かもしれない！

私は前のめりになり、チャンスとばかりに訴えかけた。

「私の秘蔵書を貸してあげるから、一緒に勉強しましょうね？」

急に勢いづいた私を見て、ジュードは眉根を寄せる。

「それ絶対おかしな本だよね？」

「どうかしら？　おすすめは『虐げられたパン屋の少女』という本です！　物語序盤で『パンがないならお菓子を食べればいいじゃないの』という王妃様の助言を受けて、パン屋からお菓子屋さんに転職した少女が、『城の菓子の方がうまいけれど仕方なく食べてやるよ』って言って毎日やってくるツンデレ王子と恋に落ちるお話です」

「どんな話だよ、それ!?　なんでそれで恋に落ちるの？　王子が毎日お菓子を買いに来るって、そんな放蕩王子がいたら国が亡びるんじゃ」

ジュードはとても現実的だった。でも私はさらにアピールする。

お義母様の言葉を用いて、彼を諭そうとした。

「いえいえ、架空のお話ですから。ときめきを生産するには、現実なんてお忘れなさいなってお義母様がおっしゃっていましたよ！　ツンデレは希少ですから、本に残して種の保存をするべきなんです。私とリンはそう思っています」

「あ、そう」

やや目元を引き攣らせたジュードもまた、これはこれでかわいい。

私は隣に座る彼にそっともたれかかり、来るべきツンデレ復活の日を想像してにやにやと頬を緩めるのだった。

「がんばってツンデレを取り戻してくださいね？」

「ルーシーが望むなら、仕方ないか……」

そうよ、私は諦めない。

好きな人と、ツンデレ義弟の両方を手に入れようと目論(もくろ)むのだった。

後日談　婚約者になりまして

ガタゴトと小刻みに揺れる馬車の中。

隣に座っているジュードの肩に頭を寄せ、随分と長く眠っていた私はゆっくりと瞼を押し開けた。

「ん……」

「ルーシー、やっと起きた？」

まだ意識がぼんやりとする中、婚約のお披露目パーティーのためにウェストウィック公爵領へやってきたことを思い出す。

今回は船酔いこそしなかったものの、長旅の疲れから眠り込んでしまっていた。

窓の外はすでに暗く、どうやら私は二時間以上も眠っていたのだとわかる。

「ははっ、頬に痕がついてる」

ジュードはそう言って笑うと、人差し指で私の頬をそっとなぞった。

くすぐったさに目を細めると、彼はそのまま掬うようにして私の顎を持ち上げて、左の頬にチュッと軽くキスをする。

「無防備に寝ていたら、食べられても文句は言えないよ？」

「――っ！」

突然の甘い声。私は急激に目が覚めて、意識がはっきりとする。

義弟と婚約して約一年。

十七歳になったジュードは私への愛情表現が日に日に甘さを増していて、これまでツンデレだったとは思えない変貌ぶりを見せていた。

私の方が二つも上なのに、彼がすることすべてに翻弄されて逃亡することもしばしば。

「ねぇ、俺ずっと退屈だったんだけれど？　寝ている間の分を取り戻していい？」

「と、取り戻す、とは……!?　起こしてくれればよかったのに！」

肩を抱かれて引き寄せられ、こめかみに唇を寄せられた私は慌てて距離を取ろうと腕をつっぱった。

ただし、馬車の中に逃げ場なんてない。こんな風に迫られては、ひたすら顔を真っ赤にして耐えるほかはない。

けれど、今日はこの場に救世主がいた。

「あの～、私たちの存在を忘れないでください。ジュード様」

正面に座り、ジュードに襲われる私を眺めていたのは親友のケイトリン。

そしてその隣には、じとりとした目でジュードを睨むフェルナン様がいた。二人を放置していたことに気づき、私は驚いて目を瞠る。

そうだった……！

婚約のお披露目のために、この二人にも一緒に来てもらっていたんだった。ぐっすり眠っていたから、今がどういう状況か忘れていた。

恥ずかしさがピークに達し、私は俯いて押し黙る。

ジュードはいつも通りの涼しい顔で、私を右腕で抱き込んだまま解放しようとはしなかった。

「ルーシーが起きたからつい構いたくなって。気にしないで、二人も眠っていてくれればいい」

そんな無茶苦茶な。

フェルナン様はうんざりだという顔つきになり、不貞腐れて窓の外を見る。真っ暗で何も見えないのに、まるで私たちを見ているよりはマシだとでも言うようだった。

ケイトリンはそんな兄を見て呆れるようにくすりと笑う。

「もういっぱい寝ましたわ。ルーシーが眠ってすぐ、私もうとうとしてしまいましたの。お兄様とジュード様しかいないなら、眠ってしまっても問題ないかと」

「正直だね、ケイトリンは」

「あら、だってそうでございましょう？　いくら見目麗しいとはいえジュード様はもうルーシーの婚約者ですから、猫を被ってアピールする必要はありませんもの」

ふふふと笑顔で話すケイトリンは、よく見ると確かに眠っていたみたいでフェルナン様側の髪が少し乱れていた。彼女も兄の肩を枕にして眠っていたらしい。

「私もルーシーたちのように、婚約者と仲良くなりたいですわ」

ケイトリンは、まだ見ぬ婚約者の姿を想像しようと目を閉じる。うっとりとしたその表情からは、理想の男性を思い描いているようだった。

実は今回のお披露目の席で、ケイトリンは初めて婚約者に会うことになっている。

「マダム・イザベラのご子息なのですから、きっと凜々しくて素敵な方なのでしょうね。お父様は

『とても素敵なお相手だ』と言っていましたので、お会いできるのが楽しみです」

ケイトリンは先月、リーディアス・キャンベル侯爵令息と婚約した。私にとってはハトコにあたり、ジュードにとっては従兄にあたる人物だ。

二人の婚約は家同士の話し合いで決定したから、まだ一度も会っていない。

ケイトリンの父親であるゼイゲル伯爵が、お相手のことをかなり気に入っているらしい。

「ジュードは、リーディアス様がどんな方か知っていますか？」

私は隣に座るジュードを見て、興味津々に尋ねる。親友のケイトリンが結婚する相手だから、私もお会いできるのが楽しみだ。

リーディアス様は辺境で騎士をしていて、私はこれまで一度も会ったことがなく、夜会などにも出席なさらない方なので情報がほとんどない。

「俺も会うのは三年ぶりかな。彼は国境の砦に常駐していて、王都へはあまり戻らないから」

ジュードは私の目を見てそう言った。

すると、ケイトリンが身を乗り出して彼のことを熱弁する。

「それがこのたび昇進なさって、王都の近衛騎士に取り立てられたそうなのです！　辺境の地で暮らすならばお父様は絶対にこの婚約を認めなかったでしょうが、これからは主にお城勤めになりますから、結婚しても私は王都にいられますわ。それにリーディアス様はご次男ではありますが伯爵位を持ち、しかも王太子殿下直属の近衛騎士に抜擢されて、今後ますますご活躍が期待されるというのです。そんな方と婚約なんて……これは運命だと思いました！」

普段はおっとりしているケイトリンだけれど、婚約者に対してかなり思い入れがあるみたいで、

「早く会いたい」「きっと素敵な方だわ」と何度も繰り返していた。

ジュードが笑顔を貼りつけながら無言を貫いているのが気になるけれど、急に決まった婚約話にここまで前向きになれるのはいいことだと思うので、私はケイトリンの話を聞いて笑顔で頷いた。

「お父様によれば、リーディアス様は逞しくて強そうで、いかにも騎士という風貌だそうです。私、このひと月ほど騎士の登場する恋愛小説をたくさん読みましたの。イメージトレーニングはばっちりですわ」

「ふふっ、どんな方なのか楽しみね」

「ええ。目が合った瞬間、『この人だ』って思えるお相手だといいんですが……。言葉を交わさずとも、お互いから目が離せなくなってドキドキするような出会いがあってほしいです」

頬を染めて、空想にふけるケイトリン。

ここで、ジュードがぼそっと呟くように言った。

「さすがに初対面で婚約者を判別するのは無理なんじゃない？　金髪の屈強な騎士なんていくらでもいるわけだし」

確かに、招待客の中には騎士関係者も多くいる。お義父様が国の要職についている影響で、招待客には軍関係者が多く、さらにはウェストウィック公爵領出身の騎士たちもパーティーに出席する。会ったこともない人を探し出すのは無理なのでは？　とジュードが言うのはもっともだ。実際には、マダム・イザベラから紹介されて「はじめまして」となるんだろう。

けれど、ケイトリンは恋愛小説が大好きなので運命という言葉に弱い。今はまだ、婚約者との初対面に理想を抱いていていたいのだ。

ただ、不安がまったくないわけではないようで……。

「とても大柄の方だと聞いたのですが、外見はどのような雰囲気なのでしょう？」

リーディアス様に会ったことがあるのは、この中でジュードだけ。躊躇いがちに彼女は聞いた。

それに対し、ジュードは腕組みをして目を閉じ、何か思案するそぶりを見せる。そして「そうだなぁ」と小さく呟いた後、ケイトリンの方をまっすぐに見て真剣な声音で言った。

「ケイトリン。男は顔でも体格でもない。心だよ」

しんと静まり返る馬車の中。ガタゴトと車輪の音だけが響いている。

ジュードなりに気を遣ったのだな、と私は察した。当然、それはケイトリンにも伝わっていた。

「それは、外見は諦めろってことでしょうか⁉」

ケイトリンが半泣きでジュードに詰め寄る。

ジュードは苦笑いを浮かべ、私に助けを求める視線を向けた。

いやいや、私は会ったことがないからどんな方か知りませんよ⁉

リーディアス様がマダム・イザベラに似ているのであれば、凛々しく精悍な美形だろう。けれど、武に秀でた家系であるキャンベル侯爵家の面々を思い出すと、ご当主もご長男も凛々しいというよりは厳(いか)つい感じの人たちだ。

たぶん、ケイトリンが読んでいる恋愛小説に出てくる騎士みたいに、爽やか系ではないのだと想像はつく。

だとしても、それほど女性から敬遠されるような容姿でないと思いたい。二十五歳で初めての婚約というのも、見た目うんぬんではなくて単純に仕事が忙しかったからでは？

ジュードはどうにか彼女を宥めようと、フォローの言葉を口にする。

「容姿が整っていないわけじゃない。ただ、ケイトリンの好みとは違って雄々しいというか、目が合っただけで何人か殺せそうっていうだけで」

そんなに怖い感じなの⁉

私までが、悲愴感漂う顔つきになる。

不安を煽られたケイトリンは、目を見開いて叫んだ。

「何ですか、その人は⁉　怖すぎます！」

いつも淑やかな彼女がこんなに動揺するなんて、初めてのことだった。

ジュードは自分が表現を間違えたことに気づき、その口元はやや引き攣っている。さらなる言葉を探して「う～ん」と唸るも、適切な表現が見当たらないようで、彼は苦悶の表情を浮かべていた。

「ケイトリン、落ち着いて。ジュードはちょっと言葉選びを間違えただけよ」

これ以上、余計な不安を煽らない方がいい。そう思った私は、慌てて身を乗り出し必死でフォローする。

「まだ会っていないから、想像だけで怖がらないで。大丈夫、えっと、その、私は好きよ？　凛々しくて逞しい方」

理想のタイプと、現実に好きになるタイプが同じとは限らない。ケイトリンが雄々しい感じのリーディアス様を好きになるかもしれないもの！

ケイトリンは、私を縋るような目で見て尋ねた。

「本当ですか？　イメージよりは普通だと思います？」

「思います！　素敵な方だと思うわ！」

　ぶんぶんと激しく頷く私。

「マダム・イザベラのご子息なのよ？　それにケイトリンのお父様がおかしなお相手を選ぶはずないじゃない。大丈夫よ」

「そうね……！　そうよね！」

　ゼイゲル伯爵は、三男一女の子どもたちの中でもケイトリンを特別に溺愛している。愛娘にとって不幸になるような縁談を決めるわけがない。

「さぁ、もう町へ着くわ。今日はここで一泊して、明日の午前中に本邸へ到着するのよね。おいしいものを食べて、ゆっくり休みましょう？」

　私がそう言うと、ケイトリンは気を取り直して微笑んでくれた。

　それを見たジュードは、ホッと安堵の息をつく。

　私たちがああでもないこうでもないと話している間、フェルナン様はずっと眠っていた。長旅で疲れが溜まっているようで、頬杖をついて無防備な顔つきで瞼を閉じている。

「フェルナン様、そろそろ着きますよ～」

　私が声をかけても、その反応は鈍い。

　気づけば、もう町の入り口。検問を受けるため、馬車がその速度を落としていた。

「ん、君たちが騒がしいから起きてるよ。大丈夫」

「そうですか」

　目を閉じたまま力なく笑うフェルナン様。結局、もう一度寝てしまい、ケイトリンに頬をつねられて起こされることになるのだった。

宿に着いたのはちょうど食事時で、私たちは揃って食堂で郷土料理をいただいた。

ウェストウィック公爵領は魚がおいしいと評判で、色とりどりの野菜と大きな白身魚を一緒に煮込んだ料理が有名だ。

お腹いっぱいになった私たちは、ワインも少しだけ飲んだ後それぞれの部屋へ戻る。

「それでは、また明日」

私は笑顔で手を振った。ケイトリンとフェルナン様、それに護衛の人たちと別れ、ジュードとロアンさんと一緒に離れに移動する。

私たち家族が泊まるのは、一軒家のような貸し切りの別棟。すでにお義父様とお義母様も着いているはずだった。

「あら？」

室内に入ると、ランプは煌々と灯っているけれどこの場には誰もいない。

ロアンさんも不思議に思ったようで、私たちをリビングに留めて各部屋を確認しに行ってくれた。

「まだ着いていないのかしら？」

私が少し不安になってそう尋ねると、ジュードはいつものことだという風にさらりと答える。

「外で食事をしているのか、あるいは町長の接待を受けているかだな」

領主夫妻がやってきたら、地元の人はそれはそれは歓迎してくれる。

私が十六歳のお披露目でこの街に寄ったときも、お祭り騒ぎだったことを思い出した。

ジュードは私を椅子に座らせて、自分は窓を開けて外を眺める。外に警備の兵が巡回しているのを確認し、私が心配するようなことは何もないと言ってくれた。

それほど間を置かずロアンさんは戻ってきて、彼はジュードが想像した通りのことを告げる。

「町長から接待を受けておられるそうです」

ロアンさんの手には、お義父様の字で書かれたメモがあった。

町長さんから接待があるので、今夜は遅くなるという。朝食は一緒に、と書かれていたけれど、夜遅くまでお酒を飲むだろうし「どうなることやら」と私はジュードと顔を見合わせて笑った。

「お二人は上階へ。メイドが控えていますので、湯あみをしてゆっくりお休みになってください」

私たちはロアンさんの言葉に従い、二人で階段を上がっていく。

荷物はすでに運び込まれているから、あとは各々の部屋で休むだけだ。

「湯を使ったら、ルーシーの部屋へ行く。お披露目の席のことで話したいことがあるから」

私の部屋の前まで来ると、ジュードがそう言った。

その凛々しい顔つきと優しい声は、長旅の疲れをまったく感じさせないものだった。

「わかりました。起きて待っていますね」

笑顔でそう答えると、ジュードもまた目元を和ませる。踵を返して向かい側の部屋へ入っていくジュードは、後ろ姿もかっこよかった。

ちょっとお酒が入って楽しい気分になっている私は、まだ部屋の中じゃないのに頬が緩む。

いけない、誰が見ているかもわからないのに一人でにやにやしていたらダメよね。

気を引き締めてから自分の部屋に入り、待っていたメイドたちに挨拶をする。それからすぐに入浴をして、柔らかな生地の寝間着をまとってガウンを羽織ると、寝室の次の間にある書斎のような部屋でジュードを待った。

「お嬢様、ご用の際はこちらのベルでお呼びください」

「ありがとう。もう十分ですので、下がってください」

年嵩のメイドは、一礼ののち静かに部屋を出ていった。

それとほぼ同時に、少し髪が濡れたままのジュードがやってくる。

私は彼を迎え入れると、テーブルに用意してあった冷たい水を勧めた。入浴後はレモンを搾った冷たい水がおいしいのよね。

グラスを手に持って差し出そうとすると、ジュードはなぜか私の隣に腰かけた。

「ジュード？　どうしたの？」

大きめの椅子は、二人でも座れるけれど本来の定員は一人だ。

二人一緒に座ると、肘が当たるくらいでちょっと狭い。

彼は当然のように私の腰に手を回し、思わぬ密着状態に胸がどきりとした。

「今日は二人きりになれなかったから」

「それは、そうだけれど」

ずっとケイトリンとフェルナン様が一緒だったから、確かに二人きりになれることはなかった。

けれどあえてそれを口にされると、急に鼓動が速くなって胸が苦しい。

「あの、お披露目のパーティーのことで話があるのでは？」

「そんなの嘘だよ。すぐに騙されるんだから」

耳元でそう囁くと、ジュードは私の頬や首筋にキスをした。そして、流れるような所作で唇を重ねてくる。

婚約して一年、ジュードとはもう何度もキスをしているけれど未だに慣れない。しかもこんな風に二人きりで、情熱的に口づけられると心臓が止まるかと心配になるほどドキドキした。

意識が朦朧とする私を見て、彼はくすりと笑う。

「凜々しくて逞しい男が好きって、初めて聞いたけれど？」

ん？　何のことを言っているんだろう。

ぼぉっとして黙っていると、ジュードは私の頬に手をかけてまっすぐに瞳を覗き込む。

「ケイトリンに言ってただろう？」

「あ……」

ようやく私は思い出した。悲愴感たっぷりのケイトリンを慰めるため、「私は好きよ？　凜々しくて逞しい方」と言ったことを。

まさかヤキモチ？

夜会で独占欲を出すことはあっても、こんな風に二人きりのときにヤキモチを妬いてくれるのは初めてで、私はうれしく感じてしまった。

目を瞬かせていると、ジュードは意地悪い笑みを浮かべる。

「婚約者の目の前でほかの男が好きだなんて、ルーシーは悪女でも目指してる？」

「えっ？」

好きだなんて言っていない。

そう反論する間もなく、再び唇が合わさる。しかも今度は強引に、深いキスをされて驚いた。

「んっ」

淑女教育では「婚約者はキスをすることがあります」としか習っていなくて、こんな風に舌を絡め合うなんて聞いていない。

キスだけでも予想外のことが起こっているんだから、これから結婚したらもっと色々あるのでは……と気が遠くなりそうだった。

「ルーシー」

「はい……」

とろんとした目で見つめられると、胸の奥がキュンとなる。

そしてやはり、アレが出た。

「こっ、婚約したからって気軽に触れないでくれませんか⁉　私はまだジュードの妻ではないんですからね！」

ひぃぃぃぃ！

どうしてか素直になれない私は、ジュードに迫られるたびに反抗的な言葉を投げつけてしまう。

ジュードがツンデレでなくなった分、一年経っても私のツンは収まっていなかった。言ったそばから自己嫌悪に陥る私は、両手で顔を覆って項垂れる。

「そうだね。まだルーシーは俺の妻じゃないんだよなぁ」

嘆くような声が切なくて、早く結婚したいと思ってくれてるんだって伝わってきて、それがどうしようもなく愛おしくなって……私は再び叫んだ。

いた。

「わかっているなら、さっさとその手を除けてください！」

なぜ私はこんなに喧嘩ごしなの!?　自分で自分がわからない。

私が激しく後悔している間も、寝間着の上からするすると太腿を撫でる手は変わらず触れ続けていた。

涙目の私に向けて、ジュードはいたずらな笑みを向ける。

「もういっそ、既成事実でも作って早めに妻になってみる？」

「なっ、何を」

一瞬の隙に唇を塞がれ、何も言えなくなってしまった。

いつから義弟はこんなに積極的になったのか、お年頃という言葉で片づけるのは簡単でも、この状況から逃れるのは簡単ではない。

「ははっ、顔が真っ赤だね。ルーシー」

「誰のせいですか!?　誰の！」

「俺のせいかな？　でもルーシーがおいしそうなのがいけないよね」

首筋に押し当てられた唇が、ゆっくりと胸元まで下がっていく。

いよいよ本当に食べられるのかしら、と一気に不安が押し寄せてきた。

「ルーシー。好き、かわいい。愛してる」

普段から甘いジュードが、いつもに増して甘い。

不思議に思ってその瞳を見つめ返すと、なぜかちょっとだけ淋しそうに見えた。

「ジュード……」

「ん？　やめてほしい？」

彼は、私の手首を摑んでいた力をそっと緩める。

そこで私はふと気づいた。いつもより、簡単に解放してくれたと……。

なんだかジュードがおかしい。笑みを浮かべているけれど、どこか不安げな感じだ。

「もしかして、何か焦っています？」

静まり返った部屋で、私の声が急に響いたような気がした。

「焦るって、俺が？」

「ええ、なんとなく」

そう答えると、ジュードははたと何かに気づき、徐々にその顔が苦しげに変わる。

「ジュード？」

名前を呼んで顔色を窺えば、彼は突然私を避けるように顔を背けた。

「別に⁉　焦ってなんかいない！」

「本当ですか？　何か悩み事でもあるのでは」

もしもそうなら、相談してもらいたい。その一心で追い縋るけれど、悩み事に思い当たる節があったのか、ジュードは昔みたいにそっけない態度に変わる。

「あるわけないだろう⁉　あったってルーシーなんかに言わないから！」

「――っ！」

慌てて否定するその顔は、私が大好きなツンデレのときの義弟だった。姿はすっかり大人になってしまっても、ときおりこんな風にツンデレ化することはある。

顔を背けても、赤く染まった耳がかわいい。

懐かしさとときめきが全身を巡り、久しぶりに感じるこの高揚感に魂が飛んでいきそうになった。

「ありがとう……！」

胸の前で手を組み、ツンデレが見られたことに感謝する。

「なんで今、礼を言う⁉」

ツンデレがうれしくて、つい。喜びを露わにする私は、目を輝かせてジュードを見つめる。

もっとツンデレが見られるかしら？

じっと見つめていると、ジュードは短い沈黙の後スッと椅子から立ち上がる。その顔は不満げというよりは拗ねているように見えた。

やっぱり何か変。いつもなら、もっと何か言ってくれるのに。

「もう部屋に戻るよ」

そっけなくそう告げると、ジュードは私に背を向けて出ていこうとした。

「あ、待ってください」

私もすぐに立ち上がり、彼を追いかける。

いつもと様子が違う理由をまだ聞いていない。何か心配事があるのなら、話してほしい。こんな気持ちのまま離れてしまって、明日の朝を迎えるのは嫌だった。

「ジュード！」

その背中に抱きついた私は、ぎゅっと力を込めて引き留める。

「本当にどうしたのです？」

扉の前で立ち止まったジュードは、無理に出ていこうとはしなかった。背中に縋りつく私は、彼が何か言ってくれるまでじっと待ち続ける。

しばらくそうしていると、ジュードが根負けしてぽつりぽつりと話し始めた。

「ごめん、ルーシーが悪いわけじゃない。最近、自分が不甲斐ないなって思うことが多くて……」

私の腕に、ジュードの手が重なる。

優しく撫でられて、もう不機嫌は直ったのだとわかった。

「ようやく学院を卒業するめどが立ってルーシーと結婚できると思ったのに、その、社交界にはまだルーシーを狙う男もいて」

ん？　そんな人いるのかしら。

いつもエスコートしてくれるジュードがそばから離れないから、誰かが私を狙っていると言われてもまったくぴんとこない。

私はジュードに抱きつきながら、少し首を傾げた。

「もしかして、ルーシーには俺よりふさわしい男がいたのかもって思うことがある。俺が強引に迫ったから、流されて好きだと思ってくれたのかもと」

沈んだ声でそんなことを言われ、私は慌てて否定する。

「まさかそんな」

ジュード以外の人なんて考えられない！　もしもほかの人に迫られても、嫌悪感で拒絶するだけだったはず。

「私は、ジュードだから好きになれたんですよ？」

抱き締める腕をぎゅうっと強め、絶対に離れたくないという気持ちを表す。

ジュードは小さく頷くと、再び話し出した。

「でももう婚約したんだし、ほかの男の方がよかったなんて思わせないためにも、これからもっと努力して立派になってやるって思うんだ。どんなことをしてでも、ウェストウィック公爵家とルーシーを自分の手で守っていくって決めたから。………でも、まだ父上ほどは実績が作れなくて少し焦った」

「それは当然では？」

お義父様とは年季が違う。

そもそも誰かと比べていいことなんてないと思う。ジュードが一生懸命なのはわかるけれど、自分に厳しくしすぎてつらくなってしまうのは悲しい。

そして、私がそれを知らずにいることも同じくらい悲しいと思った。

「ジュードはまだ十七歳です。お義父様だって、先代様の後を引き継いだのは二十五歳のときだったと聞きました。今、ジュードが領地の仕事に直接関わっているだけで十分にすごいです」

いつも余裕で難しいことをこなしているように見えても、心の中には様々な思いがあるみたい。

早く一人前になりたくて、焦りや苛立ちを感じているなんて……。

これを弱音というのかわからないけれど、私にだけはそういう部分を見せてくれるのかと思うと、胸の奥がキュンとなった。

かわいい。守ってあげたい。そんな気持ちが湧いてくる。

「色々考えているときに、ルーシーが逞しい男が好きだなんて言うから」

ジュードが不満げにそう言うので、私は素直に謝罪する。

「それは、ごめんなさい。ケイトリンを励ましたくて言ったことで他意はありません」

私にはジュードだけなのに。どんなに素敵な人が現れても、この気持ちが揺らぐとは思えない。

それくらい私は彼が好きなのだ。

言葉で全部伝えられたらなぁ、と思いながら、私はジュードの背中にぐりぐりと頬をこすりつける。

「ルーシー、痛い」

ジュードは私の手を無理やり解き、正面に向き直る。

「ふふっ、ヤキモチですね？　うれしいです」

笑顔でそう言うと、彼はぴくっと目元を引き攣らせた。

「そう言われると素直に認めたくないな」

「あら、強情ですこと」

小首を傾げて微笑むと、ジュードも諦めたようにふっと笑いを漏らした。

背伸びをした私は、チュッと軽くキスをする。

「私はジュードが思っているより、あなたが好きですよ？　ほかの人なんていりません」

これは本心だった。

今の私は、ごまかしようがないくらい彼を好きになってしまったのだ。

もうほかの人と結婚しろと言われても、それはできない相談だわ。私のお母さんのように、身分差のある恋じゃなくて本当によかったって心の底からそう思う。

しかしここで、思いもよらぬ反撃を受けた。

幸せそうに目を細めたジュードが、私の額にそっとキスをして囁く。

「俺は最初からずっと、ルーシーだけが好きだよ」

「なっ‼」

目を見開き、絶句する私。一瞬で顔が真っ赤になったのがわかる。

一方で、ジュードはさっきまで落ち込んでいたはずなのにがらりと雰囲気が変わり、甘い雰囲気で私を見下ろしていた。

あぁ、こうなるともうお決まりのパターンで。身体の奥底から羞恥心が込み上げてきて、全力でジュードの腕を振りほどく。

「いい加減にしてください！　そのような緩んだ顔で、公爵家が継げるとお思いですか⁉　今すぐお部屋に戻って勉強でもなされればよろしいのです！」

かわいげのない言葉を投げつけると、素早く扉を開けてジュードを廊下へ押し出す。

「おやすみなさいませ！」

――バァァアンッ！

叩きつけるように扉を閉めた私は、その場にヘロヘロと座り込んだ。

きっと、何事かとメイドたちが心配していることだろう。でも、そこまで配慮する平常心はなかった。

またやってしまった。どうしてこうも自分の言動がコントロールできないのかしら？

猛烈な後悔に襲われる。

一人で反省していると、廊下側から小さくノック音がした。

「ルーシー？」

部屋から追い出されたジュードはまだ扉の前にいて、普通に話しかける。

「大丈夫？　また自己嫌悪に陥ってる？」

「…………」

もう答える気力がない。私はその場にうずくまって気配を消した。

そんな私に呆れることもなく、ジュードは大人の対応をする。

「おやすみ。また明日ね」

仕方ないな、とでも思っているのだろう。彼は笑いを堪えきれず、その声がかすかに私の耳に届く。

その後、向かい側の部屋から扉の閉まる音がした。

ジュードと二人きりの時間を過ごせたのはうれしいけれど、またやってしまった……と自分の不甲斐なさに涙目になった私は、のろのろと立ち上がって寝室へ行きベッドに力なく倒れ込む。

もっとちゃんとジュードを励ましたかったなぁ。

目を閉じて後悔しているうちに、気づいたら朝を迎えていた。

翌朝、ジュードとどんな顔で話せばいいのかと悩む私の前に、彼は爽やかな笑顔で現れた。食堂までエスコートしてくれて、向こうから「昨日はごめん」と言ってくれた。

義弟は、私よりも大人だった……。

私も慌てて謝罪し、これからも何かあったらお互い相談しようと約束する。もう長い間一緒にいるのに、まだまだわかっていない部分があるんだなぁと実感した出来事だった。

＊＊＊

公爵領にある本邸に到着して二日目。

私たちの婚約披露パーティーは、二百人の招待客を集めて盛大に開催された。

「ご婚約おめでとうございます。どうか末永くお幸せに」

「ありがとうございます」

もう何度目かわからないくらい、お礼の言葉を口にする。

おじさまのご友人や貴族院の重鎮たち、領内の有力者、おばさまのご友人など多くの招待客に祝ってもらって賑やかな時間を過ごす。

「少し休憩しようか」

途中、ジュードが気遣ってそう言ってくれて、私は頷いてホールを離れた。

冷たい果実水を飲み干すと、強張っていた身体が緩んでいくのがわかる。

「さすがに疲れたな。頬が痛くなってきた」

ジュード様は、本日も全力で理想的な公爵令息を演じていた。爽やかな笑顔、明るく優しい口調、誰がどう見ても将来有望な次期公爵だった。

「とても素敵ですよ。皆がジュードを見てうっとりしていましたね」

ご令嬢方は、祝いの場だからこそ素直に賛辞を贈ってくれていたけれど、あわよくばという目でジュードを狙う人もいた。

女の勘というか、どうしても空気でわかる。

けれどそのたびに、ジュードは私の肩を抱いたり髪を撫でたり、あからさまに愛情を込めて接してくれた。付け入る隙などない、と鮮やかに態度で示してくれたのだ。

「ルーシーこそ、深紅のドレスがよく似合っている。誰にも見せたくないくらいきれいだよ」

恥ずかしげもなくそんな言葉を囁かれ、私は一瞬にして顔が赤くなってしまった。

ジュードはわざと私の耳元に顔を寄せ、くすりと笑って提案する。

「もう二人で消える？」

そんなこと、できるわけがない。

目でそう訴えかけると、ジュードは苦笑いをした。

「庭園で散歩するくらいなら大丈夫かな。ちょっと夜風にあたろう」

私たちは腕を組んで移動し、真白い階段を下りて夜の庭園へ向かう。

もこもことした丸い葉が茂る低木は美しく整えられていて、噴水前の花壇には色とりどりのアネモネが咲いていた。

ゆっくりと歩いていると、庭園の入り口からすぐのところで蒼色のドレス姿の女性が立っているのが目に入る。

「ケイトリン？　こんなところで何をしているの？」

フェルナン様もおらず、一人きり。赤やオレンジに輝くランプが幻想的な庭園で、ひっそりと佇んでいるその姿は淋しげに見えた。

振り返った彼女は、困ったような顔で微笑む。

「ルーシー、ジュード様。お二人こそ、主役がこんなところで何を？　私は少し休憩していただけですわ」

ケイトリンとはお披露目が始まる前に会っていたので、二時間ぶりの再会だ。今頃は、てっきり婚約者のリーディアス様と一緒だと思っていたのに。

私たちは、ケイトリンの正面に立った。

「婚約者様には会えたの？」

私がそう尋ねると、彼女は力なく頷いた。

「お会いしました。でも」

世を儚むような遠い目。そしてその声は暗い。

「リーディアス様ったら、ホールにいた金髪のご令嬢に『あなたがケイトリン嬢ですね』って、私の目の前でそう言ったのです。『婚約者のリーディアス・キャンベルです』って自己紹介つきで！

私とそのご令嬢を、おもいっきり間違えたのです！」

「えええ⁉」

なんでそんなことになったの⁉

婚約者の目の前で、ほかの女性に間違えて声をかけるなんて……。

ケイトリンは両手で顔を覆って嘆く。

「もう最低です。運命の相手だなんて、大きな勘違いでしたわ！　あまりに驚いてショックが大きくて、私ったら『相手を間違えるなんてどうかしています』って咄嗟に怒ってしまいました」

「それでホールから出てきたの？」

ケイトリンは、静かに頷いた。

茫然とするリーディアス様を置き去りにして、走って庭園まで逃げてきたという。

「リーディアス様も、きっと緊張なさっていたのでは？」

「そうかもしれませんね……。今なら、そんなに怒ることじゃなかったと思えるんですけれど」

きっと今頃、お相手のリーディアス様は必死でケイトリンを探しているだろう。そうであってほしい。お願いだから、今すぐケイトリンを迎えに来て、と私は心の中で必死に祈った。

話したことで気持ちが落ち着いたのか、ケイトリンはいつもの穏やかな顔つきに戻る。

「ふふっ、本当にいけないわ。淑女たるもの冷静にって、マダム・イザベラから習ったのに」

今日を楽しみにしていて、お相手に対する想像が膨らみすぎた。

ケイトリンはそう言って自嘲ぎみに笑う。

「運命の人なんて、そうそう巡り合えませんよね。私ったらもう、十九歳にもなってもうすぐ結婚するというのに子どもっぽいことをしてしまいました」

「そんな……。仕方ないわよ」

「私が悪いのです。リーディアス様に会って、失礼なことを言ったと謝ってきますわ」

なんだか切なくなった私は、両手できゅっと彼女の手を握る。

「一緒に行くわ」

「ありがとうございます。けれど今日の主役はルーシーたちなんですから、私のことは気になさらず楽しんでください」

するりと解ける、か細い手。私を安心させようと笑顔を作ったケイトリンは、庭園に背を向けて歩き出した。

が、それとほぼ同時に、建物の廊下に繋がる大きな扉が派手な音を立てて開く。

――バンッ！

「「!?」」

私たちが驚いてそちらを見ると、そこにはかなり長身の男性がいた。見るからに普通の貴族令息ではなく、筋骨隆々といった雰囲気の逞しい人だ。

茶色い髪は短く、鋭い目つきはちょっと恐ろしい。

「リーディアス様……」

ケイトリンは呟くようにそう言った。

すぐさま私たちの姿を捉えた彼は、真剣な顔でズンズンとこちらへやってくる。その表情は、ぐっと唇を引き結んでいて怒っているように見えた。

「な、なんですの!?」

ケイトリンは怯えて一歩後ずさる。

もしも彼が怒っているなら危ないのでは、と不安に思っていると、ジュードが私の手を握って「大丈夫」と囁いた。

ケイトリンの目の前までやってきたリーディアス様は、いきなり頭を下げて謝罪を口にする。

「申し訳なかった！　相手を間違えるなど、大変な失礼をした！」

「……え？」

あまりの潔さに、ケイトリンは絶句している。

「ゼイゲル伯爵が話していた相手を、娘のあなただと間違えた！　母からあなたを直接紹介するまで待てと言われていたのに、早く婚約者に挨拶をしたくてつい……。本当に申し訳ない！」

「は、はぁ」

「いかなる罵倒も、罰も受けよう！　殴って気が済むのならそうしてくれ！　だが、せめてもう一度チャンスをくれないだろうか？」

猛省が伝わってくる謝罪に、ケイトリンは茫然としていた。

容姿や雰囲気は怖いけれど、とても誠実な人だということはわかる。

どうするのかと見守っていると、ケイトリンは困ったように笑ってから彼に言葉をかけた。

「罵倒なんて……。殴るなんて無理です」

そうですね！　私は思わず頷く。

「ふふっ、そんなに罪の意識を感じてくださるなんて驚きました。私の方こそ、失礼をいたしました。浅慮でしたわ、あれくらいのことで怒っていなくなるなんて……。ごめんなさい」

「ケイトリン嬢……」

彼の謝罪の勢いに圧倒されたケイトリンは、しばらく呆気に取られていたけれど、苦笑いを浮かべて言った。

「ケイトリンと申しますわ。どうかこれから、末永くよろしくお願いいたします」

そして、リーディアス様に向かって右手を差し出した。

「私、まだ今夜は一度も踊っておりませんの。ですから、ご一緒していただけませんか？」

「はい……！」

彼は背筋を正し、まっすぐにケイトリンを見下ろす。見つめ合うと、小さくて細いその手に恐る恐るといった風に触れた。

「ルーシー、ではまた後で」

そう言って微笑んだケイトリンは、すっきりした顔に見えた。

二人はちょっと遠慮がちに、互いの歩幅や距離感を意識しながら歩いていく。

どちらかというとリーディアス様の方が戸惑っていて、女性に慣れていない雰囲気が初々しい。

彼はケイトリンの理想のタイプではなかったかもしれないけれど、屈強な騎士と深窓の令嬢という組み合わせは意外にお似合いなのではと思った。

「ゼイゲル伯爵は、娘を大切にしてくれる誠実な人だと思ってリーディアス様を選んだのかもしれないわね」

私がそう言うと、ジュードは呆れたように笑う。

「そうだね。リーディアス様はまっすぐでいい男だと思うよ。今だって、ケイトリンしか見えていなくて、従弟の俺に挨拶するのも忘れているくらいだから。ま、おもしろいからいいけれど」

「ふふっ。そういえばそうですね。私も挨拶なんてすっかり頭にありませんでした」

二人はすでに建物の中へ入ってしまって、庭園には私たちだけ。心地よい風が頬を撫で、私はジュードの腕に自分のそれを絡ませて微笑んだ。

「ケイトリンが幸せになれそうでよかったわ」

何気なくそう口にすると、ジュードがからかうように尋ねる。

「ルーシーは？」

「私ですか？」

答えは決まっているのに、あえて問いかけるなんて。

けれど、私が返事をする前にジュードは言った。

「俺が幸せにするから、何も考えないでいいよ」

自信満々にそう告げられ、私はくすりと笑う。

「ふふっ、私ばかり幸せでごめんなさい」

公爵家の養女になってから、私はずっと幸せなのに。

両親が亡くなって孤児院で暮らしていたなんて普通ではないかもしれないけれど、これからもジュードがそばにいてくれるなら私はずっと幸せだという予感がする。

頬を緩ませていると、目の前に影が落ちて柔らかい唇が触れ合う。

私は突然のキスに驚き、目を瞠った。その顔がおかしかったのか、ジュードはいたずらな目で笑う。まだ慣れないのか？　とからかわれているような気がした。

「まぁ、どうしたって俺の方が幸せだけれどね？」

「えっ」

そんな風に言われたら、急に照れくさくなって顔に熱が集中する。

こうなると、やはりどうしようもなく胸の奥がむずむずしてきて、気づいたら叫んでいた。

「そんなに私のことが好きだなんて、どうかしてるんじゃないですか⁉　甘やかして私が堕落しても、ジュードの責任ですからねっ！　ほどほどにしておかないと後で困ることになるんですよ！」

やってしまった……！　さすがにお披露目の今日くらいは大丈夫だと思ったのに……‼

いっそ記憶喪失になりたい。このまま失神して、全部なかったことにしたい。

絶望に打ちひしがれる私。ジュードは口元を手で押さえ、必死で笑いを堪えていた。

「あぁ、もう参ったな。何を言われてもかわいく思えて、本格的にまずいかも」

本格的にまずいのは私よ。こんなことで、これからの日々を無事に過ごせるのかしら？

遠い目をしていると、大きな手がぽんと軽く私の頭に乗せられた。

「堕落してもいいよ。そうなったらそうなったで、俺以外誰もルーシーを好きにならなくなる。そうなれば、もうルーシーは俺のところにいるしかなくなるだろう？」

「あなたはどこまで……！」

いくらなんでも、私のことを好きすぎるのでは？　ここまでくると恥ずかしいとか照れくさいとかを通り越して、ジュードのことは最後まで私がなんとかしなくてはと思えてくる。

私はきっと、ジュードを幸せにするためにウェストウィック公爵家の養女になったんだ。

優しい眼差しを向ける彼に向かって、私は勢いよく抱きつく。

「ルーシー⁉」

頭上から、少しだけ慌てたような声がした。

やっぱり、ジュードはかわいい。絶対に離れたくない。

この幸せは手放さない。

そう固く決意すると、私は顔を上げて宣言した。

「一生、幸せにします！」

「待て、なんでそうなった⁉」

世界で一番かわいいツンデレ義弟は、私のことが好きすぎる。

これはもう、一生をかけてそばで愛でるしかない。

あとがき

はじめまして。柊一葉と申します。

このたびは『公爵家の養女になりましたが、ツンデレ義弟が認めてくれません』をご購入いただき、ありがとうございます。

素直になれない、でも明らかに好意ダダ漏れのジュードが成長する様子をお楽しみいただけたでしょうか？　あとのすけ先生のイラストでは、ジュードの身長がどんどん伸びていって顔つきも大人になっていくのがわかり、私は一足お先に萌えました。

ライトノベルは四作目となりますが、憧れのフェアリーキスデビューということで、本当に刊行されるんだ……と感無量です。

作品づくりにご尽力くださった編集さん、あとのすけ先生、関係者の皆様、本当にありがとうございました。

これからも、読者の皆様に楽しんでもらえる物語をお届けできるようがんばっていきたいと思います。

柊一葉

公爵家の養女になりましたが、ツンデレ義弟が認めてくれません

著者　柊 一葉

2021年7月5日　初版発行

発行人　神永泰宏

発行所　株式会社 J パブリッシング
〒102-0073　東京都千代田区九段北3-2-5 5F
TEL 03-3288-7907　FAX 03-3288-7880

製版　サンシン企画

印刷所　中央精版印刷株式会社

ISBN：978-4-86669-411-5
Printed in JAPAN